U0095487

作者简介

魏浩征，国内顶尖的劳动法与员工关系管理专家，著名培训师。在全国各地主讲超过500天/次劳动关系管理公开课及内训课程，受训学员数万名。

劳动法世界laboroot.com创始人，劳达集团总裁、首席咨询顾问，《员工关系》总编辑。

担任数十家知名企业集团总部劳动法与员工关系常年顾问、劳动法培训常年特聘讲师，客户包括新闻出版总署、易初莲花、蒙牛乳业、联想、LG、西门子、IBM、中国银行、奇瑞汽车、中外运敦豪等数百家知名企业、机构。

《法制日报》、《环球时报》、《中国劳动保障报》、《经理人》、《人力资源》等多家媒体特约点评嘉宾。

出版专著：《劳动合同法下的离职员工管理》、《员工入职风险控制》、《中国36城市劳动法规政策操作指引》等；音像制品：《企业用人风险控制》、《跳槽员工与辞退员工管理技巧及典型案例解析》、《劳动合同法最新权威解读》等。

劳动法世界www.laboroot.com简介

劳动法世界laboroot.com/ 劳达集团是中国领先的劳动关系咨询与培训机构，总部位于上海，在北京、天津、杭州、南京、苏州等地设有10多个分支机构，致力于引导企业实现卓越劳动关系管理，帮助企业防范用工风险、降低用工成本。拥有一支知名劳动法专家、人力资源管理专家、专业劳动法律师、学者、法官、劳动争议仲裁员为主的顶级劳动关系专家队伍，并面向企、事业单位提供劳动关系综合性、高品质的一站式咨询、培训、顾问、代理、外包等服务。

魏浩征

解读劳动合同法及实施条例

WEI HAO ZHENG
JIE DU LAO DONG HE TONG FA
JI SHI SHI TIAO LI

魏浩征 著

中国法制出版社
CHINA LEGAL PUBLISHING HOUSE

劳动合同法实施条例的喜与忧

（序）

2007年6月29日,《中华人民共和国劳动合同法》(以下简称《劳动合同法》)正式颁布。2007年7月,韩国LG电子裁掉11%的中国员工。2007年10月,沃尔玛全球采购中心在上海、深圳、东莞相继裁员近200人。大裁员随着中国最大的电信设备制造商华为一场耗资10亿元的运动而达到喧哗的顶峰。在这场"7000员工先辞职再竞岗"运动中,包括总裁任正非在内的所有工龄8年以上的老员工一律辞职清断工龄,再重新上岗。2008年1月1日至今,随着《劳动合同法》的正式实施,各地劳动争议仲裁案件急速上升……

迟至2008年9月18日,《中华人民共和国劳动合同法实施条例》(以下简称《实施条例》)颁布,围绕《劳动合同法》的很多困惑应该在这部《实施条例》中得到答案了,但在通读全文后,我们喜忧参半,《实施条例》还是留下了不少遗憾。

值得肯定的是,此次《实施条例》在以下几个方面体现了应有的意义:

首先,《实施条例》对《劳动合同法》中不明确的条款进行了明确。如区分具体成因明确了事实劳动关系的法律责任、试用期的工资底限、培训费的外延、服务期与合同期的关系、提前通知期替代金的工资计算标准、退工证明的内容、违法解除或终止合同赔偿金2倍还是3倍的问题等。

第二,为防止用人单位规避法律规定,《实施条例》对《劳动合同法》中的一些法律漏洞进行了弥补。如对"连续工龄"做了严格界定、明确了无固定期限劳动合同的内容在无法协商时的确定方法、明确了用人单位自我派遣的情形等。

第三,《实施条例》对《劳动合同法》中不完善的条款进行了调整。如增加规定了可以签订劳动合同的单位主体、增加了不适用无固定期限劳动合同和不适用经济补偿金的岗位的规定、增加规定了异地用工法定待遇的标准、增加规定了不建立职工名册的法律责任、增加规定了违法使用劳务派遣的法律责任、增加了达到法定退休年龄劳动合同也可以终止的规定等。

最后,《实施条例》对《劳动合同法》中容易误解的条款做了解释与强调说明,如可以解除无固定期限劳动合同的情形等。

但是,《劳动合同法》中仍然存在着众多应当明确的问题没有得到明确,在《实施条例》颁布后的一段时间里,还是"公说公有理、婆说婆有理",恐怕大家又得开始等待实施细则、司法解释抑或地方法规的出台。这不得不说是《实施条例》带给大家的遗憾。

仍有待解决的问题，在此列举一二，供参考：

一、按照《劳动合同法》实施之前的法律法规合法签订的劳动合同或者其他协议，与《劳动合同法》有抵触的，在《劳动合同法》实施之后，是否仍然有效？

按照《劳动合同法》第97条的规定，"本法施行前已依法订立且在本法施行之日存续的劳动合同，继续履行"，何谓"继续履行"，语焉不详。一种理解是原劳动合同继续履行，劳动合同所有条款只要订立当时是合法的，则继续有效；另一种理解是劳动合同继续履行，但原劳动合同中与现在的《劳动合同法》发生抵触的条款，无效。

如以下案例：

小王于2006年6月份入职某软件公司，软件公司与小王签订了3年期限的劳动合同，合同约定月薪为人民币3000元，合同期限自2006年6月1日起至2009年5月31日止，合同中约定了违约条款，乙方（劳动者）在合同期内提前解除劳动合同的，需向甲方（用人单位）支付违约金人民币30000元，工作了一段时间后，小王觉得该公司不适合自己发展。2008年2月9日，小王向公司提出解除劳动合同，公司要求小王按照当时的约定支付违约金，小王该不该支付？这一违约金的约定现在是否有效？

二、关于《劳动合同法》第14条规定应当签订无固定期限劳动合同的法定情形，实践操作当中有以下问题需要明确：

1. 劳动合同期满，因劳动者有法定情形而续延，劳动者在该用人单位已经连续工作满10年，劳动者提出订立无固定期限劳动合同的，用人单位是否应当与该劳动者订立无固定期限劳动合同？

2. 劳动合同期满，因劳动者有法定情形而续延，是否视为续签劳动合同？

3. 如何界定"连续工龄"? 员工离职并办理退工手续后隔1个月回来上班,重新办理录用手续,算不算"连续"?

4. 何谓"连续签订两次"固定期限劳动合同? 签订一次合同到期后,员工离职并办理退工手续,隔1个月后回来上班,重新签订劳动合同,算不算"连续签订两次"?

5. 劳动合同到期前变更或者延长合同期限,算不算"续签"?

6. 劳动合同约定合同期限到期的自动顺延条款,自动顺延算"续签"吗?

……

三、劳动关系、劳动合同存续跨越 2008 年 1 月 1 日前后的,计算工龄经济补偿金时,计算方法也划分 2008 年 1 月 1 日的界限吗?

如以下案例:

小赵 2003 年进入某公司工作,约定工资一年一涨,到 2007 年续签劳动合同的时候,小赵的月薪已经涨到 9000 元。2008 年 9 月,因业绩考核不及格,经培训后考核仍不及格,公司单方与小赵解除劳动合同。在计算经济补偿金时,双方因对《劳动合同法》第 97 条的理解不同,就 2008 年之前的经济补偿金的计算发生了争议。

公司认为《劳动合同法》第 97 条仅对是否应当支付经济补偿金的法律适用做了规定,区分 2008 年前后;但是,该条对经济补偿金的计算方法并没有做出区分 2008 年前后分别计算的规定。因此,经济补偿金的计算标准自然就应当按照《劳动合同法》第 47 条的规定来计算,即计算工龄补偿的工资标准时应当以上年度社会平均工资 3 倍为上限。

小赵认为 2008 年之前的工龄部分应该根据老规定来计算(即没有上年度社会平均工资 3 倍的上限),2008 年之后的工龄部分才按照《劳动合同法》计算。

该问题在立法中不甚明确。

本书不谈理论，不对条款是否合理做出评价，主要从劳动合同法及实施条例的理解运用、实务操作角度进行解读，希望广大用人单位能够抓住劳动合同法及实施条例施行的契机进一步做好人力资源管理工作，提升管理水平，避免劳资争议，建立和谐的员工关系。

魏浩征

2008 年 10 月 13 日凌晨于上海

目　录

第一章

《劳动合同法》的立法宗旨：倾斜保护员工

● 原文链接

《中华人民共和国劳动合同法》

第一条 为了完善劳动合同制度，明确劳动合同双方当事人的权利和义务，保护劳动者的合法权益，构建和发展和谐稳定的劳动关系，制定本法。

《中华人民共和国劳动合同法实施条例》

第一条 为了贯彻实施《中华人民共和国劳动合同法》（以下简称劳动合同法），制定本条例。

● 条款解读

本条是关于《中华人民共和国劳动合同法》（以下简称《劳动合同法》）及《中华人民共和国劳动合同法实施条例》（以下简称《实施条例》）的立法宗旨的规定。

立法宗旨是指制定一部法律的初衷和制定法律后所要达到的目的。

任何国家制定任何一部法律都有其特定的立法宗旨，立法宗旨通常也都放置于法律的第一条，《劳动合同法》及其《实施条例》也不例外。

放眼全球，各国的劳动法立法都是一种倾斜保护劳动者的立法，中国的《劳动合同法》当然也同样如此。与《中华人民共和国劳动法》（以下简称《劳动法》）一脉相承——"保护劳动者的合法权益"，非常精炼地说明了这一点。

但是，《劳动合同法》顾名思义，应为规范劳动合同关系的法律，而劳动合同关系包括用人单位和劳动者双方主体，因此，《劳动合同法》应同时保护劳动者和用人单位的合法权益。在具体条款上，《劳动合同法》可以体现出劳动法倾斜保护弱势群体——劳动者利益的特征，但作为立法宗旨而言，也应明确对用人单位合法权益的保护，实践中也大量出现了用人单位合法权益被员工侵害而得不到法律有力保护的情形。否则，该法应称之为"劳动者保护法"而非"劳动合同法"了。

"保护劳动者的合法权益"的前提在于首先要有"劳动者"身份的存在，劳动关系是由用人单位与劳动者双方共同建立的，"皮之不存，毛将焉附"，因此，该法实质上应当也明确了对于用人单位合法权益的保护。"完善劳动合同制度，明确劳动合同双方当事人的权利和义务，构建和发展和谐稳定的劳动关系"大抵是这个道理。

《实施条例》的立法宗旨比较简单，"贯彻落实《劳动合同法》"，对《劳动合同法》中有歧义、不清晰、不合理的条款进行了解释、说明和修正。这与其他所有法律的实施条例的立法宗旨基本是一致的，也是国务院制定任何法律实施条例的主要宗旨。

● **关联法规**

《中华人民共和国劳动法》（1994 年 7 月 5 日）

第一条　为了保护劳动者的合法权益，调整劳动关系，建立和维护适应社会主义市场经济的劳动制度，促进经济发展和社会进步，根据宪法，制定本法。

第二章

《劳动合同法》的调整范围：劳动关系

⦿ 原文链接

《中华人民共和国劳动合同法》

第二条　中华人民共和国境内的企业、个体经济组织、民办非企业单位等组织（以下称用人单位）与劳动者建立劳动关系，订立、履行、变更、解除或者终止劳动合同，适用本法。

国家机关、事业单位、社会团体和与其建立劳动关系的劳动者，订立、履行、变更、解除或者终止劳动合同，依照本法执行。

第九十六条　事业单位与实行聘用制的工作人员订立、履行、变更、解除或者终止劳动合同，法律、行政法规或者国务院另有规定的，依照其规定；未作规定的，依照本法有关规定执行。

《中华人民共和国劳动合同法实施条例》

第三条　依法成立的会计师事务所、律师事务所等合伙组织和基金会，属于劳动合同法规定的用人单位。

第四条　劳动合同法规定的用人单位设立的分支机构，依法取得营业执照或者登记证书的，可以作为用人单位与劳动者订立劳动合同；未依法取得营业执照或者登记证书的，受用人单位委托可以与劳动者订立劳动合同。

第二十一条　劳动者达到法定退休年龄的，劳动合同终止。

◉ **条款解读**

《劳动合同法》的调整范围也即劳动合同法的适用范围，指该法适用的主体及关系。换句话说，不属于《劳动合同法》调整范围的主体或者关系，也就可以不适用《劳动合同法》的规定。

根据这几个条款的规定，《劳动合同法》的适用主体包括用人单位和劳动者双方。国家其他法规文件对用人单位和劳动者做了严格的界定，因此，劳动合同法意义上的用人单位和劳动者不同于普通人观念中的用人单位和劳动者，也不同于《公司法》规定的"公司"。同时，用人单位和劳动者之间的关系也包括形式各样的各种关系，但《劳动合同法》只调整用人单位和劳动者之间的劳动关系。

一、劳动合同法意义上的用人单位

1. 中华人民共和国境内的企业、个体经济组织等组织。

此处的"企业"是指从事产品生产、流通或服务性活动等实行独立经济核算的经济单位，包括各种所有制类型的企业，如全民所有制企业、集体所有制企业、外商独资企业、中外合资企业、中外合作企业和个人独资企业等。

从广义上讲，此处的"企业"还应当包括依法成立的会计师事务所、律师事务所、基金会等组织。

"个体经济组织"主要是指领取营业执照的个体工商户或者是非正规就业组织等。

认定上述组织是否属《劳动合同法》调整的关键并不在于其是否具备法人资格，而是在于其是否依法进行了工商登记注册手续，是否有工商部门核发的营业执照或者登记证书。

2. 中华人民共和国境内的民办非企业单位。

民办非企业单位，是指企业事业单位、社会团体和其他社会力量以及公民个人，利用非国有资产举办的从事非营利性社会服务活动的社会组织。如各类民办学校、医院、文艺团体、科研院所、体育场馆、职业培训中心、福利院、人才交流中心等。该类组织的成立是以社会服务为主要目的，不追求营利。

民办非企业单位是《劳动合同法》在《劳动法》的基础上新增的适用对象。

3. 国家机关、事业单位、社会团体。

国家机关是指国家为行使其职能而设立的各种机构，是专司国家权力和国家管理职能的组织。根据我国宪法和法律的有关规定，国家机关包括国家权力机关、行政机关、审判机关、检察机关等。国家权力机关包括中央和地方各级人民代表大会及其常务委员会和各专门委员会及其办事机构。国家行政机关包括国务院及其所属各部、委各直属机构和办事机构；派驻国外的大使馆、代办处、领事馆和其他办事机构；地方各级人民政府及其所属的各工作部门；地方各级人民政府的派出机构，如专员公署、区公所、街道办事处、驻外地办事处；其他国家行政机关，如海关、商品检验局、劳改局、公安消防队、看守所、监狱、基层税务所、财政驻厂员、市场管理所等。国家审判机关包括最高人民法院、地方各级人民法院、专门人民法院和派出的人民法庭等。国家检察机关包括最高人民检察院、地方各级人民检察院、专门人民检察院和派出机关等。

事业单位是指不以营利为目的，以社会公益为目的，由国家机关举办或者其他组织利用国有资产举办的、依法取得法人资格的，从事教育、科技、文化、卫生等的社会服务组织。事业单位的最大特点在于其有服务性、公益性和非行政机关等特性。

社会团体是指中国公民行使结社权利自愿组成，为实现会员的共同意愿，按照其章程开展活动的非营利性社会组织。包括各类使用学会、协会、研究会、促进会、联谊会、联合会、基金会、商会等称谓的社会组织。

4. 中华人民共和国境内的会计师事务所、律师事务所等组织。

会计师事务所是由有一定会计专业水平、经考核取得证书的会计师组成的、受当事人委托承办有关审计、会计、咨询、税务等方面业务的组织。在我国可分类为有限责任公司、合伙制两种形式，在国外还有有限责任合伙制。

律师事务所是依据《律师法》及其他有关规定设立的律师执业机构。包括国家出资设立的律师事务所、合作律师事务所和合伙律师事务所。

会计师事务所、律师事务所等组织是否属于劳动法意义上的用人单位，以前在法律上规定不明确，《实施条例》这次做了明确。

5. 上述用人单位设立的分支机构，依法取得营业执照或者登记证书的。

分支机构主要有两种形式：一种为分公司；一种为办事处。从公司法的规定来看，分公司和办事处均不具备法人资格，不能独立承担民事责任。分公司可以依法取得营业执照或者登记证书，但办事处是不能申请领取营业执照的。

依法取得营业执照或者登记证书的分支机构可以直接作为用人单位与劳动者订立劳动合同，是《实施条例》在《劳动法》及《劳动合同法》的基础上新增的调整对象。

二、劳动合同法意义上的劳动者有其特殊含义

一般情况下，以下"劳动者"不属于劳动合同法意义上"劳动者"的范畴：

1. 不满十六周岁的少年、儿童。

不满十六周岁的少年、儿童属于"童工"，除经劳动行政部门批准的文艺、体育和特种工艺单位以外，其他单位不得招用。

非法招用未满十六周岁的未成年人，要承担罚款等相应的法律责任，情节严重的，工商行政管理部门可以给予吊销营业执照的行政处罚。

2. 退休返聘人员。

达到了国家法定的退休年龄，从企事业工作岗位退下来，享受养老保险金等退休职工待遇的人员，是退休人员。按照现行规定，用人单位返聘退休人员，一般作为劳务关系处理，不会作为劳动关系看待。故对于退休返聘人员的雇佣，属于民事法律调整的范围，不受《劳动合同法》调整。

3. 全日制在校大学生。

根据原劳动部颁发的《关于贯彻执行〈中华人民共和国劳动法〉若干问题的意见》（以下简称《劳动法意见》）中第 12 条的规定："在校生利用业余时间勤工助学，不视为就业，未建立劳动关系，可以不签订劳动合同。"据此，用人单位招用在校大学生实习，不属于建立劳动关系，也就不适用《劳动合同法》，可以不签订劳动合同。

全日制在校大学生与用人单位之间的实习关系，一般不适用劳动合同法调整，而是适用民法调整。

4. 兼职、停薪留职人员。

按传统劳动法理论及目前司法实践中的看法，兼职、停薪留职人员已经与一个用人单位建立或保留了劳动关系，因此，当第二个用人单位雇佣兼职、停薪留职人员时，第二个用人单位与其雇佣的兼职、停薪留职人员之间不能形成第二个劳动关系，而是只作为民事雇佣或劳务雇佣关系来处理。

三、用人单位和劳动者之间的关系包括形式各异的各种关系，但《劳动合同法》只调整用人单位和劳动者之间的劳动关系

所谓"劳动关系"，是指用人单位招用劳动者为其成员，劳动者在用人单位的管理下，提供应由用人单位支付报酬的劳动而产生的权利义务关系。

确立劳动关系主要参考以下三个标准：

1. 用人单位和劳动者符合法律、法规规定的主体资格；

2. 用人单位与劳动者之间存在着管理与被管理、隶属与被隶属的关系，即用人单位制定的各项管理制度适用于劳动者，劳动者受用人单位的管理，从事用人单位安排的有报酬的劳动；

3. 劳动者提供的劳动是用人单位业务的组成部分。

劳动者与用人单位没有签订劳动合同，但劳动者如果能提供以下证据之一，证明上述三个要件具备的，通常认为用人单位与劳动者之间已建立劳动关系：

1. 工资支付凭证或记录（职工工资发放花名册）、缴纳各项社会保险费的记录；

2. 用人单位向劳动者发放的"工作证"、"服务证"等能够证明身份的证件；

3. 劳动者填写的用人单位招工招聘"登记表"、"报名表"等招用记录；

4. 考勤记录；

5. 其他劳动者的证言；

6. 其他可以作为旁证的证明，如用人单位对劳动者实施管理的证明、用人单位的报销凭证、因公传递的电子邮件等。

国家机关中享受公务员编制的人员与国家机关之间的关系不是劳动关系，不适用劳动法，适用相关公务员法律法规；事业单位中享受事业编制的人员与事业单位之间的关系不是劳动关系，不适用劳动法，适用相关人事管理规定。

但是国家机关和事业单位中还存在一批不享受公务员或人事编制的人员，他们与国家机关、事业单位建立的是聘用关系，这种聘用关系属于劳动关系，受劳动法调整。

● 操作提示

鉴于劳动关系管理的高成本、高风险，在一些对体力要求不高的岗位（如管理岗位、财务岗位、后勤岗位等），用人单位可以考虑多招用一些退休人员，建立退休返聘关系；在一些季节性、临时性岗位，用人单位可以考虑与高校合作，多招用全日制的在校大学生，一方面为大学生提供勤工俭学的实习岗位，另一方面也解决了单位临时性、季节性的用工需求。同时，亦为将来企业的用人需求做了较好的人才储备。

案例一：快餐厅"工资门"事件

案情简介

广东省劳动和社会保障厅于 2006 年 12 月 26 日首次发布了非全日制职工小时最低工资标准规定，广州市执行一类标准，即每小时 7.5 元。2008 年 3 月 28 日，当地媒体接到了在广州某快餐厅兼职的大学生小陈的投诉：她的工资是 4 元/每小时，外加 1.3 元/小时的就餐补贴。另外餐厅还规定，只有连续工作 4 个小时，餐厅才安排 15 分钟的休息，包括吃饭时间。为此当地媒体进行了全面调查。调查结果显示大部分快餐厅给打工学生的工资都低于上述标准。为此引发了一场关于如何界定学生打工法律性质的争论。

2008 年 4 月 9 日，上海劳动部门根据《劳动法意见》第 12 条，做出"快餐厅与兼职人员以及在校学生签订的是劳务合同，属于劳务关系，不适用非全日制就业劳动者的最低工资标准，其工作待遇、工作条件的确定应当以双方签订的有关协议为准"的调查结果；而广东省劳动和社会保障厅则因《劳动法意见》第 12 条，而对勤工助学学生的工资待遇是否违反广东省非全日制最低小时工资标准的问题未予正面回答。

点评

在校学生在外打工并不是劳动法意义上的劳动者。《劳动法意见》明确，在校生利用业余时间勤工俭学，不视为就业，未建立劳动关系，可以不签订劳动合同，因此，在校学生也就不受劳动法调整和保护。

此外，在校学生也不是 2003 年原劳动部颁布的《关于非全日制用工若干问题的意见》中的劳动者。该规定指的非全日制用工是劳动用工制度的一种重要形式，是灵活就业的主要方式。在校大学生打工根本不是择业行为，更不是就业行为。同时该规定明确，用人单位招用劳动者从事非全日制工作，应当到当地劳动保障行政部门办理录用备案手续。在校大学生不是就业，用人单位当然也不可能去办理录用手续，就是去了，行政部门也不可能受理。对于在校大学生打工发生的纠纷，劳动争议处理机构也是不予受理的。全日制用工的管理与服务，其中包括档案保管、保险代理、公共职介，这些也都是在校大学生根本不能享受的待遇。如果将在校大学生纳入这一规定进行规范，就会和现行制度发生冲撞。

因此，在校学生打工在我国只是雇佣关系意义上的劳动者，受一般民事法律关系的调整。

案例二：学校与教师之间的关系纠纷

案情简介

李某是某市第九中学的物理教师。从1985年起，李某一直在该校任教，并具有事业单位编制，现任该校物理教研组组长、学科带头人。2005年6月，经市教委决定，该校与本市第二十一中学合并，两校教师原则上保持以前的待遇和级别不变。但是，合并后的新校长认为另一位物理教师胡某不仅教学成绩突出，在学术上屡有创新，而且年轻有为，更适合担任新学校物理教研组的组长。因此，学校在李某出差期间发出人事变动通知，决定由胡某任新学校物理教研组组长，李某不再担任该职务。由于职务变动，李某的月工资和补助等也相应地减少了168元。李某出差回来后发现了这一情况，立即向学校表示抗议，但校长认为任命教研组组长是学校的权利，李某作为老同志、老教师、老党员，应该无条件服从学校的安排。为此，李某思想一时无法扭转，结果因此住进了医院，花费了医药费共计1432元。出院后，李某向市劳动争议仲裁委员会提出了仲裁申请。

市劳动争议仲裁委员会认为：李某与学校的争议不属于仲裁委

员会的受理范围，做出了不予受理的裁定。

点评

本案的争议焦点并不是学校有没有权利单方变更教师的岗位，而是学校跟教师之间的关系到底属不属于劳动关系。

根据《劳动法》的规定，适用公务员制度或者参照公务员制度的行政机关、事业单位和社会团体，不适用《劳动法》的有关规定。一般而言，学校属于事业单位（民办除外），具有事业编制，职工工资福利等由行政拨款发放，故而不适用《劳动法》的相关规定。所以本案劳动争议仲裁委员会的处理是正确的。李某正确的做法是向当地人事局人事争议仲裁委员会申请仲裁。但是，根据《劳动合同法》第96条的规定，此案若发生在《劳动合同法》实施以后，将可能会有不同的处理结果。随着聘用制度的推广，大多数教师进学校工作都将采用聘任制。而根据《劳动合同法》第96条的规定，事业单位与实行聘用制的员工之间的关系适用该法调整，除非法律、行政法规有特别规定。

案例三：陈某诉某汽车运输公司请求确认劳动关系案

案情简介

2002年4月12日至2004年3月11日期间，叶某将其所有的货车挂靠于某汽车运输公司。挂靠关系存续期间，汽车运输公司系该车辆的行车和营运的车主，该车由叶某以汽车运输公司的名义从事货物营运。2002年7月15日，叶某与陈某签订聘用协议，协议约定叶某聘请陈某为货车的驾驶员，为叶某从事货物营运，陈某的劳动报酬由叶某支付。2003年3月18日，陈某驾驶该货车承运货物途中，发生交通事故受重伤。陈某因工伤待遇问题与汽车运输公司发生争议，诉至劳动争议仲裁委员会，请求确认申诉人陈某与某汽车运输公司之间存在劳动关系。

劳动争议仲裁委员会经依法审理裁决确认申诉人陈某与被诉人某汽车运输公司之间存在劳动关系。

点评

本案争议焦点为：挂靠关系存续期间，挂靠人基于其与被挂靠人之间的民事约定聘用劳动者，该劳动者的用工主体为何方。即在本案中，叶某聘陈某驾挂靠车辆从事营运、为其提供有偿劳动的行为是否属于被挂靠人汽车运输公司的劳动用工行为。劳动争议仲裁委员会认为根据《劳动法》第2条、第16条，《劳动法意见》第2条的规定，企业、个体经济组织以及国家机关、事业组织、社会团体作为用人单位用工，适用劳动法；用人单位与劳动者建立劳动关系应当签订劳动合同；如果双方没有签订劳动合同，但劳动者事实上已成为企业的成员，并为其提供有偿劳动的，则属于事实劳动关系。申诉人陈某与被诉人汽车运输公司之间虽没有签订劳动合同，但叶某将其所有的货车挂靠被诉人汽车运输公司后，被诉人汽车运输公司在法律关系上成为该车行车的车主和营运主体。叶某系公民个人，其不具备劳动法律规定的作为用人单位的主体资格。被诉人汽车运输公司是一家具备独立法人资格的用人单位，叶某是以被诉人汽车运输公司的名义从事汽车营运业务，其为营运业务而聘用申诉人陈某的行为应视为被诉人汽车运输公司聘用的工作人员。因此，陈某的用人单位应为被诉人汽车运输公司，双方之间存在事实劳动关系。

● **关联法规**

《中华人民共和国劳动法》（1994年7月5日）

第二条 在中华人民共和国境内的企业、个体经济组织（以下统称用人单位）和与之形成劳动关系的劳动者，适用本法。

国家机关、事业组织、社会团体和与之建立劳动合同关系的劳动者，依照本法执行。

《关于〈劳动法〉若干条文的说明》（1994年9月5日）

第二条 在中华人民共和国境内的企业、个体经济组织（以下统称用人单位）和与之形成劳动关系的劳动者，适用本法。国家机关、事业组织、社会团体和与之建立劳动合同关系的劳动者，依照本法执行。

本条第一款中的"企业"是指从事产品生产、流通或服务性活动等实行独立经济核算的经济单位，包括各种所有制类型的企业，如工厂、农场、公司等。

本条第二款所指劳动法对劳动者的适用范围，包括三个方面：

（1）国家机关、事业组织、社会团体的工勤人员；

（2）实行企业化管理的事业组织的非工勤人员；

（3）其他通过劳动合同（包括聘用合同）与国家机关、事业单位、社会团体建立劳动关系的劳动者。

本法的适用范围除了公务员和比照实行公务员制度的事业组织和社会团体的工作人员，以及农业劳动者、现役军人和家庭保姆等。

《关于贯彻执行〈中华人民共和国劳动法〉若干问题的意见》
（1995年8月4日）

1. 劳动法第二条中的"个体经济组织"是指一般雇工在七人以下的个体工商户。

2. 中国境内的企业、个体经济组织与劳动者之间，只要形成劳动关系，即劳动者事实上已成为企业、个体经济组织的成员，并为其提供有偿劳动，适用劳动法。

3. 国家机关、事业组织、社会团体实行劳动合同制度的以及按规定应实行劳动合同制度的工勤人员；实行企业化管理的事业组织的人员；其他通过劳动合同与国家机关、事业组织、社会团体建立劳动关系的劳动者，适用劳动法。

4. 公务员和比照实行公务员制度的事业组织和社会团体的工作人员，以及农村劳动者（乡镇企业职工和进城务工、经商的农民除外）、现役军人和家庭保姆等不适用劳动法。

5. 中国境内的企业、个体经济组织在劳动法中被称为用人单位。国家机关、事业组织、社会团体和与之建立劳动合同关系的劳动者依照劳动法执行。根据劳动法的这一规定，国家机关、事业组织、社会团体应当视为用人单位。

12. 在校生利用业余时间勤工俭学，不视为就业，未建立劳动关系，可以不签订劳动合同。

《最高人民法院关于事业单位人事争议案件适用法律等问题的答复》（2004 年 4 月 30 日）

一、《最高人民法院关于人民法院审理事业单位人事争议案件若干问题的规定》（法释〔2003〕13 号）第一条规定，"事业单位与其工作人员之间因辞职、辞退及履行聘用合同所发生的争议，适用《中华人民共和国劳动法》的规定处理。"这里"适用《中华人民共和国劳动法》的规定处理"是指人民法院审理事业单位人事争议案件的程序运用《中华人民共和国劳动法》的相关规定。人民法院对事业单位人事争议案件的实体处理应当适用人事方面的法律规定，但涉及事业单位工作人员劳动权利的内容在人事法律中没有规定的，适用《中华人民共和国劳动法》的有关规定。

二、事业单位人事争议案件由用人单位或者聘用合同履行地的基层人民法院管辖。

三、人民法院审理事业单位人事争议案件的案由为"人事争议"。

《劳动和社会保障部关于确立劳动关系有关事项的通知》（2005 年 5 月 25 日）

一、用人单位招用劳动者未订立书面劳动合同，但同时具备下列情形的，劳动关系成立。

（一）用人单位和劳动者符合法律、法规规定的主体资格；

（二）用人单位依法制定的各项劳动规章制度适用于劳动者，劳动者受用人单位的劳动管理，从事用人单位安排的有报酬的劳动；

（三）劳动者提供的劳动是用人单位业务的组成部分。

二、用人单位未与劳动者签订劳动合同，认定双方存在劳动关系时可参照下列凭证：

（一）工资支付凭证或记录（职工工资发放花名册）、缴纳各项社会保险费的记录；

（二）用人单位向劳动者发放的"工作证"、"服务证"等能够证明身份的证件；

（三）劳动者填写的用人单位招工招聘"登记表"、"报名表"等招用记录；

（四）考勤记录；

（五）其他劳动者的证言等。

其中，（一）、（三）、（四）项的有关凭证由用人单位负举证责任。

第三章

签订劳动合同的五大基本原则：合法、公平、平等自愿、协商一致、诚实信用

◉ **原文链接**

《中华人民共和国劳动合同法》

第三条 订立劳动合同，应当遵循合法、公平、平等自愿、协商一致、诚实信用的原则。

依法订立的劳动合同具有约束力，用人单位与劳动者应当履行劳动合同约定的义务。

◉ **条款解读**

本条主要规定了订立劳动合同时应当遵循的基本原则，违反这些基本原则的，订立的劳动合同属于违法或部分违法的劳动合同，全部或部分合同没有法律效力。

一、签订劳动合同时应遵循合法原则

所谓合法，指的是签订劳动合同时不能与国家及地方法律、法规等发生抵触，主要包括三个方面的要求：

首先，签订劳动合同时，主体须合法，不合法的主体签订的劳动合同无效。

比如，用人单位与未满十六周岁的人签订的劳动合同无效，法

律行政法规另有规定的除外。

其次，劳动合同的内容、条款等须合法，不合法的条款无效。

比如，在劳动合同中，用人单位与劳动者双方白纸黑字，签订了这么一个条款"员工工作过程中因自己操作失误导致受伤的，咎由自取，公司概不承担任何责任"，该条款尽管双方都认可，也签字确认了，但由于与《工伤保险条例》中"劳动者在工作时间、工作地点因工作原因受伤，都属于工伤，用人单位承担工伤责任"的规定发生抵触，无效。

最后，劳动合同的形式必须合法。不论是新制定的劳动合同还是协商修改的劳动合同，《劳动合同法》都要求必须体现为书面形式，口头约定无效。

二、签订劳动合同时应遵循公平原则

所谓公平，指劳动合同的内容必须公平合理，用人单位与劳动者双方在劳动合同中的权利义务应当对等。

完全合法的劳动合同条款，也可能会因为显失公平而无效。比如，某 IT 企业与其研发人员签订劳动合同，约定以下条款"乙方（员工）如在办公室随地吐痰，一经发现，甲方（公司）有权立刻解除其劳动合同……"，该条款尽管并没有直接与法律规定发生抵触，但发生劳动争议时，很可能会被仲裁部门或法院认定为无效条款。

三、签订劳动合同时应遵循平等自愿、协商一致原则

所谓平等，是指用人单位和劳动者在签订劳动合同的地位上是平等的，双方都有权对劳动合同的条款、内容提出自己的主张，也都有权对用人单位或者劳动者进行选择，决定签订或不签订劳动合同。

所谓自愿，指的是用人单位和劳动者在签订劳动合同时，双方都必须是自愿的，是自己的真实的意思表示。一方以强迫、人身威胁等手段迫使对方签订的劳动合同无效，一方以强迫、人身威胁等手段强加违背对方真实意愿的合同条款也无效。

所谓协商一致，是指劳动合同的双方当事人对合同的各项条款，只有在双方充分表达自己意志基础上，经过平等协商，取得一致意见的情况下，劳动合同才能成立。用人单位和劳动者双方在劳动合同上签字、盖章了，通常理解为双方已经协商一致。

四、签订劳动合同时应遵循诚实信用的原则

诚实信用原则源于伦理道德，它要求订立劳动合同的双方都必须提供真实的信息资料，不得以不诚实、作假、欺诈或者损害他人利益和社会公共利益的手段，骗取他人与其订立劳动合同。

违反诚实信用原则签订的劳动合同无效。比如，员工以虚假的身份证、虚假的姓名与公司签订的劳动合同无效。因欺诈导致劳动合同无效的，有过错方还应当赔偿因此给对方造成的经济损失。

◉ 典型案例

案例：终止条件无效纠纷

案情简介

甲来到某企业工作已经 8 个月了，与他同时进公司的其他员工，在工作上都早已独当一面了，唯独他还不能够胜任自己的本职工作。为此，他心里十分着急，经常利用业余时间努力补习技术，可惜效果甚微。公司领导认为，甲虽然干活比较笨，但工作态度确实很认真，于是决定给他一次提高技术水平的机会：让他脱产 3 个月，去参加技术培训。

甲也真是不争气，参加完 3 个月的技术培训，回到公司，仍然不能胜任本职工作。公司领导对他彻底失望了，做出了 30 日后与他终止劳动关系的决定。

"总经理，公司跟我订的劳动合同是无固定期限的，怎么能现在就终止呢？"很显然，甲不愿意离开公司。

"不错，咱们公司所有人的劳动合同都是无固定期限的。但是，这并不意味着不能终止，因为劳动合同中已经约定了一些终止条件，只要这些终止条件出现，劳动合同就可以终止。"总经理边说边找出了甲的劳动合同，"你看，你这份劳动合同中第 12 条就规定：'乙方（指甲）若不能胜任本职工作，经培训或调整工作岗位后仍不能胜任时，甲方（指公司）可提前 30 天通知乙方终止劳动合同。因此终止劳动合同的，甲方不须向乙方支付经济补偿金。'"

甲顺着总经理手指的合同条款看去，果然跟他念的一模一样。"就算公司可以按这条规定，跟我终止劳动合同，是不是也应该给我一些经济补偿金呀？"甲问。

"终止合同和解除合同不一样，根据咱们劳动合同中的约定，由于你的能力问题导致公司与你终止劳动合同的，公司可以不支付经济补偿金。"

甲回去后越想越觉得不对，自己辛辛苦苦工作了这么长时间，说终止就终止了。在咨询过律师之后，甲将公司送上了劳动仲裁委员会的被申诉席。

劳动仲裁委员会经审理认为：甲与公司的劳动合同中关于终止条件的这一条款违反法律，为无效条款，单位不能因此终止劳动合同。

点评

本案中的劳动合同终止条件"乙方若不能胜任本职工作，经培训或调整工作岗位后仍不能胜任时，甲方可提前 30 天通知乙方终止劳动合同。因此终止劳动合同的，甲方不须向乙方支付经济补偿金"是一个无效条款。

根据《劳动合同法》第 40 条的规定，劳动者不能胜任本职工作，经培训或调整工作岗位后仍不能胜任时，用人单位可提前 30 天以书面形式通知员工解除劳动合同，同时须向员工支付经济补偿金。《劳动法意见》第 20 条中规定："无固定期限的劳动合同不得将法定解除条件约定为终止条件，以规避解除劳动合同时用人单位应承担支付给劳动者经济补偿的义务。"同时，《实施条例》第 13 条明确规定:"用人单位与劳动者不得在劳动合同法第四十四条规定的劳动合同终止情形之外约定其他的劳动合同终止条件。"可见,本案中甲与公司签订的该劳动合同条款已经违反了这一系列禁止性规定,应当是无效的。所以公司不能以此条款终止劳动合同。公司的正确做法应当是依据《劳动合同法》第40条的规定,提前三十日通知甲解除劳动合同,并向甲支付经济补偿金。

可见,用人单位在与劳动者签订劳动合同时,要注意合同条款不能违法,签订劳动合同时应遵循的几个原则都要坚持。否则,违反了这些原则,会给单位带来不必要的麻烦。

● **关联法规**

《中华人民共和国劳动法》(1994年7月5日)

第十六条 劳动合同是劳动者与用人单位确立劳动关系、明确双方权利和义务的协议。

建立劳动关系应当订立劳动合同。

第十七条 订立和变更劳动合同,应当遵循平等自愿、协商一致的原则,不得违反法律、行政法规的规定。劳动合同依法订立即具有法律约束力,当事人必须履行劳动合同规定的义务。

《关于贯彻执行〈中华人民共和国劳动法〉若干问题的意见》(1995年8月4日)

16. 用人单位与劳动者签订劳动合同时,劳动合同可以由用人单位拟定,也可以由双方当事人共同拟定,但劳动合同必须经双方当事人协商一致后才能签订,职工被迫签订的劳动合同或未经协商一致签订的劳动合同为无效劳动合同。

第四章

规章制度制定、修改须经严格的
民主程序和公示程序

● 原文链接

《中华人民共和国劳动合同法》

第四条　用人单位应当依法建立和完善劳动规章制度，保障劳动者享有劳动权利、履行劳动义务。

用人单位在制定、修改或者决定有关劳动报酬、工作时间、休息休假、劳动安全卫生、保险福利、职工培训、劳动纪律以及劳动定额管理等直接涉及劳动者切身利益的规章制度或者重大事项时，应当经职工代表大会或者全体职工讨论，提出方案和意见，与工会或者职工代表平等协商确定。

在规章制度和重大事项决定实施过程中，工会或者职工认为不适当的，有权向用人单位提出，通过协商予以修改完善。

用人单位应当将直接涉及劳动者切身利益的规章制度和重大事项决定公示，或者告知劳动者。

● 条款解读

本条主要规定了用人单位规章制度的制定、修改和决定程序。与现行规定相比，该条主要对规章制度制定的民主程序进行了调整和修改。

规章制度是指用人单位依法制定的、适用于单位内部管理的各类规定、规则、规范、流程等的统称。

规章制度是"用人单位内部的法律",是对国家法律、法规、规章、政策的延伸和补充。

用人单位要进行内部管理,要行使内部管理权,首先必须建章立制,制定并完善自身的规章制度。毫无疑问,用人单位在规章制度上的"立法权",是用人单位行使管理权限的重要基础。

这个条款包含了以下三个层次的含义:

1. 用人单位应当"依法"建立和完善规章制度。如果不是"依法建立和完善"的,相应规章制度会因违法而无效。此处的"依法"包含两个意思:(1)规章制度的内容、条款不能违法;(2)制定、修改或决定规章制度的程序不能违法。自《劳动合同法》于2008年1月1日正式实施后,用人单位制定、修改或者决定部分规章制度或者重大事项时,应当按照本条规定的程序进行。

2. 并非所有的规章制度都适用本条规定的程序,本条仅针对"有关劳动报酬、工作时间、休息休假、劳动安全卫生、保险福利、职工培训、劳动纪律以及劳动定额管理等直接涉及劳动者切身利益的规章制度或者重大事项"。换句话说,不直接涉及劳动者切身利益的规章制度,如公司董事会的议事规则等,就不适用该条规定的程序。

3. 根据这个条款的规定,用人单位要合法制定一个规章制度,必须按照以下法定程序来进行:

(1)用人单位制定规章制度的草案,并交由职工代表大会或者全体职工参与制度草案的讨论,提出修改方案和意见。

(2)用人单位研究职工代表大会或者全体职工的修改意见,制定规章制度的建议稿。

(3)用人单位与工会或者职工代表平等协商确定规章制度的最终定稿。所谓"平等协商确定",是指制度不能由企业单方决定,而是由企业和工会(或者职工代表)共同决定。换句话说,只有企业和工会（或者职工代表）都同意的规章制度，才能在企业中生效。

（4）用人单位就规章制度的定稿公示，或者告知所有员工。所谓"公示"、"告知"，就是公之于众，使公司所有的员工都能有机会知晓规章制度的全部内容。

为了避免发生劳动争议时举证不能的风险，用人单位在履行上述程序时，应注意收集、固定和保留下相关书面证据。

以上程序跟旧规定相比，最大的变化在于增加了第（3）个程序，即制度最终要与工会或者职工代表协商确定。这一规定与公司法的规定不一致。

《公司法》第18条规定："……公司研究决定改制以及经营方面的重大问题、制定重要的规章制度时，应当听取公司工会的意见，并通过职工代表大会或者其他形式听取职工的意见和建议。"

按照《公司法》的规定，规章制度最终制定权在公司，工会、职工大会或者职工代表大会仅有发表意见的权利，而无协商决定的权利。

《劳动合同法》的主要变化在于，将"听取意见"改成了"讨论……平等协商确定"，明显加大了工会、职工代表大会以及员工在企业规章制度制订过程中的权利，强化了用人单位制定规章制度的法律程序。

这一改变，对于众多尚未成立工会或职工代表大会的企业来说影响重大而深远。对于那些尚未成立工会或者职工代表大会的用人单位而言，如果员工人数较多或者员工工作地点较为分散，按新法规定进行制定规章制度的民主程序，恐怕效率会较为低下。因此，该条款实施的另一个"意外结果"可能会推动工会、职代会在用人单位中的建设。

● 操作提示

"没有规矩，不成方圆。"现代人力资源管理已经进入了法制化管理的时代，用人单位必须建立一套合法、合理、完备、操作性强、执行性强的规章制度去进行企业内部的管理。行为规范、工作流程、奖惩责任，调岗、调薪、解雇……缺少规章制度，寸步难行。

花费大力气制定了规章制度，结果由于程序细节上的疏忽，在劳动争议仲裁诉讼中被裁决因制度无效而败诉，用人单位的一腔努力，付之东流。

因此，既然花费了大力气做好了企业的规章制度，就应花费更大的力气在确保规章制度发生法律效力的法定程序上。民主程序、公示程序，一个也不能少！

同时，务必注意收集、固定和保留下相关书面证据。

◉ 典型案例

案例：某电子厂规章制度违法案

案情简介

某私营企业电子厂共有职工一百多人，职工在入厂前，都与电子厂签订了劳动合同。劳动合同均严格按照《劳动合同法》的规定制定。但是，该电子厂老板为了"严肃劳动纪律，加强企业管理"，又在和其妻子商量后制定了一系列的规章制度。例如：（1）职工在上班时间不得随便上厕所，每天上午和下午只能有一次，每次不得超过10分钟，超过一次则扣工资10元；（2）无论上班下班，职工未经老板批准不得随便出厂，违者每次扣工资10元；（3）职工在工作时不许交头接耳，违者警告一次，第二次被发现则扣工资10元。因忍受不了工厂的做法，一名职工半夜翻墙而出，向当地劳动保障行政部门举报了有关情况。劳动保障行政部门立即对该电子厂进行了检查，并对电子厂做出了予以警告，责令其纠正违法制定规章制度的行为，并责令其对职工遭受的损失予以赔偿等行政处罚。

点评

本案中，该电子厂的做法存在以下问题：

第一，规章制度不合法、不合理。我国《宪法》赋予了公民人身自由，禁止任何人随意限制他人的人身自由。本案中，企业规章制度限制劳动者上厕所的时间和次数，甚至规定，"无论上班下班，职工未经老板批准不得随便出厂"，严重侵犯了劳动者的人身自由，显然是违法的，不合理的。

第二，规章制度制定程序违法。电子厂在制定规章制度时，没有与员工讨论，没有与工会或职工代表协商，也没有对员工进行公示，程序完全违法。

因此，本案中，该企业制定的规章制度是不具有法律效力的，对劳动者来说是不具有约束力的，劳动者完全可以不遵守执行。同时，对于这样的规章制度，工会或职工代表有权向企业提出修改和完善的建议，也有权向劳动保障部门投诉。

● **关联法规**

《中华人民共和国劳动法》（1994年7月5日）

第四条 用人单位应当依法建立和完善规章制度，保障劳动者享有劳动权利和履行劳动义务。

《最高人民法院关于审理劳动争议案件适用法律若干问题的解释》（2001年4月16日）

第十九条 用人单位根据《劳动法》第四条之规定，通过民主程序制定的规章制度，不违反国家法律、行政法规及政策规定，并已向劳动者公示的，可以作为人民法院审理劳动争议案件的依据。

《中华人民共和国工会法》（2001年10月27日修正）

第十九条 企业、事业单位违反职工代表大会制度和其他民主管理制度，工会有权要求纠正，保障职工依法行使民主管理的权利。

法律、法规规定应当提交职工大会或者职工代表大会审议、通过、决定的事项，企业、事业单位应当依法办理。

第五章

劳动关系的建立时间、劳动合同的
签订时间及职工名册

● **原文链接**

《中华人民共和国劳动合同法》

第七条 用人单位自用工之日起即与劳动者建立劳动关系。用人单位应当建立职工名册备查。

第十条 建立劳动关系，应当订立书面劳动合同。

已建立劳动关系，未同时订立书面劳动合同的，应当自用工之日起一个月内订立书面劳动合同。

用人单位与劳动者在用工前订立劳动合同的，劳动关系自用工之日起建立。

《中华人民共和国劳动合同法实施条例》

第八条 劳动合同法第七条规定的职工名册，应当包括劳动者姓名、性别、公民身份号码、户籍地址及现住址、联系方式、用工形式、用工起始时间、劳动合同期限等内容。

第三十三条 用人单位违反劳动合同法有关建立职工名册规定的，由劳动行政部门责令限期改正；逾期不改正的，由劳动行政部门处 2000 元以上 2 万元以下的罚款。

本条区分了用人单位用工之日和劳动合同订立之日，对建立劳动关系与订立劳动合同二者之间的关系做了具体的界定。

可以用一句话来形容：签订了劳动合同不等于建立了劳动关系，没签订劳动合同也不等于没有劳动关系，但对于用人单位来说，建立劳动关系一定要签订劳动合同。

一、劳动关系的建立时间与劳动合同的签订时间没有直接关联

劳动关系的建立时间是从用人单位用工之日开始的。

所谓用人单位用工，即用人单位招用劳动者为其成员，劳动者在用人单位的管理下，从事了用人单位安排的工作岗位，提供劳动。

实践当中，用人单位与劳动者建立劳动关系，通常有以下四种情形：

第一种情形，劳动者上班第一天，用人单位跟劳动者签订劳动合同。这种情形下，劳动关系的建立时间与劳动合同的签订时间为同一天。

第二种情形，劳动者上班后的某一天，用人单位跟劳动者签订劳动合同。这种情形下，劳动关系的建立时间为劳动者上班的第一天。

第三种情形，劳动者上班后，用人单位一直未与劳动者签订劳动合同。这种情形下，劳动关系的建立时间仍为劳动者上班的第一天。

第四种情形，劳动者上班前，用人单位先与劳动者签订劳动合同，在劳动合同中约定劳动者上班的时间。这种情形下，劳动关系的建立时间为劳动者上班的第一天。劳动者如果没有来上班，则劳动关系不能建立。

二、劳动合同订立之日至用工之日期间为民事关系期间

从用人单位与劳动者双方劳动合同签订之日至用人单位用工之日期间，用人单位与劳动者尚未建立劳动关系，双方是一种民法意义上的民事关系。在这种民事关系中，劳动者对用人单位做出了何时至用人单位上班、接受用人单位劳动关系管理的承诺，用人单位则对劳动者做出了届时接受劳动者到本单位上班并提供相关工作条件及薪资福利待遇的承诺。

劳动合同签订之日至用工之日期间为民事关系，在此期间，双方之间的权利义务关系主要受民法、合同法调整，即双方之间的关系主要根据双方的合同约定及公平、合理原则来处理。

三、对于用人单位来说，建立劳动关系一定要签订劳动合同，并建立职工名册备查

已建立劳动关系，未与劳动者同时订立或事先订立书面劳动合同的，用人单位应当自用工之日起一个月内签订书面劳动合同，否则，要承担巨大的法律责任。（见第六章）

用人单位与劳动者签订劳动合同后，应当及时办理登记入册手续，建立起职工名册备查的制度，规范管理。职工名册，应当包括劳动者姓名、性别、公民身份号码、户籍地址及现住址、联系方式、用工形式、用工起始时间、劳动合同期限等内容。签订劳动合同后建立详细的职工名册，一方面是用人单位的法律义务，另一方面，也有利于用人单位加强对在职、离职人员的管理。

◉ 操作提示

用人单位可以在招聘结束后用工之前，提前与应聘者签订书面劳动合同。在劳动合同中约定劳动者到岗上班的时间及相关违约责任，该时间来临，应聘者依约报到上班，此时双方劳动关系建立。

先签劳动合同再上班，可以解决两个问题：

第一、避免劳动者上班后不能及时签订劳动合同的法律风险。

第二、以该劳动合同取代传统的工作邀请函（OFFER），提高招聘效率。

◉ 关联法规

《中华人民共和国劳动法》（1994年7月5日）

第十六条 劳动合同是劳动者与用人单位确立劳动关系、明确双方权利和义务的协议。

建立劳动关系应当订立劳动合同。

《关于确立劳动关系有关事项的通知》（2005 年 5 月 25 日）

一、用人单位招用劳动者未订立书面劳动合同，但同时具备下列情形的，劳动关系成立。

（一）用人单位和劳动者符合法律、法规规定的主体资格；

（二）用人单位依法制定的各项劳动规章制度适用于劳动者，劳动者受用人单位的劳动管理，从事用人单位安排的有报酬的劳动；

（三）劳动者提供的劳动是用人单位业务的组成部分。

二、用人单位未与劳动者签订劳动合同，认定双方存在劳动关系时可参照下列凭证：

（一）工资支付凭证或记录（职工工资发放花名册）、缴纳各项社会保险费的记录；

（二）用人单位向劳动者发放的"工作证"、"服务证"等能够证明身份的证件；

（三）劳动者填写的用人单位招工招聘"登记表"、"报名表"等招用记录；

（四）考勤记录；

（五）其他劳动者的证言等。

其中，（一）、（三）、（四）项的有关凭证由用人单位负举证责任。

第六章
用人单位不签订劳动合同的巨大法律责任

⬤ **原文链接**

《中华人民共和国劳动合同法》

第十四条 ……用人单位自用工之日起满一年不与劳动者订立书面劳动合同的，视为用人单位与劳动者已订立无固定期限劳动合同。

第八十二条 用人单位自用工之日起超过一个月不满一年未与劳动者订立书面劳动合同的，应当向劳动者每月支付两倍的工资。

用人单位违反本法规定不与劳动者订立无固定期限劳动合同的，自应当订立无固定期限劳动合同之日起向劳动者每月支付二倍的工资。

第十一条 用人单位未在用工的同时订立书面劳动合同，与劳动者约定的劳动报酬不明确的，新招用的劳动者的劳动报酬按照集体合同规定的标准执行；没有集体合同或者集体合同未规定的，实行同工同酬。

《中华人民共和国劳动合同法实施条例》

第五条 自用工之日起一个月内，经用人单位书面通知后，劳动者不与用人单位订立书面劳动合同的，用人单位应当书面通知劳动者终止劳动关系，无需向劳动者支付经济补偿，但是应当依法向劳动者支付其实际工作时间的劳动报酬。

第六条 用人单位自用工之日起超过一个月不满一年未与劳动者订立书面劳动合同的，应当依照劳动合同法第八十二条的规定向劳动者每月支付两倍的工资，并与劳动者补订书面劳动合同；劳动者不与用人单位订立书面劳动合同的，用人单位应当书面通知劳动者终止劳动关系，并依照劳动合同法第四十七条的规定支付经济补偿。

前款规定的用人单位向劳动者每月支付两倍工资的起算时间为用工之日起满一个月的次日，截止时间为补订书面劳动合同的前一日。

第七条 用人单位自用工之日起满一年未与劳动者订立书面劳动合同的，自用工之日起满一个月的次日至满一年的前一日应当依照劳动合同法第八十二条的规定向劳动者每月支付两倍的工资，并视为自用工之日起满一年的当日已经与劳动者订立无固定期限劳动合同，应当立即与劳动者补订书面劳动合同。

第三十四条 用人单位依照劳动合同法的规定应当向劳动者每月支付两倍的工资或者应当向劳动者支付赔偿金而未支付的，劳动行政部门应当责令用人单位支付。

● 条款解读

形成劳动关系，就应当签订书面劳动合同；形成劳动关系而没有签订书面劳动合同的，法律上称之为"事实劳动关系"。

本条主要针对用人单位用工不签订书面劳动合同形成事实劳动关系的法律责任做了严格的规定，同时，对于因劳动者原因导致未签订书面劳动合同的责任也做了明确。

用人单位不与劳动者签订劳动合同的原因有二：

一是受降低用工成本的驱动，不签订劳动合同有可能逃避为职工缴纳社会保险的义务，降低解雇职工时支付经济补偿金等成本；

二是现行法律规定当中，用人单位不签订劳动合同承担的法律责任仅是员工可以随时辞职、单位终止双方关系的须支付员工工龄经济补偿金以及小额的罚款等——较轻的法律责任，没有强有力的处罚措施，同时，不签合同带来解雇等方面的便利，致使很多用人单位选择了不签劳动合同的用工。

对于用人单位用工不签订书面劳动合同的情形，《劳动合同法》及其《实施条例》规定了应由用人单位承担的巨大法律责任：

第一种情形，用人单位用工超过一个月不满一年不与劳动者签订书面劳动合同的，用人单位应承担向劳动者每月支付两倍工资的法律责任。该两倍工资的起算时间为用工之日起满一个月的次日，截止时间为补订书面劳动合同的前一日。

第二种情形，自用工之日起一个月内，经用人单位书面通知劳动者签订劳动合同后，劳动者不与用人单位订立书面劳动合同，但是，用人单位未书面通知劳动者终止劳动关系的，在超过一个月不满一年的用工时间内，用人单位仍应承担向劳动者每月支付两倍工资的法律责任。该两倍工资的起算时间为用工之日起满一个月的次日，截止时间为补订书面劳动合同的前一日。

第三种情形，用人单位用工满一年不与劳动者签订书面劳动合同的，视为用人单位与劳动者已订立无固定期限劳动合同。该情形下，用人单位自用工之日起满一个月的次日至满一年的前一日应当向劳动者每月支付两倍的工资，并视为自用工之日起满一年的当日已经与劳动者订立无固定期限劳动合同，应当立即与劳动者补订书面无固定期限劳动合同。

第四种情形，用人单位用工满一年不与劳动者签订书面劳动合同的，视为用人单位与劳动者自用工之日起满一年的当日已订立无固定期限劳动合同，但是，用人单位未在用工之日起满一年的当日立即与劳动者补订书面无固定期限劳动合同的，还应当自用工之日起满一年的当日起向劳动者每月支付两倍的工资，直至签订无固定期限劳动合同止。

劳动报酬一般应当在用人单位和劳动者签订的劳动合同中事先

约定。用人单位未在用工的同时订立书面劳动合同，与劳动者约定的劳动报酬不明确的，新招用的劳动者的劳动报酬按照集体合同规定的标准执行；没有集体合同或者集体合同未规定的，实行同工同酬。

对于因劳动者的原因导致形成事实劳动关系的法律责任，《劳动合同法》通过其《实施条例》也做了明确的界定：

第一种情形，自用工之日起一个月内，经用人单位书面通知劳动者签订劳动合同后，劳动者不与用人单位订立书面劳动合同，用人单位书面通知劳动者终止事实劳动关系的，用人单位无需向劳动者支付经济补偿，但是应当依法向劳动者支付其实际工作时间的劳动报酬。

第二种情形，自用工之日起一个月后，经用人单位书面通知劳动者补订劳动合同，劳动者不与用人单位补订书面劳动合同，用人单位书面通知劳动者终止事实劳动关系的，除依法向劳动者支付其实际工作时间的双倍劳动报酬外，用人单位还应当向劳动者支付工作年限的经济补偿金。

可以预见，新法实施后，用人单位将不敢"玩火"不与员工签订劳动合同。

对于用人单位来说，将来考虑的重点应转向如何在管理中采取各种强化措施，建立单位内部严格的劳动合同签订纪律，禁止或防范出现员工不与单位签订劳动合同的现象，避免与员工形成事实劳动关系。同时，如何有效与员工签订书面劳动合同及如有有效保管好已经签订的劳动合同，成为人事管理工作的重中之重。

随着《劳动合同法》这部新法的实施，那种认为"劳动合同是保护员工合法权益的文件"的传统观点将发生变化，劳动合同将逐渐成为"保护用人单位和员工合法权益的文件"，用人单位必须日益重视起劳动合同在人力资源管理中的重要性。

● 操作提示

针对这种用人单位未与员工签订劳动合同的严重罚责，为了控制法律风险，用人单位必须及时清理企业内部各种用工关系，灵活选择用工模式，规范用工。同时，用人单位必须建立并严格执行劳动合同签订管理以及劳动合同保管制度。

在用人单位的劳动合同相关管理制度中，应明确并且严格规定新员工的劳动合同签订时间、签订通知的发放签收、老员工的合同到期续签时间、劳动合同的签订地点、签订要求以及员工不与单位签订劳动合同的责任等，同时，应把劳动合同签订保管的责任落实到用人单位相关主管部门及个人。

◉ 典型案例

案例一：大学毕业生"零工资就业"案

案情简介

张燕是某大学会计专业的学生，已经毕业一个多月了，但是一直没有找到合适的用人单位。2006年8月，为了能够先找到一份工作积累工作经验，张燕联系了当地一家会计师事务所，说明自己可以不要工资来工作。会计师事务所决定，张燕可以先到事务所来工作，但不发给其任何工资，要看张燕的工作表现，最终决定是否让张燕在会计师事务所工作。工作半年后，张燕与师姐聊起了就业中的种种困难，从就业一直谈到了工资待遇，最后还提到了最低工资。师姐走后，张燕感到自己每天辛辛苦苦跟那些会计人员一样工作，却连半分钱都拿不到，感觉很不公平。后来张燕跟一位法律专业的同学谈起自己的这番感受，那位同学很愤然地说："这是违法的！"并说明可以要求事务所按当地最低工资标准支付报酬。后来，张燕觉得应当向会计师事务所要个说法，要求事务所支付最低工资。但是事务所认为张燕很多方面还达不到正式会计的要求，不能给工资，并且当初张燕也是同意不拿工资来工作的。张燕为了维护自己的合法权益，在那位法律专业同学的帮助下申请了劳动仲裁。

当地劳动争议仲裁委员会认为：张燕与会计师事务所均符合

《劳动法》关于劳动合同签订主体资格的规定，双方虽未签订书面劳动合同，但存在事实劳动关系，会计师事务所应当依法给张燕支付工资报酬。双方关于"零工资就业"的约定，违反了《最低工资规定》的强制性规定，故裁决会计师事务所按照当地最低工资的标准支付工资。

点评

因种种原因，大学毕业生就业难已经成为一个社会问题。于是，一些急于找到工作的大学毕业生打出了"零工资就业"的底牌。本案就是一个典型的"零工资就业"问题。

该如何看待"零工资就业"问题呢？从劳动法律的角度来说，此问题涉及如下两个方面的内容：一是工资问题。根据我国《最低工资规定》，最低工资标准是指劳动者在法定工作时间或依法签订的劳动合同约定的工作时间内提供了正常劳动的前提下，用人单位依法应支付的最低劳动报酬。可见，只要是建立了劳动关系，只要提供了正常的劳动，用人单位最低也要按照当地最低工资标准向劳动者支付报酬。获得劳动报酬是劳动者的合法权益。而且，获得不低于最低工资标准的劳动报酬是法律的强制性规定，是不允许当事人双方协商确定的。二是劳动关系问题。根据《劳动合同法》和《劳动法》的相关规定，大学毕业生是符合建立劳动关系的主体资格的，而且，从"零工资就业"的性质来看，其实就是大学毕业生跟用人单位建立劳动关系，劳动者提供劳动，用人单位却不支付报酬。综合两个方面的内容，可以得出结论："零工资就业"是一个违法行为，它虽然由劳动者提出，违法的却是用人单位。可见，本案中劳动仲裁委员会的裁决在当时于法有据，合情合理。

本案若是发生在2008年1月1日《劳动合同法》施行以后，那么用人单位将承担更大的法律责任。一是张燕的工资标准问题。按照《劳动合同法》的规定，事务所支付给张燕的工资标准将不视当地最低工资标准界定，而是根据以下原则确定：若事务所有集体合同，那么标准就是集体合同中约定的标准，若无集体合同，那么标准就根据与张燕同一岗位、付出相同劳动、获得相同绩效的员工的工资标准确定。第二，因事务所一直未与张燕签订书面劳动合同，用工第一个月支付一倍工资，第二个月至第六个月应每月支付双倍的工资。

案例二：两年未签劳动合同案

案情简介

马先生来到一个外商投资企业工作，工资很高，工作环境很好，一切都令他很满意。但唯独一件事让马先生放不下。那就是：进入公司后，马先生跟公司要求签订劳动合同，可是公司老板却说："你是急聘进来的，公司一般到5月份才大批招人，现在只跟你一个人签了合同，不好管理，等到5月份跟成批进来的员工一起签吧。"

马先生只好等。可是到了5月份，公司领导又说，这次招的人都是工人，工作性质跟马先生不一样，等到管理人员续订合同时，再……

于是，虽然马先生多次要求公司和他签订劳动合同，但公司一直以种种理由进行推脱，致使马先生和该公司始终未签订劳动合同。

两年过去了，2007年10月25日，公司以富余人员过多，需要裁员为由，决定结束与马先生的劳动关系。马先生办完离职手续后，向公司提出享受经济补偿金的要求时，遭到了公司的拒绝。公司给马先生的理由是，我们之间没有劳动合同，是事实劳动关系，双方均可随时通知对方结束这种关系，没有必要支付什么经济补偿金。

点评

这是一起比较典型的案件。反映出了现在大多数不愿意签订劳动合同的企业的想法以及员工的心理。

按照《劳动法》和多数地方劳动合同管理法规的规定，建立劳动关系应当签订劳动合同，劳动合同应当以书面形式确定。应签未签书面劳动合同的，双方应当协商补签，协商不成的，双方都有权终止劳动关系。很多地方在此处限制了用人单位的终止权，即劳动者可以随时终止事实劳动关系，用人单位则需提前一个月通知方可终止劳动关系。同时，若是用人单位提出终止事实劳动关系的，应当向劳动者支付经济补偿金。据此，本案的结果就非常明显了，即公司可以终止事实劳动关系，但是却必须向马先生支付经济补偿金。

但是，此案若发生在 2008 年 1 月 1 日之后，根据本法将有不同的审理结果。首先，根据《劳动合同法》第 82 条的规定，由于公司未与马先生签订劳动合同，应当自用工第二个月起向马先生支付两倍工资。其次，由于公司已经超过一年未与马先生签订劳动合同，根据《劳动合同法》第 14 条的规定，视为已签订无固定期限劳动合同。再次，根据《劳动合同法》第 41 条的规定，用人单位在进行经济性裁员时，应当优先留用无固定期限劳动合同的员工，故单位裁减马先生违法，根据《劳动合同法》第 48 条的规定，马先生有权选择要求公司继续履行劳动合同或者要求单位支付双倍的赔偿金。

因此，依法按时签订劳动合同，对于用人单位来说，既是维护自身合法权益的需要，也是避免不必要的违法成本支出的需要。

● **关联法规**

《中华人民共和国劳动法》（1994 年 7 月 5 日）

第九十八条　用人单位违反本法规定的条件解除劳动合同或者故意拖延不订立劳动合同的，由劳动行政部门责令改正；对劳动者造成损害的，应当承担赔偿责任。

《违反〈劳动法〉有关劳动合同规定的赔偿办法》（1995 年 5 月 10 日）

第二条　用人单位有下列情形之一，对劳动者造成损害的，应赔偿劳动者损失：

（一）用人单位故意拖延不订立劳动合同，即招用后故意不按规定订立劳动合同以及劳动合同到期后故意不及时续订劳动合同的；

……

第三条　本办法第二条规定的赔偿，按下列规定执行：

（一）造成劳动者工资收入损失的，按劳动者本人应得工资收入支付给劳动者，并加付应得工资收入 25% 的赔偿费用；

（二）造成劳动者劳动保护待遇损失的，应按国家规定补足劳动者的劳动保护津贴和用品；

（三）造成劳动者工伤、医疗待遇损失的，除按国家规定为劳动者提供工伤、医疗待遇外，还应支付劳动者相当于医疗费用 25% 的赔偿费用；

（四）造成女职工和未成年工身体健康损害的，除按国家规定提供治疗期间的医疗待遇外，还应支付相当于其医疗费用 25% 的赔偿费用；

（五）劳动合同约定的其他赔偿费用。

《集体合同规定》（2004 年 1 月 20 日）

第三条　本规定所称集体合同，是指用人单位与本单位职工根据法律、法规、规章的规定，就劳动报酬、工作时间、休息休假、劳动安全卫生、职业培训、保险福利等事项，通过集体协商签订的书面协议；所称专项集体合同，是指用人单位与本单位职工根据法律、法规、规章的规定，就集体协商的某项内容签订的专项书面协议。

第六条　符合本规定的集体合同或专项集体合同，对用人单位和本单位的全体职工具有法律约束力。

用人单位与职工个人签订的劳动合同约定的劳动条件和劳动报酬等标准，不得低于集体合同或专项集体合同的规定。

第九条　劳动报酬主要包括：

（一）用人单位工资水平、工资分配制度、工资标准和工资分配形式；

（二）工资支付办法；

（三）加班、加点工资及津贴、补贴标准和奖金分配办法；

（四）工资调整办法；

（五）试用期及病、事假等期间的工资待遇；

（六）特殊情况下职工工资（生活费）支付办法；

（七）其他劳动报酬分配办法。

《关于确立劳动关系有关事项的通知》（2005 年 5 月 25 日）

三、……用人单位提出终止劳动关系的，应当按照劳动者在本单位工作年限每满一年支付一个月工资的经济补偿金。

第七章

劳动合同期限：无固定期限
劳动合同将成常态

◉ **原文链接**

《中华人民共和国劳动合同法》

第十二条 劳动合同分为固定期限劳动合同、无固定期限劳动合同和以完成一定工作任务为期限的劳动合同。

第十三条 固定期限劳动合同，是指用人单位与劳动者约定合同终止时间的劳动合同。用人单位与劳动者协商一致，可以订立固定期限劳动合同。

第十四条 无固定期限劳动合同，是指用人单位与劳动者约定无确定终止时间的劳动合同。

用人单位与劳动者协商一致，可以订立无固定期限劳动合同。有下列情形之一，劳动者提出或者同意续订、订立劳动合同的，除劳动者提出订立固定期限劳动合同外，应当订立无固定期限劳动合同：

（一）劳动者在该用人单位连续工作满十年的；

（二）用人单位初次实行劳动合同制度或者国有企业改制重新订立劳动合同时，劳动者在该用人单位连续工作满十年且距法定退休年龄不足十年的；

（三）连续订立二次固定期限劳动合同，且劳动者没有本法第三十九条和第四十条第一项、第二项规定的情形，续订劳动合同的。

用人单位自用工之日起满一年不与劳动者订立书面劳动合同的，视为用人单位与劳动者已订立无固定期限劳动合同。

第十五条 以完成一定工作任务为期限的劳动合同，是指用人单位与劳动者约定以某项工作的完成为合同期限的劳动合同。

用人单位与劳动者协商一致，可以订立以完成一定工作任务为期限的劳动合同。

第十八条 劳动合同对劳动报酬和劳动条件等标准约定不明确，引发争议的，用人单位与劳动者可以重新协商；协商不成的，适用集体合同规定；没有集体合同或者集体合同未规定劳动报酬的，实行同工同酬；没有集体合同或者集体合同未规定劳动条件等标准的，适用国家有关规定。

第四十一条 有下列情形之一，需要裁减人员二十人以上或者裁减不足二十人但占企业职工总数百分之十以上的，用人单位提前三十日向工会或者全体职工说明情况，听取工会或者职工的意见后，裁减人员方案经向劳动行政部门报告，可以裁减人员：……

裁减人员时，应当优先留用下列人员：

（一）与本单位订立较长期限的固定期限劳动合同的；

（二）与本单位订立无固定期限劳动合同的；

……

第八十二条 ……用人单位违反本法规定不与劳动者订立无固定期限劳动合同的，自应当订立无固定期限劳动合同之日起向劳动者每月支付二倍的工资。

第九十七条 ……本法第十四条第二款第三项规定连续订立固定期限劳动合同的次数，自本法施行后续订固定期限劳动合同时开始计算。……

第九十八条 本法自2008年1月1日起施行。

《中华人民共和国劳动合同法实施条例》

第七条 用人单位自用工之日起满一年未与劳动者订立书面劳动合同的，自用工之日起满一个月的次日至满一年的前一日应当依照劳动合同法第八十二条的规定向劳动者每月支付两倍的工资，并视为自用工之日起满一年的当日已经与劳动者订立无固定期限劳动合同，应当立即与劳动者补订书面劳动合同。

第九条 劳动合同法第十四条第二款规定的连续工作满10年的起始时间，应当自用人单位用工之日起计算，包括劳动合同法施行前的工作年限。

第十条 劳动者非因本人原因从原用人单位被安排到新用人单位工作的，劳动者在原用人单位的工作年限合并计算为新用人单位的工作年限。原用人单位已经向劳动者支付经济补偿的，新用人单位在依法解除、终止劳动合同计算支付经济补偿的工作年限时，不再计算劳动者在原用人单位的工作年限。

第十一条 除劳动者与用人单位协商一致的情形外，劳动者依照劳动合同法第十四条第二款的规定，提出订立无固定期限劳动合同的，用人单位应当与其订立无固定期限劳动合同。对劳动合同的内容，双方应当按照合法、公平、平等自愿、协商一致、诚实信用的原则协商确定；对协商不一致的内容，依照劳动合同法第十八条的规定执行。

第十二条 地方各级人民政府及县级以上地方人民政府有关部门为安置就业困难人员提供的给予岗位补贴和社会保险补贴的公益性岗位，其劳动合同不适用劳动合同法有关无固定期限劳动合同的规定以及支付经济补偿的规定。

第十八条 有下列情形之一的，依照劳动合同法规定的条件、程序，劳动者可以与用人单位解除固定期限劳动合同、无固定期限劳动合同或者以完成一定工作任务为期限的劳动合同：

（一）劳动者与用人单位协商一致的；

（二）劳动者提前30日以书面形式通知用人单位的；

（三）劳动者在试用期内提前3日通知用人单位的；

（四）用人单位未按照劳动合同约定提供劳动保护或者劳动条件的；

（五）用人单位未及时足额支付劳动报酬的；

（六）用人单位未依法为劳动者缴纳社会保险费的；

（七）用人单位的规章制度违反法律、法规的规定，损害劳动者权益的；

（八）用人单位以欺诈、胁迫的手段或者乘人之危，使劳动者在违背真实意思的情况下订立或者变更劳动合同的；

（九）用人单位在劳动合同中免除自己的法定责任、排除劳动者权利的；

（十）用人单位违反法律、行政法规强制性规定的；

（十一）用人单位以暴力、威胁或者非法限制人身自由的手段强迫劳动者劳动的；

（十二）用人单位违章指挥、强令冒险作业危及劳动者人身安全的；

（十三）法律、行政法规规定劳动者可以解除劳动合同的其他情形。

第十九条 有下列情形之一的，依照劳动合同法规定的条件、程序，用人单位可以与劳动者解除固定期限劳动合同、无固定期限劳动合同或者以完成一定工作任务为期限的劳动合同：

（一）用人单位与劳动者协商一致的；

（二）劳动者在试用期间被证明不符合录用条件的；

（三）劳动者严重违反用人单位的规章制度的；

（四）劳动者严重失职，营私舞弊，给用人单位造成重大损害的；

（五）劳动者同时与其他用人单位建立劳动关系，对完成本单位的工作任务造成严重影响，或者经用人单位提出，拒不改正的；

（六）劳动者以欺诈、胁迫的手段或者乘人之危，使用人单位在违背真实意思的情况下订立或者变更劳动合同的；

（七）劳动者被依法追究刑事责任的；

（八）劳动者患病或者非因工负伤，在规定的医疗期满后不能从事原工作，也不能从事由用人单位另行安排的工作的；

（九）劳动者不能胜任工作，经过培训或者调整工作岗位，仍不能胜任工作的；

（十）劳动合同订立时所依据的客观情况发生重大变化，致使劳动合同无法履行，经用人单位与劳动者协商，未能就变更劳动合同内容达成协议的；

（十一）用人单位依照企业破产法规定进行重整的；

（十二）用人单位生产经营发生严重困难的；

（十三）企业转产、重大技术革新或者经营方式调整，经变更劳动合同后，仍需裁减人员的；

（十四）其他因劳动合同订立时所依据的客观经济情况发生重大变化，致使劳动合同无法履行的。

◉ 条款解读

毫无疑问，从上述关于劳动合同期限的一系列条款中可以看出，劳动合同法试图引导用人单位与员工签订无固定期限劳动合同。

《劳动合同法》第14条规定的用人单位应当与员工签订无固定期限劳动合同的法定情形，是《劳动合同法》颁布以后争议最大的条款，也是用人单位学习最多、讨论最多、研究最多的条款。有不少用人单位针对《劳动合同法》中关于无固定期限劳动合同的规定，想出种种"对策"并付诸实施，试图规避、控制无固定期限劳动合同的"法律风险"。

事实上，无固定期限劳动合同真的是"洪水猛兽"吗？除了"规避"，不能有其他应对措施？

笔者从以下几个方面对合同期限进行分析，希望能对无固定期限劳动合同"拨乱反正"。

一、劳动合同期限的三种类型

与《劳动法》相比，《劳动合同法》没有增加新的劳动合同种类，仍然是将其法定分为了三种：

1. 固定期限劳动合同

固定期限劳动合同又称定期劳动合同，是指用人单位与劳动者双方明确规定了劳动合同起始时间和到期终止时间的劳动合同。

固定期限劳动合同的具体期限，由双方当事人根据工作需要和具体情况来确定，法律对此没有给出最低的标准。它可以是1个月、2个月、3个月……1年、2年、3年等短期的劳动合同，也可以是4年、5年、8年……等中长期的劳动合同。中国目前大多数的企业与员工签订的劳动合同都偏向于选择这种固定期限的劳动合同，并且都偏向于选择短期的固定期限劳动合同。

2. 无固定期限劳动合同

无固定期限劳动合同又称不定期劳动合同，相对于有固定期限劳动合同而言，是指没有约定终止日期的劳动合同。劳动者和用人单位仅约定合同履行的起始时间，除发生法定事由，该劳动合同的效力可以一直延续到劳动者年届退休时为止。

地方各级人民政府及县级以上地方人民政府有关部门为安置就业困难人员提供的给予岗位补贴和社会保险补贴的公益性岗位，其劳动合同不适用《劳动合同法》上述有关无固定期限劳动合同的规定。

3. 以完成一定工作任务为期限的劳动合同

以完成一定工作任务为期限的劳动合同，是指用人单位与劳动者约定以某项工作的完成为合同期限的劳动合同。用人单位与劳动者协商一致，可以订立以完成一定工作任务为期限的劳动合同。某一项工作或工程开始之日，即为合同开始之时，此项工作或工作完毕，合同即告终止。

以完成一定工作任务为期限的劳动合同主要适用于一些项目制的工作岗位，这些工作岗位因项目的存在而存在，但项目的完成时间又较难确定。因此，与这种岗位的员工无法签订固定期限劳动合同或无固定期限劳动合同，只能签订以完成一定工作任务为期限的劳动合同。

二、法定应当签订无固定期限劳动合同的情形

《劳动合同法》颁布之前，有关无固定期限劳动合同的规定主要体现在《劳动法》第 20 条："……劳动者在同一用人单位连续工作满十年以上，当事人双方同意续延劳动合同的，如果劳动者提出订立无固定期限的劳动合同，应当订立无固定期限的劳动合同。"《劳动合同法》在上述条款的基础上，扩大了无固定期限劳动合同的范围。比如，取消了现行《劳动法》的"同意续延"，改为只要在同一用人单位连续工龄满十年，员工即可提出订立无固定期限劳动合同；另增加了两种新的须签订无固定期限合同的情形，同时明确规定了用人单位违反上述规定不签订无固定期限劳动合同的法律责任。

按照《劳动合同法》的规定，无固定期限劳动合同的签订，大致有以下几种情形：

1. 用人单位与劳动者双方协商一致

用人单位如果想要订立无固定期劳动合同，只要与劳动者协商一致，可以随时签订无固定期劳动合同。

2. 用人单位用工满一年不与劳动者签订书面劳动合同的

用人单位用工满一年不与劳动者签订书面劳动合同的，视为用人单位与劳动者自用工之日起满一年的当日已订立无固定期限劳动合同，并且，用人单位应当立即与劳动者补订书面无固定期限劳动合同。未在用工之日起满一年的当日立即与劳动者补订书面无固定期限劳动合同的，用人单位还应当自用工之日起满一年的当日起向劳动者每月支付二倍的工资，直至签订书面无固定期限劳动合同止。

3. 劳动者在该用人单位连续工作满十年的

劳动者在同一家用人单位连续工作满十年，除劳动者要求订立固定期劳动合同外，劳动者提出签订劳动合同或者提出续签劳动合同或者同意续订劳动合同的，不论用人单位同意不同意，用人单位都应当与其签订无固定期限劳动合同。此种情形下，用人单位未与劳动者签订书面无固定期限劳动合同的，用人单位还应当自劳动者提出签订劳动合同或者提出续签劳动合同或者同意续订劳动合同的当日起向劳动者每月支付二倍的工资，直至签订书面无固定期限劳动合同止。

为防止用人单位"钻空子"，《实施条例》还明确规定了以下两点：

（1）"连续工作满十年"的起始时间，应当自用人单位用工之日起计算，包括《劳动合同法》施行前的工作年限。

（2）劳动者非因本人原因从原用人单位被安排到新用人单位工作的，劳动者在原用人单位的工作年限合并计算为新用人单位的工作年限。原用人单位已经向劳动者支付经济补偿的，新用人单位在依法解除、终止劳动合同计算支付经济补偿的工作年限时，不再计算劳动者在原用人单位的工作年限。

此处"非本人原因"是关键。如果用人单位能够举证证明劳动者从原用人单位被安排到新用人单位工作，是因本人原因而导致的，则劳动者在原用人单位的工作年限不应合并计算为新用人单位的工作年限。

此外，此处何谓"连续工作"也存有疑义。"连续"到底如何界定？员工离职退工后间隔多少时间回来重新办理录用手续上班才不算"连续"？在相关规定明确之前，我们可以认为，间隔、中断一天也可导致"不连续"。

4. 用人单位初次实行劳动合同制度或者国有企业改制重新订立劳动合同时，劳动者在该用人单位连续工作满十年且距法定退休年龄不足十年

针对初次实行劳动合同制度的用人单位或者改制重新与员工订立劳动合同的国有企业，劳动者在该用人单位连续工作满十年且距法定退休年龄不足十年的，除劳动者要求订立固定期劳动合同外，劳动者提出签订劳动合同或者提出续签劳动合同或者同意续订劳

合同的，不论用人单位同意不同意，用人单位都应当与其签订无固定期限劳动合同。此种情形下，用人单位未与劳动者签订书面无固定期限劳动合同的，用人单位还应当自劳动者提出签订劳动合同或者提出续签劳动合同或者同意续订劳动合同的当日起向劳动者每月支付二倍的工资，直至签订书面无固定期限劳动合同止。

本项规定增加了"距法定退休年龄不足十年"的条件，对于初次实行劳动合同制度的用人单位或者改制重新与员工订立劳动合同的国有企业而言，似有"特殊保护"之嫌，违反公平原则。

5. 连续订立二次固定期限劳动合同，且劳动者没有法定过错，续订劳动合同的

同时满足以下三个条件时，劳动者提出签订劳动合同或者提出续签劳动合同或者同意续订劳动合同的，不论用人单位同意不同意，用人单位都应当与其签订无固定期限劳动合同：

（1）2008 年 1 月 1 日以后，用人单位与劳动者连续签订了两次固定期限劳动合同；

（2）劳动者在前面两次固定期限劳动合同履行期间，没有《劳动合同法》第 39 条和第 41 条第（一）项、第（二）项规定的如下八种情形之一的：

A. 在试用期间被证明不符合录用条件的；

B. 严重违反用人单位的规章制度的；

C. 严重失职，营私舞弊，给用人单位造成重大损害的；

D. 劳动者同时与其他用人单位建立劳动关系，对完成本单位的工作任务造成严重影响，或者经用人单位提出，拒不改正的；

E. 因以欺诈、胁迫的手段或者乘人之危，使对方在违背真实意思的情况下订立或者变更劳动合同，致使劳动合同无效的；

F. 被依法追究刑事责任的；

G. 劳动者患病或者非因工负伤，在规定的医疗期满后不能从事原工作，也不能从事由用人单位另行安排的工作的；

H. 劳动者不能胜任工作，经过培训或者调整工作岗位，仍不能

胜任工作的。

（3）双方续订劳动合同。

以上条件同时具备，除劳动者要求订立固定期劳动合同外，用人单位未与劳动者签订书面无固定期限劳动合同的，用人单位还应当自劳动者提出签订劳动合同或者提出续签劳动合同或者同意续订劳动合同的当日起向劳动者每月支付二倍的工资，直至签订书面无固定期限劳动合同止。

应注意的是，双方在2008年1月1日之前签订的劳动合同，即使合同有效时间跨越到2008年1月1日以后，也不计算次数。

除将来另有规定外，连续订立两次以完成一定工作任务为期限的劳动合同，也不应当适用此条签订无固定期限劳动合同的规定。

另外，此处何谓"连续订立"也存有疑义。第一次合同到期，先办终止手续间断一个月，再签劳动合同，算"连续订立两次"吗？在相关规定明确之前，我们可以认为，该"连续"不是时间上的不间断，而是次数上的不间断。

实践当中还有一种做法，第一个劳动合同到期，不终止也不续签，而是签订劳动合同的变更协议，将原先期限延长或变更为一个新的期限。比如说，一年期限的劳动合同期满前一个月，单位与该员工签定协议同意将原劳动合同期限再延长一年，依次类推。顺延或变更劳动合同期限后的劳动合同，算又签订一次劳动合同还是不算？这个问题仍然需要将来的实施细则或司法解释予以明确。笔者斗胆预测：将来的司法解释会将"劳动合同每顺延一次"认定为"劳动合同续订一次"，否则，《劳动合同法》第14条第2款第（三）项的规定将成为一纸空文。

三、无固定期限劳动合同与固定期限劳动合同的利弊分析

据劳动法世界 laboroot. com 的调查报告显示，国内企业与员工的劳动合同大多是以一年为期限，一年一签。甚至还有大量不足一年期限的劳动合同，或者大量不签订书面劳动合同的情形。合同期限稍微长一些的，一般也少有超过三年、五年的。

用人单位为什么偏好签订这种短期的固定期限劳动合同，而对无固定期限劳动合同（包括长期的固定期限劳动合同）有排斥、拒绝甚至恐慌的心理？短期劳动合同到底对企业有什么吸引力？无固定期限劳动合同到底又会给企业带来什么风险？

在我们服务的常年顾问单位中，有一家民营企业的情形很有代表性。

这是一家已经经营了 10 年的公司，发展一直非常迅速，在其行业内可以排到国内前 20 强。

在做调研时，有一个情况令我觉得很奇怪：这家公司居然连一个象样的规章制度都没有，屡屡辞退员工居然没有奖惩制度，屡屡给员工调岗调薪居然没有绩效考核与薪酬管理制度，屡屡有员工加班居然没有加班审批制度……

如此管理水平的公司怎么可以连续经营并且快速发展 10 年？

带着这个疑问，我与公司老总做了沟通。

老总告诉我，以前的人事管理模式很简单，公司一直在沿用一个秘诀，解决了所有劳动关系管理的难题。

我问是什么秘诀。

老总告诉我，秘诀其实很简单：公司与员工只签了一个有效期为半年的劳动合同，并约定合同到期，如果任何一方未提前一个月通知对方终止，则该劳动合同自动顺延半年，依此类推……

我明白了，确实很简单的一个"秘诀"。

按照这样的劳动合同，公司辞退员工很容易——提前一个月通知员工终止劳动合同即可，这种终止，在 2008 年 1 月 1 日之前，甚至连工龄补偿金都不用支付；按照这样的劳动合同，公司给员工变岗变职变薪也很容易——提前一个月通知员工，给员工两个选择，或者 1 个月后终止双方的劳动合同，或者现在书面变更原劳动合同中的岗位、薪资条款，变更后劳动合同可以继续。

运用一个短期的劳动合同，公司轻易地实现了公司劳动关系管理追求的三大管理权力：调整员工岗位的权力，调整员工薪资的权力，辞退员工的权力。劳动关系管理，变得如此轻松。

固定期限劳动合同给企业带来的以上管理上的便利，是其主要优势。

但是，固定期限劳动合同也有其弊端：

1. 短期的劳动合同，导致员工急功近利的工作理念和方法。签1年的合同，只考虑1年的工作规划；签3年的劳动合同，只考虑3年的工作规划……短期的合同，导致的是短期短视的眼光和战略。

2. 固定期限劳动合同导致员工安全感的丧失，人才流动率、离职率加大。合同将到期时，企业尚未表态是否与员工续签劳动合同，但员工往往到期前三、四个月已经开始"秘密"地投简历，参加招聘会，联系猎头公司，接洽新单位，为自己寻找下一个工作机会。合同快到期，公司准备通知员工续签合同时，员工常常已经拿到了下一个工作单位的 OFFER，结果，双方最终不得不挥手说"拜拜"，尽管双方其实都有继续合作的意愿。

3. 固定期限劳动合同导致员工对企业忠诚度、归属感、认同感包括主人翁意识的下降。每个员工都是"打短工"的心态，每个员工未来的长远发展与企业的长远发展没法挂钩，因为谁也不知道自己劳动合同到期后企业是否能与自己续签。

4. 固定期限劳动合同到期终止，按《劳动合同法》的规定，用人单位也仍须支付劳动者工作年限的经济补偿金，在补偿上用人单位并不能降低任何成本。反之，反复支付合同到期终止员工的工龄补偿，反复发生新的员工招聘成本，反复发生新的员工培训成本、磨合成本，老员工离职带来士气的低落、团队战斗力的下降甚至商业秘密的流失。

5. 固定期限劳动合同的续签成本增加。合同到期要继续用工，用人单位必须跟员工续签劳动合同，未续签劳动合同而用工，同样形成事实劳动关系的风险。员工人数不断增多，合同续签的时间成本、管理成本和管理风险也不断加大……

随着《劳动合同法》的深入实施，固定期限劳动合同在管理上的便利在一定时间后将不复存在。因为，2008年1月1日以后，用人单位与劳动者连续签订二次固定期限劳动合同，再次续订劳动合同时，除劳动者提出订立固定期限劳动合同外，应当订立无固定期限劳动合同。继续操作这种短期的固定期限劳动合同，结局必然是提前与员工进入"无固定期限劳动合同"，公司劳动关系管理追求的三大管理权力变得复杂了，而以上固定期限劳动合同的弊端将日益凸现。

反观无固定期限劳动合同，恰恰具备固定期限劳动合同所无法具备的优势：

1. 无固定期限劳动合同，导致的是具有长远发展眼光和战略的工作理念和方法。用人单位对员工的考核周期变长了，员工也敢于大胆去做五年、十年、二十年、五十年甚至百年的工作规划了。这在一年一签的劳动合同面前是无法想象的。

2. 无固定期限劳动合同能增强员工的安全感，降低人才流动率、离职率。由于签订的是无固定期限劳动合同，员工在面临跳槽机会时，会慎重考虑新职业机会的稳定性与安全性，不会跟签订一年固定期限劳动合同那样，甚至只是因为加了300元工资，毫不犹豫就跳了槽。

3. 无固定期限劳动合同能提升员工对企业的忠诚度、归属感、认同感，包括主人翁意识。员工的未来利益与企业的长远发展利益挂钩了，因为企业做不好，大家可能要丢掉这个"铁饭碗"。

4. 无固定期限的劳动合同因员工到退休年龄而终止，按《劳动合同法》及《实施条例》的规定，用人单位不须支付劳动者工作年限的经济补偿金，在补偿上用人单位反倒减少了成本。同时，也降低了反复招聘新员工的招聘成本、反复培训新员工的培训成本，提升了团队的士气和战斗力，有效减少了因老员工离职而导致企业商业秘密的流失。

5. 无固定期限劳动合同不存在续签的问题，因此，有效避免了劳动合同续签的时间成本、管理成本和管理风险……

与短期的固定期限劳动合同相比，无固定期限劳动合同的弊端主要在于以下的两个方面：

　　1. 解雇难度加大。固定期限劳动合同可以到期终止，而无固定期限劳动合同无法到期终止。因此，用人单位在解雇无固定期限劳动合同的劳动者时，缺失了合同到期终止这一重要砝码。不过，在劳动合同解除和其他终止条件出现导致合同终止方面，无固定期限劳动合同与固定期限劳动合同并无区别。

　　2. 调岗调薪难度加大。固定期限劳动合同在到期终止前，用人单位可以以合同续签为砝码与员工协商调岗调薪，协商不成，到期终止。而无固定期限劳动合同没有这个砝码。

　　事实上，无固定期限劳动合同的主要弊端就是无法到期终止，其他方面与固定期限劳动合同并无不同。

四、面对无固定期限劳动合同的正确态度

　　如果员工工作表现良好，用人单位确实需要用人，你会选择与员工合同到期终止吗？事实上，大多数的用人单位和大多数的员工，合同一直是在续签下去的。与其这样一直周期性的续签，是不是干脆签订无固定期限劳动合同，反倒免去了固定期限劳动合同的种种弊端？

　　如果员工表现不如人意，绩效不佳，不管是固定期限劳动合同还是无固定期限劳动合同，用人单位都可以通过一套科学、专业的绩效考核制度，以"不胜任工作，经培训或调岗后仍不胜任"为由，与其解除劳动合同；如果员工不遵纪守法，屡教不改，不管是固定期限劳动合同还是无固定期限劳动合同，用人单位都可以通过一套专业、完备的劳动纪律体系，以"严重违纪"为由，与其解除劳动合同；如果用人单位经营发展出现问题或者业务发生调整，无法再雇佣一些员工，不管是固定期限劳动合同还是无固定期限劳动合同，用人单位也都可以通过"情事变更"或者"经济性裁员"，与其解除劳动合同；在极端的情况下，用人单位甚至可以选择"提前解散"或"宣告破产"的方法，与其终止劳动合同。

如果以上情况都没出现，用人单位又为什么要与员工终止固定期限劳动合同呢？

实际上，无固定期限劳动合同并非是不可解除、不可终止的劳动合同。从解除的法定条件上说，用人单位解除无固定期限劳动合同与解除固定期限劳动合同事实上是一样的。无论是解除哪种期限的劳动合同，都要求用人单位建立健全一套规范、完备的规章制度以及架构起合理、科学的工作岗位考核制度等。从用人单位长远发展来看，无固定期限劳动合同如果运用得当，也能给用人单位带来吸引人才、留用人才、激励员工、提升团队凝聚力等效力，总体上评估，笔者认为，无固定期限劳动合同对用人单位的利益大于风险。

因此，正确面对无固定期限劳动合同的态度是：如果用人单位需要用人的岗位是长期存在的岗位，如果用人单位致力于建设"百年企业"，那么用人单位就应当像签订固定期限劳动合同一样去签订无固定期限劳动合同。

◉ 操作提示

面对无固定期限劳动合同，应明确以下策略：

1. 无固定期限劳动合同不等于"铁饭碗"，用人单位可以和解除固定期限劳动合同一样解除无固定期限劳动合同。

2. 根据岗位存续时间长短、对员工年龄体力要求等具体情况选择无固定期限或固定期限劳动合同。

3. 架构好无固定期限劳动合同的条款，实行岗位竞聘上岗制度，并将劳动合同期限与岗位聘用期限分离，形成无固定期限劳动合同框架下的岗位短期聘用制。

4. 强化管理基础，完善规章制度，调整、完善绩效考核、薪资福利政策，明确界定何谓"严重违纪"，何谓"严重失职"，何谓"不胜任"，建立科学合理的考核薪资制。

案例：深圳华为公司 7000 员工辞职案[①]

案情简介

2007 年 9 月，华为公司内部通过鼓励员工辞职的方案，至 10 月，华为公司先后分批次与老员工私下沟通取得共识，10 月开始至 11 月底实施，共计将有超过 7000 名在华为公司工作年限超过 8 年的老员工，需要逐步完成"先辞职再竞岗"工作。按照华为公司的要求，工作满 8 年的员工，由个人向公司提交一份辞职申请，在达成自愿辞职共识之后，再竞争上岗，与公司签订新的劳动合同，工作岗位基本不变，薪酬略有上升。老员工辞职之后，这些有着华为最老的工号也将消失，某种程度上体现等级的工号制度取消，所有工号重新排序，排序不分先后，也不再体现员工工作年限长短。据华为员工透露，华为总裁任正非、副总裁孙亚芳在内的一批华为创业元老，也进行了"先辞职再竞岗"。

此次"先辞职再竞岗"时，所有自愿离职的员工都获得了华为公司相应的补偿，补偿方案为"N＋1"模式。N 为在华为工作的年限，打个比方，如果某个华为员工的月工资是 5000 元；一年的奖金是 60000 元，平摊给每个月就是 5000 元的奖金，假如他在华为工作了 8 年。那么他得到的最终赔偿数额就是 10000 元（工资＋年奖金平摊）乘以"8＋1"，计 90000 元。而此次自愿辞职的老员工大致分为两类：自愿归隐的"功臣"和长期在普通岗位的老员工，工作年限均在 8 年以上。其中一些老员工已成为"公司的贵族"，坐拥丰厚的期权收益和收入，因而"缺少进取心"。由于这些老员工的收入相对较高，华为公司为他们辞工支付的赔偿费，外界预测总计

[①] 本案摘自魏浩征：《2007 年十大劳动争议案件点评》，载《法制日报》2008 年 1 月 20 日第十版。

将超过 10 亿元。由此引发了近万名员工集体辞职的所谓"华为辞职门"事件，该事件随即成为 2007 年最受媒体关注的事件之一。

华为公司的此次操作，被外界普遍认为是为了规避《劳动合同法》第 14 条关于无固定期限劳动合同的新规定。

点评

严格意义上讲，该事件还不能算案件，但"华为员工辞职门"成为了 2007 年下半年的热点事件，甚至被媒体称之为可能成为中国人力资源管理史上的标志性事件。

华为的操作方法，从《劳动合同法》角度看来，确实有规避十年工龄的员工无固定期限劳动合同之嫌。从职业经理人或专业顾问公司的角度来看，我们认为，华为事件精神可嘉，值得尊敬。企业管理者为了企业的特定目的在符合法律的范围去做种种合法的设计与操作，而且在操作的过程中，注重与员工的沟通，并取得了大多员工的认同，无可厚非。但从法律角度讲，这个操作是否能实现规避无固定期限劳动合同的目的（假设是这个目的），还有待商榷和进一步界定。同时，面对《劳动合同法》，更加重要的问题在于，无固定期限劳动合同究竟是不是洪水猛兽，值得用人单位这样去规避？无固定期限劳动合同到底有什么风险？这些风险是不是通过劳动合同条款的科学合理设计、绩效考核制度、劳动纪律、管理流程的完善等可以得到有效控制？与短期劳动合同相比，无固定期限劳动合同是不是也有其更突出的积极效果和意义？这些问题都需要用人单位去做更加深入的思考和研究。我们认为，与其规避，不如顺应法律规定，借助新法契机，进一步提升和改进企业人力资源管理水平，建立更加科学、合理、有效的人事管理体系。

◉ **关联法规**

《中华人民共和国劳动法》（1994 年 7 月 5 日）

第二十条　劳动合同的期限分为有固定期限、无固定期限和以完成一定的工作为期限。劳动者在同一用人单位连续工作满十年以上，当事人双方同意续延劳动合同的，如果劳动者提出订立无固定期限的劳动合同，应当订立无固定期限的劳动合同。

《关于贯彻执行〈中华人民共和国劳动法〉若干问题的意见》（1995 年 8 月 4 日）

20. 无固定期限的劳动合同是指不约定终止日期的劳动合同。按照平等自愿、协商一致的原则，用人单位和劳动者只要达成一致，无论是初次就业的，还是由固定工转制的，都可以签订无固定期限的劳动合同。

无固定期限的劳动合同不得将法定解除条件约定为终止条件，以规避解除劳动合同时用人单位应承担支付给劳动者经济补偿的义务。

21. ……从事矿山井下以及在其他有害身体健康的工种、岗位工作的农民工，施行定期轮换制度，合同期限最长不超过八年。

22. 劳动法第二十条中的"在同一用人单位连续工作满十年以上"是指劳动者在同一用人单位签订的劳动合同期限不间断达到十年，劳动合同期满双方同意续订劳动合同时，只要劳动者提出签订无固定期限劳动合同的，用人单位应当与其签订无固定期限的劳动合同。在固定工转制中各地如有特殊规定的，从其规定。

《关于实行劳动合同制度若干问题的通知》（1996 年 10 月 31 日）

1. 在签订劳动合同时，按照《劳动法》的规定，只要当事人双方协商一致，即可签订有固定期限、无固定期限或以完成一定工作为期限的劳动合同。

2. 在固定工制度向劳动合同制度转变过程中，用人单位对符合下列条件之一的劳动者，如果其提出订立无固定期限的劳动合同，应当与其订立无固定期限的劳动合同：

（1）按照《劳动法》的规定，在同一用人单位连续工作满十年以上，当事人双方同意续延劳动合同的；

（2）工作年限较长，且距法定退休年龄十年以内的；

（3）复员、转业军人初次就业的；

（4）法律、法规规定的其他情形。

《最高人民法院关于审理劳动争议案件适用法律若干问题的解释》（2001 年 4 月 16 日）

第十六条　……用人单位应当与劳动者签订无固定期限劳动合同而未签订的，人民法院可以视为双方之间存在无固定期限劳动合同关系，并以原劳动合同确定双方的权利义务关系。

第八章

用人单位和求职者的知情权及告知义务

◉ **原文链接**

《中华人民共和国劳动合同法》

第八条　用人单位招用劳动者时，应当如实告知劳动者工作内容、工作条件、工作地点、职业危害、安全生产状况、劳动报酬，以及劳动者要求了解的其他情况；用人单位有权了解劳动者与劳动合同直接相关的基本情况，劳动者应当如实说明。

◉ **条款解读**

本条实质上是对《劳动合同法》第 3 条规定的诚实信用原则的具体规定，主要是为保障用人单位和劳动者的知情权。在《劳动合同法》颁布后，劳动部又颁布了《就业服务与就业管理规定》对知情权的问题做了更加细化的规定。

根据上述法律规定，用人单位在招聘时，应当如实告知劳动者以下事项：用人单位基本情况、招用人数、工作内容、工作条件、工作地点、招录条件、劳动报酬、福利待遇、社会保险、职业危害、安全生产状况等。

应当注意的是，用人单位对劳动者的以上告知义务，应当是主动告知。

用人单位可以根据自身的具体情况，采用不同的方式来履行告知义务。例如在用人单位的宣传材料和招聘广告中列明、对应聘者发基本信息告知函、在公开推介会上介绍等。

在从严规定用人单位告知义务的同时，《劳动合同法》也规定了用人单位享有知情权，但对劳动者的告知义务则从宽规定。用人单位有权了解劳动者与劳动合同直接相关的基本情况，劳动者应当如实说明。但劳动者没有向用人单位主动告知其信息的义务，如果用人单位没有主动向劳动者了解情况，劳动者不必主动向用人单位说明。因此，用人单位要行使知情权，防止欺诈，必须主动向劳动者了解情况。

● 操作提示

为避免没有履行主动告知义务或没有保留告知证据而被认定为欺诈的法律风险，用人单位在招聘过程中应设计告知程序，将法定用人单位应主动告知的内容告知于劳动者，并设计专门的文件要求劳动者签字确认，保留可以证明履行告知义务的相关证据。

同时，用人单位亦应充分行使自己的知情权，在招聘时，要求求职者详细登记各项基本信息，信息内容可以包括用人单位想了解的各个方面，当然这些信息应当与工作有关。信息登记表上应当同时注明信息登记虚假、遗漏的后果。基本信息登记表应当要求求职者本人亲自填写并签字，一旦日后发生纠纷，可以作为证据使用。

● 关联法规

《就业服务与就业管理规定》（2007 年 11 月 5 日）

第七条 劳动者求职时，应当如实向公共就业服务机构或职业中介机构、用人单位提供个人基本情况以及与应聘岗位直接相关的知识技能、工作经历、就业现状等情况，并出示相关证明。

第十一条 用人单位委托公共就业服务机构或职业中介机构招用人员，或者参加招聘洽谈会时，应当提供招用人员简章，并出示营业执照（副本）或者有关部门批准其设立的文件、经办人的身份证件和受用人单位委托的证明。

招用人员简章应当包括用人单位基本情况、招用人数、工作内容、招录条件、劳动报酬、福利待遇、社会保险等内容，以及法律、法规规定的其他内容。

第十二条 用人单位招用人员时，应当依法如实告知劳动者有关工作内容、工作条件、工作地点、职业危害、安全生产状况、劳动报酬以及劳动者要求了解的其他情况。

用人单位应当根据劳动者的要求，及时向其反馈是否录用的情况。

第十三条 用人单位应当对劳动者的个人资料予以保密。公开劳动者的个人资料信息和使用劳动者的技术、智力成果，须经劳动者本人书面同意。

第九章

规范招工行为：禁止担保、扣押
证件及非法招用其他单位员工

● **原文链接**

《中华人民共和国劳动合同法》

第九条 用人单位招用劳动者，不得扣押劳动者的居民身份证和其他证件，不得要求劳动者提供担保或者以其他名义向劳动者收取财物。

第八十四条 用人单位违反本法规定，扣押劳动者居民身份证等证件的，由劳动行政部门责令限期退还劳动者本人，并依照有关法律规定给予处罚。

用人单位违反本法规定，以担保或者其他名义向劳动者收取财物的，由劳动行政部门责令限期退还劳动者本人，并以每人五百元以上二千元以下的标准处以罚款；给劳动者造成损害的，应当承担赔偿责任。

劳动者依法解除或者终止劳动合同，用人单位扣押劳动者档案或者其他物品的，依照前款规定处罚。

第九十一条 用人单位招用与其他用人单位尚未解除或者终止劳动合同的劳动者，对原用人单位造成损失的，应当承担连带赔偿责任。

● 条款解读

这些条款主要规范了用人单位的招工行为，对用人单位要求劳动者提供担保、扣押劳动者证件、收取劳动者财物以及非法招用其他单位员工等行为做出了明确的禁止性规定，并规定了严格的法律责任。

用人单位在招用劳动者时，往往要求劳动者提供押金、保证人或其它财产担保，也有的扣押劳动者证件，此类行为的主要作用为限制员工提前离职、降低用人单位的财产损失。但《劳动合同法》此处明确禁止了这些行为，并规定了罚款等行政处罚。因此，用人单位应当审查在整个管理体系中，是否存在着让劳动者缴纳押金或者扣押劳动者证件等行为，如有此种行为，应当立刻改正。

同时，用人单位应当设计替代机制来保护自身的利益。

其一、用人单位应当日益重视招聘工作的重要性，招聘到高素质的员工，可以降低员工离职给单位带来的风险。

其二、用人单位应当按照法律规定建立留人机制，以减少员工提前离职。要降低员工离职率，除了合理灵活的薪酬结构与福利政策、完备的员工职业发展体系、先进的企业文化、良好的竞争环境等软环境外，也需要有约束力的法律机制。

其三、用人单位应当完善风险管理机制，减少由于员工不当行为给用人单位造成损失。

此外，用人单位在招用员工时，应要求员工提交与原用人单位解除或终止劳动关系的证明，员工如果不能提供，很可能该员工与其原用人单位尚未解除或终止劳动关系，此时用人单位不应录用。否则，如造成原用人单位经济损失的，用人单位要承担连带赔偿责任，向原用人单位赔偿下列损失：（1）对生产、经营和工作造成的直接经济损失；（2）因获取商业秘密给原用人单位造成的经济损失。

● **典型案例**

案例一：800 元就业风险保障金案

案情简介

2008 年 6 月，甲某通过某媒体发布的招聘信息，来到 A 公司求职。面试当天，他便被公司录用，并签订了劳动合同。合同中约定，甲某入职 A 公司必须交纳 800 元就业风险保障金。甲某按照合同约定向 A 公司缴纳了 800 元风险保障金。9 月，甲某因个人原因向公司提出辞职，并要求公司退还所交纳的 800 元风险保障金，却遭到公司拒绝。

A 公司人力资源部经理乙说，员工入职必须交 800 元保证金，是因为公司有大量的现金和货物在员工的手头上，如果公司与员工之间没有建立任何一种安全体系，一旦员工携款外逃，会给公司造成致命伤害。由于甲某尚有 2000 元货款没有追回，因此，按公司规定，公司将继续扣留甲某缴纳的风险保障金直至货款全部追回。

甲某不服，向当地劳动保障监察大队举报。

点评

《劳动合同法》明确禁止用人单位以任何名义向劳动者收取财物或要求劳动者提供任何形式的担保，本案中 A 公司的行为肯定是违法的，人力资源部经理乙的说法也是站不住脚的，任何理由都不能成为用人单位向劳动者收取财物的合法理由。

因此，根据《劳动合同法》第 84 条的规定，劳动行政部门应责令 A 公司限期将 800 元退还给甲，并对 A 公司处以 500 元以上 2000 元以下的罚款。若因收取押金，而给甲某带来损害的，甲某还可以要求 A 公司给予赔偿。

案例二：要求单位返还风险抵押金仲裁委员会不受理案

案情简介

2007 年 5 月，乙公司要求甲交纳风险抵押金 5000 元后才能上岗，否则就让甲下岗，甲为了能够保住工作岗位，只好交纳上岗风险抵押金 5000 元。2008 年 9 月，甲要求乙公司退还上岗风险抵押金被拒绝。甲向劳动部门申请仲裁，劳动仲裁部门以该纠纷不属劳动仲裁范围为由，驳回了甲的申请。同年 10 月，甲向法院起诉，要求确认乙公司收取职工上岗风险抵押金的行为违法，并返还该风险抵押金 5000 元。

点评

对本案的处理有二种意见：

第一种意见认为，本案不属于人民法院受理民事诉讼的范围，应当裁定驳回甲的起诉。理由是：《劳动法意见》第 24 条规定："用人单位在与劳动者订立劳动合同时，不得以任何形式向劳动者收取定金、保证金（物）或抵押金（物）。对违反以上规定的，应按照劳动部、公安部、全国总工会《关于加强外商投资企业和私营企业劳动管理切实保障职工合法权益的通知》和劳动部办公厅《对'关于国有企业和集体所有制企业能否参照执行劳部发〔1994〕118 号文件中的有关规定的请示'的复函》的规定，由公安部门和劳动行政部门责令用人单位立即退还给劳动者本人。"据此，对于乙公司在与甲签订劳动合同时收取的上岗风险抵押金，应由公安部门和劳动行政部门责令乙公司将风险抵押金退还给甲。

第二种意见认为，此案属于人民法院受理民事诉讼的范围，人民法院应予受理，并判决乙公司返还甲风险抵押金 5000 元。理由是：《劳动合同法》第 3 条第 1 款规定："订立劳动合同，应当遵循合法、公平、平等自愿、协商一致、诚实信用的原则。"第 26 条规定："下列劳动合同无效或者部分无效：（一）以欺诈、胁迫的手段或者乘人之危，使对方在违背真实意思的情况下订立或者变更劳动合同的；（二）用人单位免除自己的法定责任、排除劳动者权利的；（三）违反法律、行政法规强制性规定。对劳动合同的无效或者部分无效有争议的，由劳动争议仲裁机构或者人民法院确认。"因用人单位居强者地位，劳动者是弱者，用人单位利用其强者地位在与职工签订劳动合同时强迫职工交纳风险抵押金，违反了《劳动合同法》规定的订立劳动合同应当遵循平等自愿原则；且用人单位是采取威胁等手段与劳动者订立的劳动合同，违反了意思自治和协商一致原则，该条款当然无效。依照上述规定，劳动合同的无效，由劳动争议仲裁委员会或者人民法院确认。甲起诉要求确认乙公司收取风险抵押金无效，人民法院当然有权受理，并依法作出合同无效的裁决。同时，《最高人民法院关于审理劳动争议案件适用法律若干问题的解释（二）》也明确规定，劳动者与用人单位解除或者终止劳动关系后，请求用人单位返还其收取的劳动合同定金、保证金、抵押金、抵押物产生的争议，或者办理劳动者的人事档案、社会保险关系等移转手续产生的争议，经劳动争议仲裁委员会仲裁后，当事人依法起诉的，人民法院应予受理。

毫无疑问，以上第二种意见是正确的。

劳动法虽属部门法，但其兼具民事法律规范、刑事法律规范和行政法律规范，且大多属于行政法律规范。用人单位或劳动者的某一行为可能既违反了行政法律规范，又违反了民事法律规范或刑事法律规范。劳动部门行政规章的形式规定用人单位收取劳动者定金、保证金（物）或抵押金（物）的，由公安部门和劳动行政部门责令用人单位立即退还给劳动者本人。只是授权公安部门和劳动行政部门可以对用人单位实施具体行政行为，目的是更好地管理和规范用人单位的行为，保护劳动者的合法权益，并不排斥人民法院依法处理这类纠纷。

综上所述，第一种意见认为此案不属于人民法院受理民事诉讼的范围，应当裁定驳回甲的起诉，属曲解法义，剥夺了劳动者享有的诉权，是错误的。

案例三：非法招用其他公司员工致 170 万经济损失赔偿案

案情简介

2008 年 4 月，某市水泥厂向当地人民法院提起诉讼：2004 年 8 月，水泥厂与李某签订了为期 8 年的劳动合同。2007 年 1 月，水泥厂拟进口新的生产设备，打算派李某等 3 人出国培训。在和李某协商并达成一致的基础上，双方就原劳动合同进行了修改。修改后的合同规定：合同服务期及有效期均为 15 年，李某无正当理由提前解除劳动合同时，应赔偿水泥厂支付的全部出国培训费用及因此造成的其他一切损失。

合同签订后，李某等人于 2007 年 2 月出国培训。2007 年 8 月，李某等人完成培训回厂工作。因为李某在培训期间刻苦钻研、虚心好学，全面掌握了新设备、新技术的操作技巧，回厂后被任命为副厂长，主管全厂的生产工作。在外方技术人员和李某等人的努力下，新设备于 2007 年 9 月安装调试完毕，开始进入试产阶段。就在试产的关键阶段，李某却于 10 月 6 日将一份辞职报告留在自己办公桌上，第二天开始即不到厂工作。经厂方多方寻找，直到 12 月初才得知李某已就任某外资企业的副总经理。厂方多次与李某联系，要求其回厂工作。李某拒绝回厂。

厂方无奈，要求李某及其所在外企支付李某的出国培训费用 20 万元及李某离职给水泥厂造成的 200 万元损失。李某及其所在外企只答应支付 20 万元培训费用。双方多次协商未果，水泥厂遂于 2008 年 2 月向当地劳动争议仲裁委员会提请仲裁。仲裁委员会裁定：李某及其所在外企向水泥厂支付 20 万元培训费用及 50 万损失赔偿费，双方解除劳动合同。水泥厂对仲裁裁决不服，于是向人民法院提起诉讼。

法院经审理查明：李某与水泥厂签订的劳动合同为有效合同；

水泥厂为李某出国培训支付了 20 万元费用，李某突然离职未做工作交接后，致使水泥厂新引进设备停产两个半月，造成损失 150 万元；李某所在外企在明知李某尚未与水泥厂正式解除劳动合同的情况下，仍招用李某，这是一种违反有关法律规定的行为，应承担连带赔偿责任。判决如下：（1）解除李某与水泥厂的劳动合同关系；（2）李某赔偿水泥厂支付的出国培训费用 20 万元，及损失 150 万元，共计 170 万元；（3）李某所在外企承担连带赔偿责任；（4）诉讼费由李某及其所在外企全部承担。

点评

本案中涉及如下几个方面的问题：

第一，李某的离职属于违法离职。根据《劳动合同法》的相关规定，劳动者可以在没有理由的情况下单方解除劳动合同，但必须提前三十天以书面形式通知用人单位。劳动者亦可以随时单方解除劳动合同，但是必须符合法律规定的情形。本案中，李某当天留下书面通知，第二天就不来上班，既不符合法律规定的提前三十天通知的情形，又不存在法律规定可以随时辞职的情形，因此，他的离职属于违法离职，应当承担当初其与水泥厂约定的违约责任，并赔偿因此给水泥厂带来的经济损失。

第二，在李某提交书面辞职通知之日起三十日内，水泥厂并没有为李某办理退工手续，此时李某仍然属于水泥厂的员工。换句话说，李某与水泥厂的劳动关系并没有解除。

第三，由于李某与水泥厂的劳动关系尚未解除，李某未能向某外企出具劳动合同解除或终止证明，某外企在这种情况下招用李某，给水泥厂造成了直接经济损失，外企应当承担连带赔偿责任。

综上所述，本案中法院的判决是于法有据的。

⊙ **关联法规**

《中华人民共和国劳动法》（1994 年 7 月 5 日）

第九十九条 用人单位招用尚未解除劳动合同的劳动者，对原用人单位造成经济损失的，该用人单位应当依法承担连带赔偿责任。

《关于贯彻执行〈中华人民共和国劳动法〉若干问题的意见》（1995 年 8 月 4 日）

24. 用人单位在与劳动者订立劳动合同时，不得以任何形式向劳动者收取定金、保证金（物）或抵押金（物）。对违反以上规定的，应按照劳动部、公安部、全国总工会《关于加强外商投资企业和私营企业劳动管理切实保障职工合法权益的通知》（劳部发〔1994〕118 号）和劳动部办公厅《对"关于国有企业和集体所有制企业能否参照执行劳部发〔1994〕118 号文件中有关规定的请示"的复函》（劳办发〔1994〕256 号）的规定，由公安部门和劳动行政部门责令用人单位立即退还给劳动者本人。

《违反〈劳动法〉有关劳动合同规定的赔偿办法》（1995 年 5 月 10 日）

第六条 用人单位招用尚未解除劳动合同的劳动者，对原用人单位造成经济损失的，除该劳动者承担直接赔偿责任外，该用人单位应当承担连带赔偿责任。其连带赔偿的份额应不低于对原用人单位造成经济损失总额的百分之七十。向原用人单位赔偿下列损失：

（一）对生产、经营和工作造成的直接经济损失；

（二）因获取商业秘密给原用人单位造成的经济损失。

赔偿本条第（二）项规定的损失，按《反不正当竞争法》第二十条的规定执行。

《中华人民共和国居民身份证法》（2003 年 6 月 28 日）

第十五条 ……任何组织或者个人不得扣押居民身份证。但是，公安机关依照《中华人民共和国刑事诉讼法》执行监视居住强制措施的情形除外。

《最高人民法院关于审理劳动争议案件适用法律若干问题的解释（二）》（2006 年 8 月 14 日）

第五条 劳动者与用人单位解除或者终止劳动关系后，请求用人单位返还其收取的劳动合同定金、保证金、抵押金、抵押物产生的争议，或者办理劳动者的人事档案、社会保险关系等移转手续产生的争议，经劳动争议仲裁委员会仲裁后，当事人依法起诉的，人民法院应予受理。

第十章

劳动合同的生效、无效及无效的法律风险

⬤ 原文链接

《中华人民共和国劳动合同法》

第十六条 劳动合同由用人单位与劳动者协商一致，并经用人单位与劳动者在劳动合同文本上签字或者盖章生效。

劳动合同文本由用人单位和劳动者各执一份。

第二十六条 下列劳动合同无效或者部分无效：

（一）以欺诈、胁迫的手段或者乘人之危，使对方在违背其真实意思的情况下订立或者变更劳动合同的；

（二）用人单位免除自己的法定责任、排除劳动者权利的；

（三）违反法律、行政法规强制性规定的。

对劳动合同的无效或者部分无效有争议的，由劳动争议仲裁机构或者人民法院确认。

第二十七条 劳动合同部分无效，不影响其他部分效力的，其他部分仍然有效。

第二十八条 劳动合同被确认无效，劳动者已付出劳动的，用人单位应当向劳动者支付劳动报酬。劳动报酬的数额，参照本单位相同或者相近岗位劳动者的劳动报酬确定。

第三十八条 用人单位有下列情形之一的，劳动者可以解除劳动合同：……（五）因本法第二十六条第一款规定的情形致使劳动

合同无效的；……

第三十九条　劳动者有下列情形之一的，用人单位可以解除劳动合同：……（五）因本法第二十六条第一款第一项规定的情形致使劳动合同无效的；……

第四十六条　有下列情形之一的，用人单位应当向劳动者支付经济补偿：（一）劳动者依照本法第三十八条规定解除劳动合同的；……

第四十七条　经济补偿按劳动者在本单位工作的年限，每满一年支付一个月工资的标准向劳动者支付。六个月以上不满一年的，按一年计算；不满六个月的，向劳动者支付半个月工资的经济补偿……

第八十一条　……用人单位未将劳动合同文本交付劳动者的，由劳动行政部门责令改正；给劳动者造成损害的，应当承担赔偿责任。

第八十六条　劳动合同依照本法第二十六条规定被确认无效，给对方造成损害的，有过错的一方应当承担赔偿责任。

◉ 条款解读

一、劳动合同生效的条件

按照《劳动合同法》第16条的规定，劳动合同的内容经双方协商一致后，在书面劳动合同文本上签字、盖章，劳动合同即生效。

对于劳动者而言，签字一般要求本人签字；对于用人单位而言，盖章一般要求盖用人单位的公章，另外，用人单位也可以同时授权代表人在劳动合同上签字。

劳动合同签字盖章的双方一般情况下最好同时在场，共同签字盖章。如果达不到同时签字盖章的条件，可以选择有一方先予签字盖章，再由另一方签字盖章。劳动合同的生效由后签字者签字盖章时生效。

劳动合同文本在双方签字盖章后应由用人单位和劳动者各执一

份。

值得注意的是，有些地区目前还存在着要求用人单位将劳动合同交劳动行政部门鉴证的行为，这些劳动合同鉴证行为，应当与劳动合同的效力无关。换句话说，只要劳动合同主体、内容均合法，双方签字盖章即发生法律效力。鉴证没鉴证与劳动合同的法律效力没有任何关系。

二、劳动合同全部无效或者部分无效的三种情形

1. 一方以欺诈、胁迫的手段或者乘人之危，使对方在违背真实意思的情况下订立或者变更劳动合同的。

"欺诈"是指一方当事人故意告知对方当事人虚假的情况，或者故意隐瞒真实的情况，诱使对方当事人做出错误意思表示的行为。订立或者变更劳动合同时不得采取欺诈手段，是诚实信用原则的体现，它要求订立劳动合同的双方都必须提供真实的信息资料，不得以不诚实、作假、欺诈或者损害他人利益和社会公共利益的手段，骗取他人与其订立劳动合同。违反诚实信用原则签订的劳动合同无效。比如，员工以虚假的身份证、虚假的姓名与公司签订的劳动合同无效。

"胁迫"是指以公民及其亲友的生命、健康、荣誉、名誉、财产等造成损害为要挟、迫使对方作出违背真实的意思表示的行为。订立或者变更劳动合同时不得采取胁迫手段，是自愿原则的体现，它要求用人单位和劳动者在签订劳动合同时，双方都必须是自愿的，是自己的真实的意思表示。一方以强迫、人身威胁等手段迫使对方签订的劳动合同无效，一方以强迫、人身威胁等手段强加违背对方真实意愿的合同条款也无效。

订立或者变更劳动合同时也不得乘人之危，是公平原则的体现，乘人之危签订的劳动合同条款往往因内容不公平而无效。

2. 用人单位免除自己的法定责任、排除劳动者权利的。

用人单位的法定责任主要是指劳动法律法规中明确规定的用人单位应为及不应为的法定义务，例如为员工缴纳社会保险、提供安全的工作环境、保障员工人身健康等。在该些事项上，企业无论与员工达成何种协议，只要免除了企业的法定责任、排除劳动者权利，均属于无效的约定。

比如，某公司与员工签订如下劳动合同条款："员工如因操作不当原因导致发生身体伤残，咎由自取，公司概不负责。"这种条款尽管双方都已签字盖章，但因免除了用人单位工伤的法定责任、排除了劳动者工伤的法定权利而无效。

3. 劳动合同条款违反法律、行政法规强制性规定的。

法律、行政法规主要是指现行有效的、且不与新法有冲突的法律法规。

签订的劳动合同不能与法律、行政法规发生抵触，既包括签订劳动合同时，主体须合法，不合法的主体签订的劳动合同无效；也包括劳动合同的内容、条款等合法，不合法的条款无效。

三、劳动合同全部无效或者部分无效后内容的确定

劳动合同的无效或者部分无效，要由劳动争议仲裁机构或者人民法院确认。因此，要确认劳动合同无效或部分条款无效，须提起劳动争议仲裁。

经劳动争议仲裁机构或者人民法院确认劳动合同无效或部分无效后，无效的合同自始不发生效力。

劳动合同部分条款无效的，不影响其他条款的法律效力。部分无效的条款可以由双方当事人重新协商或者根据法律规定确定。

劳动合同被确认无效，劳动者已付出劳动的，用人单位应当向劳动者支付劳动报酬。劳动报酬的数额，参照本单位相同或者相近岗位劳动者的劳动报酬确定。

四、劳动合同无效的法律风险

劳动合同全部无效，意味着该合同从未发生法律效力，企业与劳动者自始不存在劳动关系。一般情况下，劳动合同的无效是基于一方或者双方的过错行为而产生的。无过错方可以要求过错方承担因其过错而产生的实际损失和法律责任。但是基于权利义务平等原

则，劳动者已经付出的劳动，无论其是否有过错，企业都应当给与经济报酬。报酬的具体金额参照企业内部相同或相近岗位的标准确定。

因用人单位以欺诈、胁迫的手段或者乘人之危，使劳动者在违背其真实意思的情况下订立或者变更劳动合同而导致劳动合同无效的，用人单位须承担以下法律风险：

1. 劳动者可以立刻辞职，不须再承担提前一个月通知的义务；

2. 劳动者有权要求用人单位按其在本单位一年工龄一个月工资、半年工龄半个月工资的标准赔偿其工作年限的经济补偿金；

3. 给劳动者造成其他损害的，须承担赔偿责任。

因劳动者以欺诈、胁迫的手段或者乘人之危，使用人单位在违背其真实意思的情况下订立或者变更劳动合同而导致劳动合同无效的，劳动者须承担以下法律风险：

1. 用人单位可以立刻解除该劳动者的劳动合同，不须承担提前通知及工龄补偿的义务；

2. 给用人单位造成其他损害的，须承担赔偿责任。

● 典型案例

案例一：只有法定代表人签字、无公章的劳动合同有效吗

案情简介

杜小姐在某公司做文秘工作一年多了。最近，在工作中出了几次差错，让总经理很不满意。于是，公司决定解除她的劳动合同。杜小姐对此不服，提起了劳动争议仲裁。仲裁机构在审查公司与杜小姐签订的劳动合同时发现，公司在这份劳动合同上，没有加盖公司公章，只有一个法定代表人的个人签字。

为此，公司认为这份劳动合同属于无效合同，企业可以随时解除双方的劳动关系。但杜小姐不同意，她认为："我与公司签订的劳动合同，虽然公司没有加盖公章，但有法定代表人的亲笔签名，

这就表示公司认可该合同，怎么能说是无效合同呢？"

公司人事经理反驳道："劳动合同上没有加盖公司的公章，就不符合订立合同的形式要件，所以，这份劳动合同当然无效了。"

劳动仲裁委员会裁决该劳动合同有效。

点评

根据《劳动合同法》的规定，劳动合同文本经劳动者和用人单位签字或者盖章生效。因此，一般情况下，劳动合同上有劳动者的签字和用人单位的公章就生效了。但是，这并没有排除用人单位可以由其法定代表人在合同上签字的效力。法定代表人的行为就代表了法人的行为，其认可劳动合同就代表了用人单位认可该劳动合同了。因此，在劳动合同无用人单位公章但有用人单位法定代表人的签字时，劳动合同也应当是有效的。

本案中，公司为了达到与杜小姐解除劳动合同的目的，说因为没有公司的公章，仅有法定代表人的签字，劳动合同就无效，这种说法显然是不符合法律规定的。因此，劳动仲裁委员会的裁决是合法合理的。

案例二：因欺诈订立的劳动合同无效

案情简介

某食品加工企业向社会招聘一名销售主管，王某前往应聘，双方协商洽谈中，王某向企业提交了以往在多个企业从事过销售主管的书面说明。企业求贤若渴，急需一名销售主管打开销售局面，对王某工作经历相当满意，于是双方当即协商签订了劳动合同。合同约定：企业聘用王某为销售主管，试用期三个月；王某全权负责企业销售业务，并对销售部人员的聘用享有决定权。劳动合同签订后，企业即要求王某上班工作。

二个月后，企业发现王某的销售业绩平平，即要求王某制定销售计划，加大销售力度。王某则提出增加销售人员的要求，并决定录用了一名以前工作单位的同事。又二个月后，企业发现王某的销售业绩仍无起色，遂对王某的工作经历产生怀疑。于是，企业派人对王某提供的以往经历进行调查。经调查发现，王某所说的在多个企业从事过销售主管纯属虚构。为了避免王某继续工作可能产生的问题，企业当即做出了解除合同的决定。王某认为自己正在努力开拓销售渠道并即将取得业绩，以往工作经历与目前工作并无关系，企业即时解除合同没有依据。双方于是发生争议。

王某认为：自己进企业是经过考核录用的，自己的能力不能在短时间内表现与销售工作特点有关，以往工作经历与目前工作并无关系，企业解除劳动合同没有依据。

企业认为：员工以往工作经历是企业录用员工的参考条件，企业因王某以往在多个企业从事过销售主管的经历而决定聘用，其劳动合同是采取了欺骗方式而签订的，现经查王某不存在在多个企业从事过销售主管的经历，企业因此可以做出解除合同决定。

点评

本案的争议焦点是用人单位是否可以在调查发现王某工作经历虚假后做出解除合同的决定。

《劳动合同法》第 39 条规定，劳动者以欺诈的手段，使用人单位在违背其真实意思的情况下订立的劳动合同无效，用人单位可以解除劳动合同。对劳动合同的无效有争议的，由劳动争议仲裁机构或者人民法院确认。

本案中，王某为了达到与企业签订劳动合同的目的，隐瞒了真实情况，虚构了以往在多个企业从事过销售主管的工作经历，骗取了企业的信任，致使企业在急需销售主管的时候与其签订了劳动合同。王某的这种做法属欺诈行为，影响了企业的正常生产工作秩序。因此，王某与企业订立的劳动合同应属无效合同。该无效劳动合同经劳动争议仲裁委员会或者人民法院确认，应从订立时起就没有法律约束力。企业与其解除劳动合同完全合法。

案例三：社保协议无效案

案情简介

某家网络公司为了笼络住人才，与员工在劳动合同中约定每月工资多发 1000 元，公司不再为员工缴纳社会保险费，由员工自行缴纳。员工小李与公司签订为期一年的劳动合同，每月均按上述约定领取了多发的 1000 元工资。合同快到期时，小李得知公司将不再与其续签劳动合同，遂立即辞职，并向劳动争议仲裁委员会申诉，要求公司补缴他在工作期间的社会保险费，并支付一个月工资的经济补偿金。公司提出异议，认为公司实际多发的 1000 元工资已经包括并且超过了法定的社会保险费标准，同时，小李系主动辞职，公司不应当支付经济补偿金。

劳动争议仲裁委员会最终裁决下来，公司败诉。

点评

用人单位将应缴纳给社会保险部门的社会保险金支付给员工个人的事情时有发生，究其原因就是因为有的企业或劳动者认为社会保险金是员工个人工资的一部分，反正都是员工个人的，干脆给他算了。为了避免法律风险，有些单位还就此事项与员工签订协议，或者让员工书面提交不缴纳社会保险的申请，其实，这些都是违法的做法。原因主要有二：第一，用人单位和员工双方的社会保险缴纳业务是法律的强制性规定，不能由用人单位与员工通过协议来约定改变；第二，社会保险中有一部分是属于社会统筹的部分，因此，社会保险的缴纳不仅涉及用人单位与员工的利益，还涉及到社会公共利益。单位与员工的协议、做法如果侵害到社会公共利益，当然也无效。同时，根据《劳动合同法》第 46 条的规定，从员工的角度来看，由于用人单位未依法为劳动者缴纳社会保险费导致劳动者提出辞职的，劳动者除有权要求用人单位补缴社会保险外，还有权要求用人单位向员工支付工作年限的经济补偿金。

以高薪或商业保险替代社会保险的约定，以及把社保费发给员工，由员工自行缴纳的合同约定都因违反国家法律、行政法规而无效。

在社会保险的问题上，用人单位要严格按照法律法规规定的程序进行足额缴纳，否则一旦引起争议，用人单位就要承担败诉的风险——"赔了夫人又折兵"！

案例四：劳动合同工作时间条款无效争议

案情简介

张某某于 2008 年 3 月被某公司招为技术员，双方签订正式劳动合同，有关合同条款如下：

"第一条　合同期限 3 年，从 2008 年 3 月 10 日起，到 2011 年 3 月 9 日止，其中前 3 个月为试用期。

第二条　工作时间：实行每周 5 天，每天 10 小时工作制……"

该劳动合同中，除了工作时间与国家有关规定不符外，其余条款均与国家相关规定不相违背。2008 年 10 月，张某某提出每日工作 10 小时违反了《劳动法》，要求公司缩短工作时间。公司人力资源部经理当即宣布，既然合同的有关工作时间不合法，就是无效合同，如有意见，就另请高就。10 月 20 日，公司安排另一人接替，停止张某某工作。张某某不服，向区劳动争议仲裁委员会申诉，要求继续履行劳动合同，并且劳动合同中的劳动时间应当改为每天工作 8 小时。

区劳动争议仲裁委员会受案后经过对双方当事人签订的劳动合同的审查，认为劳动合同中的工作时间条款不符合国务院及原劳动部关于劳动者每日工作时间不超过 8 小时，每周工作时间不超 40 小时的规定，应认定为无效劳动合同，裁决劳动合同无效，终止劳动关系。张某某不服，诉至区人民法院。

张某某在起诉状中诉称：虽然劳动合同中工作时间不合法，但其他主要条款仍符合法律，该条款不能影响其他合同条款的效力，仲裁机关的仲裁是错误的，请求人民法院作出判决，继续履行劳动合同，且缩短劳动合同中的工作时间。

区人民法院经过询问双方当事人，并查看原来的劳动合同后认为：工作时间不符合《劳动法》的规定，其余条款合法，该不合法的条款不影响其余条款效力；同时，造成工作时间条款违法的原因在于用人单位而不在于劳动者。既然其余条款均符合国家法律规定，除将工作时间的条款改按法律规定执行外，双方劳动关系应继续维持，其余条款仍须继续履行。

点评

根据《劳动合同法》的规定，劳动合同部分条款无效的，不影响其他条款的法律效力。部分无效的条款可以由双方当事人重新协商或者根据法律规定确定。本案中，劳动合同第 2 条关于工作时间的规定，已经违反了法律法规关于工作时间的规定，是无效的。但是，本条的无效并不会影响到整个合同的效力，也不会影响到其它条款的效力。因此，本案中用人单位主张"既然合同的有关工作时间不合法，就是无效合同"，这是错误的，不应该得到法律的支持。同时，劳动合同第 2 条的无效是由于单位的原因造成的，而不是由员工的原因造成的，因此，因该条的无效而产生的法律责任应该由单位承担，而不能由员工承担。所以，单位单方停止员工工作的行为是错误的、违法的，也不应该得到法律的支持。由此给员工造成经济损失的，应由用人单位承担赔偿责任。

◉ **关联法规**

《中华人民共和国劳动法》（1994 年 7 月 5 日）

第十六条 劳动合同是劳动者与用人单位确立劳动关系、明确双方权利和义务的协议。

建立劳动关系应当订立劳动合同。

第十七条 订立和变更劳动合同，应当遵循平等自愿、协商一致的原则，不得违反法律、行政法规的规定。

劳动合同依法订立即具有法律约束力，当事人必须履行劳动合同规定的义务。

第十八条 下列劳动合同无效：

（一）违反法律、行政法规的劳动合同；

（二）采取欺诈、威胁等手段订立的劳动合同。

无效的劳动合同，从订立的时候起，就没有法律约束力。确认劳动合同部分无效的，如果不影响其余部分的效力，其余部分仍然有效。

劳动合同的无效，由劳动争议仲裁委员会或者人民法院确认。

第九十七条 由于用人单位的原因订立的无效合同，对劳动者造成损害的，应当承担赔偿责任。

《关于〈劳动法〉若干条文的说明》（1994 年 9 月 5 日）

第十八条 下列劳动合同无效：

（一）违反法律、行政法规的劳动合同；

（二）采取欺诈、威胁等手段订立的劳动合同。

无效的劳动合同，从订立的时候起，就没有法律约束力。确认劳动合同部分无效的，如果不影响其余部分的效力，其余部分仍然有效。

劳动合同的无效，由劳动争议仲裁委员会或者人民法院确认。

本条第一款第（一）项中"法律、行政法规"与本法第十七条解释相同。第（二）项中，"欺诈"是指：一方当事人故意告知对方当事人虚假的情况，或者故意隐瞒真实的情况，诱使对方当事人作出错误意思表示的行为；"威胁"是指以公民及其亲友的生命、健康、荣誉、名誉、财产等造成损害为要挟、迫使对方作出违背真实的意思表示的行为。（欺诈、威胁的解释依据《最高人民法院关于执行〈中华人民共和国民法通则〉若干问题的意见（试行）》）。

劳动合同的无效，经仲裁未引起诉讼的，由劳动争议仲裁委员会认定；经仲裁引起诉讼的，由人民法院认定。

《违反〈劳动法〉有关劳动合同规定的赔偿办法》（1995 年 5 月 10 日）

第二条　用人单位有下列情形之一，对劳动者造成伤害的，应赔偿劳动者损失：

（一）用人单位故意拖延不订立劳动合同，或订立部分无效劳动合同的；

（二）由于用人单位的原因订立无效劳动合同，或订立部分无效劳动合同的；……

《关于贯彻执行〈中华人民共和国劳动法〉若干问题的意见》（1995 年 8 月 4 日）

27. 无效劳动合同是指所订立的劳动合同不符合法定条件，不能发生当事人预期的法律后果的劳动合同。劳动合同的无效有人民法院或劳动争议仲裁委员会确认，不能由合同双方当事人决定。

《关于实行劳动合同制度若干问题的通知》（1996 年 10 月 31 日）

5. 劳动合同可以规定合同的生效时间。没有规定劳动合同生效时间的，当事人签字之日即视为该劳动合同生效时间。

《最高人民法院关于审理劳动争议案件适用法律若干问题的解释》（2001 年 4 月 16 日）

第十四条　劳动合同被确认为无效后，用人单位对劳动者付出的劳动，一般可参照本单位同期、同工种、同岗位的工资标准支付劳动报酬。

根据《劳动法》第九十七条之规定，由于用人单位的原因订立的无效合同，给劳动者造成损害的，应当比照违反和解除劳动合同经济补偿金的支付标准，赔偿劳动者因合同无效所造成的经济损失。

第十一章

劳动合同内容：必备条款与约定条款

◉ 原文链接

《中华人民共和国劳动合同法》

第十七条　劳动合同应当具备以下条款：

（一）用人单位的名称、住所和法定代表人或者主要负责人；

（二）劳动者的姓名、住址和居民身份证或者其他有效证件号码；

（三）劳动合同期限；

（四）工作内容和工作地点；

（五）工作时间和休息休假；

（六）劳动报酬；

（七）社会保险；

（八）劳动保护、劳动条件和职业危害防护；

（九）法律、法规规定应当纳入劳动合同的其他事项。

劳动合同除前款规定的必备条款外，用人单位与劳动者可以约定试用期、培训、保守秘密、补充保险和福利待遇等其他事项。

第十八条　劳动合同对劳动报酬和劳动条件等标准约定不明确，引发争议的，用人单位与劳动者可以重新协商；协商不成的，适用集体合同规定；没有集体合同或者集体合同未规定劳动报酬的，实行同工同酬；没有集体合同或者集体合同未规定劳动条件等标准的，适用国家有关规定。

第八十一条 用人单位提供的劳动合同文本未载明本法规定的劳动合同必备条款或者用人单位未将劳动合同文本交付劳动者的，由劳动行政部门责令改正；给劳动者造成损害的，应当承担赔偿责任。

《中华人民共和国劳动合同法实施条例》

第十三条 用人单位与劳动者不得在劳动合同法第四十四条规定的劳动合同终止情形之外约定其他的劳动合同终止条件。

◉ 条款解读

本条主要对劳动合同的内容进行了规定，劳动合同的内容可以分为必备条款和约定条款两部分。

劳动合同必备条款是指劳动合同中必须载明的内容，是劳动合同不可缺少的条款。根据《劳动合同法》的规定，用人单位提供的劳动合同文本未载明《劳动合同法》规定的劳动合同必备条款的，由劳动行政部门责令改正；给劳动者造成损害的，应当承担赔偿责任。

劳动合同约定条款也成劳动合同的可备条款，是指劳动合同中可以约定也可以不约定的内容。

《劳动合同法》规定了以下九项必备条款：

1. 用人单位的名称、住所和法定代表人或者主要负责人

用人单位的名称通常指用人单位在工商局登记注册时的名称；住所通常指用人单位在工商局登记注册时注册的住所地址；法定代表人通常指依法或按照章程规定，代表法人行使职权的负责人；对于非法人组织而言（如分公司、个体工商户、律师事务所等），没有法定代表人，只有主要负责人。

2. 劳动者的姓名、住址和居民身份证或者其他有效证件号码

劳动者的姓名必须是其居民身份证或者其他有效证件号码上记

载的名字，为避免纠纷，不能是笔名、艺名、小名等。劳动者的住址对于用人单位的送达而言具有重要作用，因此，建议用人单位可以增加对送达地址、送达方式的约定。其他有效证件包括护照、军官证等。

3. 劳动合同期限

劳动合同期限是劳动合同的重点条款，可以从以下三种类型中选择：

（1）固定期限劳动合同。固定期限劳动合同又称定期劳动合同，是指用人单位与劳动者双方明确规定了劳动合同起始时间和到期终止时间的劳动合同。固定期限劳动合同的具体期限，由双方当事人根据工作需要和具体情况来确定，法律对此没有给出最低的标准。

（2）无固定期限劳动合同。无固定期限劳动合同又称不定期劳动合同，是指没有约定终止日期的劳动合同。劳动者和用人单位仅约定合同履行的起始时间，除发生法定事由，该劳动合同的效力可以一直延续到劳动者年届退休时为止。

（3）以完成一定工作任务为期限的劳动合同。以完成一定工作任务为期限的劳动合同，是指用人单位与劳动者约定以某项工作的完成为合同期限的劳动合同。以完成一定工作任务为期限的劳动合同主要适用于一些项目制的工作岗位，这些工作岗位因项目的存在而存在，但项目的完成时间又较难确定。因此，与这种岗位的员工无法签订固定期限劳动合同或无固定期限劳动合同，只能签订以完成一定工作任务为期限的劳动合同。

4. 工作内容和工作地点

工作内容通常是指劳动者在用人单位的劳动岗位、劳动范围、劳动内容。工作地点是指劳动者在用人单位提供劳动的所在地区。

须注意的是，并没有法律禁止过用人单位与劳动者约定多项工作内容和多个工作地点。

5. 工作时间和休息休假

大多数用人单位将工作时间和休假管理规定在单位的规章制度中，法律法规也对工时休假等内容有诸多强制性规定，所以一般在劳动合同中约定为依法律规定及根据公司规章制度安排工作时间和休息休假时间。

6. 劳动报酬

劳动报酬条款是指对用人单位支付给劳动者的报酬数额、计算方式的约定。对于与员工绩效考核结果挂钩的绩效工资，实践中通常约定按照公司绩效考核制度确定。

7. 社会保险

我国的社会保险包括养老保险、医疗保险、失业保险、工伤保险和生育保险。社会保险的险种、费率、缴费基数等问题都是国家或地方统一规定的，用人单位和劳动者无法对社会保险问题进行任何协商和自由约定。因此只能在劳动合同中约定依法缴纳社会保险。

《劳动合同法》之所以把社会保险规定为必备条款，主要是为了强调企业必须承担社会保险缴纳的义务。

8. 劳动保护、劳动条件和职业危害防护

用人单位不仅应当为劳动者提供必需的劳动保护、劳动条件和职业危害防护，而且必须按国家标准执行，但劳动合同的约定可以高于国家标准。国家没有规定标准的，劳动合同中的约定应当保证不使劳动者的身体健康受到危害，生命安全受到威胁。

9. 法律、法规规定应当纳入劳动合同的其他事项

除《劳动合同法》外，其他法律、法规对劳动合同的必备条款有规定的，应当也约定在劳动合同中。

与《劳动法》相比，上述必备条款中的以下内容都是新增的：用人单位的名称、住所和法定代表人或者主要负责人；劳动者的姓名、住址和居民身份证或者其他有效证件号码；工作地点；工作时间和休息休假；社会保险；职业危害防护。

而值得品味的是，《劳动法》原有的几个必备条款，如"劳动合同终止条件"、"劳动纪律"、"违反劳动合同的责任"等，在

《劳动合同法》中不再作为必备条款。

此外，为防止用人单位不愿列明各项劳动标准，或者双方约定不明的条款，《劳动合同法》也规定了处理方法：

1. 劳动合同对劳动报酬和劳动条件等标准约定不明确，引发争议的，用人单位与劳动者可以重新协商。

2. 协商不成的，适用集体合同规定。

3. 没有集体合同或者集体合同未规定劳动报酬的，实行同工同酬。

4. 没有集体合同或者集体合同未规定劳动条件等标准的，适用国家有关规定。

5. 用人单位提供的劳动合同文本未载明《劳动合同法》规定的劳动合同必备条款的，由劳动行政部门责令改正；给劳动者造成损害的，应当承担赔偿责任。

除了必备条款外，用人单位和劳动者双方也可以在劳动合同中约定可备条款，这些可备条款主要包括试用期、培训、保守秘密、补充保险和福利待遇等事项。约定这些可备条款时，法律法规有强制性规定的，仍然需遵循相关强制性规定。有些可备条款也可以放在专门的协议中，双方另外签订详细的专项协议，如培训协议、保密协议等。

● 关联法规

《中华人民共和国劳动法》（1994 年 7 月 5 日）

第十九条 劳动合同应当以书面形式订立，并具备以下条款：

（一）劳动合同期限；

（二）工作内容；

（三）劳动保护和劳动条件；

（四）劳动报酬；

（五）劳动纪律；

（六）劳动合同终止的条件；

（七）违反劳动合同的责任。

劳动合同除前款规定的必备条款外，当事人可以协商约定其他内容。

《集体合同规定》（2004 年 1 月 20 日）

第三条　本规定所称集体合同，是指用人单位与本单位职工根据法律、法规、规章的规定，就劳动报酬、工作时间、休息休假、劳动安全卫生、职业培训、保险福利等事项，通过集体协商签订的书面协议；所称专项集体合同，是指用人单位与本单位职工根据法律、法规、规章的规定，就集体协商的某项内容签订的专项书面协议。

第十二章

强化对试用期员工的保护

● 原文链接

《中华人民共和国劳动合同法》

第十九条 劳动合同期限三个月以上不满一年的，试用期不得超过一个月；劳动合同期限一年以上不满三年的，试用期不得超过二个月；三年以上固定期限和无固定期限的劳动合同，试用期不得超过六个月。

同一用人单位与同一劳动者只能约定一次试用期。

以完成一定工作任务为期限的劳动合同或者劳动合同期限不满三个月的，不得约定试用期。

试用期包含在劳动合同期限内。劳动合同仅约定试用期的，试用期不成立，该期限为劳动合同期限。

第二十条 劳动者在试用期的工资不得低于本单位同岗位最低档工资或者劳动合同约定工资的百分之八十，并不得低于用人单位所在地的最低工资标准。

第二十一条 在试用期中，除劳动者有本法第三十九条和第四十条第一项、第二项规定的情形外，用人单位不得解除劳动合同。用人单位在试用期解除劳动合同的，应当向劳动者说明理由。

第三十七条 ……劳动者在试用期内提前三日通知用人单位，可以解除劳动合同。

第三十九条　劳动者有下列情形之一的,用人单位可以解除劳动合同:

(一)在试用期间被证明不符合录用条件的;

(二)严重违反用人单位的规章制度的;

(三)严重失职,营私舞弊,给用人单位造成重大损害的;

(四)劳动者同时与其他用人单位建立劳动关系,对完成本单位的工作任务造成严重影响,或者经用人单位提出,拒不改正的;

(五)因本法第二十六条第一款第一项规定的情形致使劳动合同无效的;

(六)被依法追究刑事责任的。

第四十条　有下列情形之一的,用人单位提前三十日以书面形式通知劳动者本人或者额外支付劳动者一个月工资后,可以解除劳动合同:

(一)劳动者患病或者非因工负伤,在规定的医疗期满后不能从事原工作,也不能从事由用人单位另行安排的工作的;

(二)劳动者不能胜任工作,经过培训或者调整工作岗位,仍不能胜任工作的;

……

第八十三条　用人单位违反本法规定与劳动者约定试用期的,由劳动行政部门责令改正;违法约定的试用期已经履行的,由用人单位以劳动者试用期满月工资为标准,按已经履行的超过法定试用期的期间向劳动者支付赔偿金。

《中华人民共和国劳动合同法实施条例》

第十五条　劳动者在试用期的工资不得低于本单位相同岗位最低档工资的80%或者不得低于劳动合同约定工资的80%,并不得低于用人单位所在地的最低工资标准。

◉ 条款解读

试用期是指用人单位和劳动者建立劳动关系后为相互了解、选择而约定的不超过六个月的考察期。试用期条款不属于劳动合同的必备条款，可以约定，也可以不约定。试用期的作用主要在于考核、选拔新员工，因此，一般用人单位都会与新员工约定试用期。

一、试用期的期限不得随意约定

要合法约定试用期，首先必须签订书面劳动合同。试用期的期限与劳动合同的期限直接挂钩。

劳动合同期限三个月以上不满一年的，试用期不得超过一个月；劳动合同期限一年以上不满三年的，试用期不得超过二个月；三年以上固定期限和无固定期限的劳动合同，试用期不得超过六个月。

以完成一定工作任务为期限的劳动合同或者劳动合同期限不满三个月的，不得约定试用期。

试用期包含在劳动合同期限内。劳动合同仅约定试用期的，试用期不成立，该期限为劳动合同期限。

二、同一用人单位与同一劳动者只能约定一次试用期

《劳动合同法》新增了一次试用的制度。劳动者可能跟同一个用人单位签订多次的劳动合同，可能每次的劳动合同约定的工作岗位都不一样，但是，只能约定一次试用期。但如果用人单位与劳动者在劳动合同解除或终止后，再次签订劳动合同，此时该用人单位与该劳动者是否能再次约定试用期？如果不能约定，那么用人单位可能就不敢招聘老员工了。此外，劳动者与集团公司控股的某子公司劳动合同终止，后跟集团公司的另一控股子公司新签劳动合同，是否能再次约定试用期？以上两个问题存在不同理解，需要立法部门进一步解释。

三、违法约定并履行试用期需承担双倍工资的法律责任

用人单位违反本法规定与劳动者约定试用期的，由劳动行政部门责令改正。

违法约定的试用期无效。

违法约定的试用期已经履行的，由用人单位以劳动者试用期满月工资为标准，按已经履行的超过法定试用期的期间向劳动者支付

赔偿金。

这里要指出的是，赔偿金并不能代替正常工资的支付，也就是说，在单位承担赔偿金的同时，还要支付该与员工约定的试用期满后的正式工资，即用人单位最终将承担该员工试用期满后约定的工资标准的双倍工资。此外，赔偿金的承担是以已经履行超过法定试用期限为前提，也就是说，如果对于违法约定的试用期，劳动者没有实际履行的，单位就无需支付赔偿金。

四、试用期的待遇有下限

试用期包含在劳动合同期内，因此，对于试用期内的员工而言，社会保险当然应当缴纳。

劳动者在试用期的工资不得低于以下两个标准：

1. 《劳动合同法》新增的规定：试用期的工资不得低于本单位相同岗位最低档工资的80%或者劳动合同约定工资的80%；

2. 试用期的工资不得低于用人单位所在地的最低工资标准。

以上两个标准必须同时符合。低于以上两个标准的约定，即使劳动者自愿接受，仍然会被认定为违法而无效。

还需注意的是，用人单位如果有签订过集体合同，并且在集体合同中约定过试用期工资，那么，用人单位与劳动者约定的试用期工资标准同时不得低于集体合同中规定的标准。

五、试用期解除劳动合同的严格要求

在试用期内解除劳动合同，对于劳动者而言，不需任何理由，只需提前三日通知用人单位即可。但是，对于用人单位而言，则提出了较严格的要求。

"只要在试用期就可以随便辞退员工"，这是很多用人单位对劳动法的误读。

《劳动法》和《劳动合同法》对于用人单位解除试用期内员工的劳动合同均有相关规定：劳动者在试用期间被证明不符合录用条件的，用人单位才可以单方解除劳动合同。

因此，要正确辞退试用期内的员工，除合法约定试用期外，还必须把握"不符合录用条件"的原则。

用人单位首先要证明单位是否有"录用条件"及该"录用条件"是否对员工公示过，同时还得证明该员工不符合录用条件。不知何为录用条件，或无法证明该录用条件就贸然辞退试用期内的员工，是用人单位在实践中的典型错误做法。维权意识强的员工有权要求恢复劳动关系，此时公司往往在管理上会陷入更加难堪的境地。

此外，除有证据证明劳动者不符合录用条件外，《劳动合同法》第21条进一步规定，在试用期内劳动者如果出现严重违纪、严重失职、利益冲突、欺诈无效、被追究刑事责任、不能胜任、医疗期满等情形，用人单位也可以解除劳动合同，除此以外不得解除劳动合同。

企业对于解除理由和告知义务承担举证责任。

用人单位以"试用期内不符合录用条件"为由辞退员工时，需要注意如下问题：1. 单位有针对该员工的明确的录用条件；2. 单位曾向该员工公示过该录用条件；3. 单位有相应的考核制度，并在试用期内对该员工进行了考核；4. 该员工的考核结果不符合单位的录用条件；5. 辞退决定必须是在试用期内做出的。

◉ 操作提示

用人单位以"试用期内不符合录用条件"为由辞退员工时，需要注意如下问题：

1. 试用期要解除员工的劳动合同，首要前提是试用期必须合法约定；

2. 用人单位制定有针对该员工的明确的录用条件（录用条件的尽量量化或者考核程序的公平性，是降低劳动争议发生率、提高劳动争议胜诉率的关键）；

3. 用人单位曾向该员工公示过该录用条件（注意保留公示的相关证据）；

4. 用人单位有相应的考核制度，并在试用期内对该员工进行了考核；

5. 该员工的考核结果不符合用人单位的录用条件；

6. 在试用期内做出解除劳动合同的决定，并在试用期内通知员工。

● **典型案例**

案例一：试用期病假纠纷

案情简介

马小姐被某公司聘为日语翻译，在与该公司签订的劳动合同中规定：劳动合同期限两年，试用期为三个月。马小姐先是被公司安排给一位副总经理作翻译，由于她在工作中有过几次小的翻译错误，引起了这位副总的不满。因此，后来她被调到公关部，做起了资料翻译工作。

一个多月后，马小姐因患胃溃疡病造成胃出血，住院治疗了一个多月。出院时，马小姐的试用期还差半个月就将届满，于是公司做出决定：由于马小姐在翻译工作中，出现过差错，又休了一个月病假，现试用期将要届满，可马小姐的翻译水平还有待进一步考察，因此决定，将马小姐的试用期延长三个月。

马小姐无法接受公司的决定。她认为，公司既然在三个月内未证明她不符合录用条件，就说明她能胜任工作，没有道理再延长她的试用期。

她把自己的观点向公司反映，但公司领导却置之不理，执意要延长她的试用期。

点评

本案中，某公司的处理存在两个方面的问题。

第一，根据《劳动合同法》的规定，劳动合同期限在一年以上三年以下的，试用期不得超过两个月。本案中，公司与马小姐的劳动合同期限约定为两年，试用期却为三个月，显然违反了该法的规定。因此，根据该法的规定，在公司做出延长马小姐试用期的决定时，马小姐其实已经超出了试用期，公司应当给予马小姐试用期满后的待遇。

第二，根据《劳动合同法》的规定，同一用人单位与同一劳动者只能约定一次试用期。本案中，公司要求延长马小姐试用期的行为违反了这一规定，进行了二次约定试用期，是违法的。同时，本来试用期长度就超出了法定的最高限，再延长就更超出了。

因此，某公司的做法是不可取的。正确的做法应当是让马小姐开始享受试用期届满后的正式待遇。

案例二：退工理由表述不当致用人单位败诉

案情简介

甲应聘至某公司工作，双方签订了劳动合同，并且在劳动合同中约定：双方在试用期内都有权随时以任何理由单方解除劳动合同。试用期快结束时，公司发现甲在试用工作期间经常迟到，曾创下34天累计迟到16次的纪录，且其负责开发的软件项目进度缓慢，致使甲公司与另一家公司解除合作协议，并赔偿2万元。于是公司决定辞退甲。出于不影响甲将来就业的考虑，在开给甲的退工单上，公司写的理由是因公司业务调整而单方解除劳动合同。

甲在收到退工单后，立即以公司未提前三十天通知，并未支付补偿金为由提请劳动仲裁。公司认为，甲在试用期内严重违反劳动纪律，存在严重过错，给单位造成了严重经济损失，因此，公司辞退甲是有法律依据的，在这种情况下，公司也是无需向甲支付经济补偿金的。再者说，双方劳动合同里都明确约定了，双方都可以在试用期内随时以任何理由单方解除劳动合同。因此，请求劳动仲裁委员会驳回甲的仲裁请求。

劳动仲裁委员会以公司通知单上的理由仅是"业务调整"并未

说明其不符合录用条件解除为由裁决甲公司败诉，支付未提前通知的经济补偿金及一个月的经济补偿金。

点评

本案中，公司的操作存在如下几个方面的问题：

第一，劳动合同中约定的"双方在试用期内都有权随时以任何理由单方解除劳动合同"是违法的，会被司法机关认定为无效。根据《劳动合同法》的规定，试用期内用人单位单方解除劳动合同，只能依据第 39 条和第 40 条第（一）、（二）项的规定做出，其他情形下，用人单位不能单方解除劳动合同。

第二，退工单上的理由不能乱写。本案中，公司出于人性化的考虑，在退工单上写的理由并非单位真正辞退该员工的理由，殊不知，司法机关在处理劳动争议案件的时候，主要是根据退工单上的理由来裁决。业务调整属于客观情况发生变化的解除劳动合同，用人单位需要提前一个月通知劳动者，并且要向劳动者支付经济补偿金。而严重违纪属于劳动者过错致使单位单方解除劳动合同，用人单位可以随时解除，且无须支付经济补偿金。因此，公司的一时大意，造成了本案公司的败诉。

通过本案，提醒用人单位两点：第一，试用期内是不能随意解除劳动合同的。第二，退工单上要正确写明退工理由不可乱写。

案例三：试用期辞退员工败诉案

案情简介

某糖果厂欲录用一名市场调查员于某，月工资 5000 元，合同期一年，试用期一个月，并在报到通知书上注明只有体检结果符合该厂的录用条件才正式录用。由于急需人手，通知于某 3 月 1 日立即上班，人事部同意于某先立即进厂，之后再补办录用手续。

3 月 1 日，于某正式上班，随即出差外地调研某项目，未将体检报告及时交由人事部门。同年 4 月 5 日，该项目顺利结束，于某回到了糖果厂，同时，将体检报告提交该厂人事部门，结果是"小三阳"，该厂以于某不符合录用条件为由解雇于某。

于某不服，将此争议诉至劳动争议仲裁委员会。其称在以前的工作单位"小三阳"并不算体检不合格；且试用期已满，不能以试用期内不符合录用条件为由解除劳动合同。

最终，某区劳动争议仲裁委员会仲裁裁决某糖果厂败诉。

点评

该案中，用人单位如果确实需要在试用期内辞退员工，那么就需要有充分确凿的证据证明该员工不符合录用条件。首先，用人单位得有明确的录用条件。其次，录用条件得向员工书面明确，要让员工知道这个录用条件。再次，单位得证明员工不符合录用条件。最后，辞退决定还得在试用期内作出。这四个方面都具备了，才能保证在试用期内辞退员工不会出现法律风险。体检结果可以作为录用的条件和标准。现在该案的关键是，"小三阳"并不影响工作，如果是与食品行业直接相关的工作，就会有重要影响，可以不录用。对于具体录用条件的制定，特别是禁忌性条件，除了应当不违反法律的强制性规定，还应当具有合理性。虽然本案中，糖果厂作为食品行业，在体检中将"小三阳"规定为录用条件具有合理性，但是，相对于某的市场调查员这一岗位而言，却是不够合理的条件，很容易让人认为是歧视条款，易使员工对单位产生不满，从而引发争议。

● **关联法规**

《中华人民共和国劳动法》（1994 年 7 月 5 日）

第二十一条 劳动合同可以约定试用期。试用期最长不得超过六个月。

第二十五条 劳动者有下列情形之一的，用人单位可以解除劳动合同：

（一）在试用期间被证明不符合录用条件的；

（二）严重违反劳动纪律或者用人单位规章制度的；

（三）严重失职，营私舞弊，对用人单位利益造成重大损害的；

（四）被依法追究刑事责任的。

第三十二条　有下列情形之一的，劳动者可以随时通知用人单位解除劳动合同：

（一）在试用期内的；

（二）用人单位以暴力、威胁或者非法限制人身自由的手段强迫劳动的；

（三）用人单位未按照劳动合同约定支付劳动报酬或者提供劳动条件的。

《劳动部办公厅关于试用期内解除劳动合同处理依据的复函》（1995 年 10 月 10 日）

一、关于解除劳动合同的程序问题

根据《劳动法》第三十二条的规定，劳动者在试用期内可以随时通知用人单位解除劳动合同。因此，用人单位与劳动者在劳动合同中有关试用期内解除劳动合同的程序约定应符合上述规定。劳动争议仲裁委员会处理此类劳动争议应严格按照《劳动法》的有关规定执行。

《关于贯彻执行〈中华人民共和国劳动法〉若干问题的意见》（1995 年 8 月 4 日）

18. 劳动者被用人单位录用后，双方可以在劳动合同中约定试用期，试用期应包括在劳动合同期限内。

19. 试用期是用人单位和劳动者为相互了解、选择而约定的不超过六个月的考察期。一般对初次就业或再次就业的职工可以约定。在原固定工进行劳动合同制度的转制过程中，用人单位与原固定工签订劳动合同时，可以不再约定试用期。

《关于实行劳动合同制度若干问题的通知》（1996 年 10 月 31 日）

3. 按照《劳动法》的规定，劳动合同可以约定不超过六个月的试用期。劳动合同期限在六个月以下的，试用期不得超过十五日；劳动合同期限在六个月以上一年以下的，试行期不得超过三十日；劳动合同期限在一年以上两年以下的，试用期不得超过六十日。

试用期包括在劳动合同期限中。

第十三章

竞业限制与保密条款"意思自治"

● 原文链接

《中华人民共和国劳动合同法》

第二十三条 用人单位与劳动者可以在劳动合同中约定保守用人单位的商业秘密和与知识产权相关的保密事项。

对负有保密义务的劳动者，用人单位可以在劳动合同或者保密协议中与劳动者约定竞业限制条款，并约定在解除或者终止劳动合同后，在竞业限制期限内按月给予劳动者经济补偿。劳动者违反竞业限制约定的，应当按照约定向用人单位支付违约金。

第二十四条 竞业限制的人员限于用人单位的高级管理人员、高级技术人员和其他负有保密义务的人员。竞业限制的范围、地域、期限由用人单位与劳动者约定，竞业限制的约定不得违反法律、法规的规定。

在解除或者终止劳动合同后，前款规定的人员到与本单位生产或者经营同类产品、从事同类业务的有竞争关系的其他用人单位，或者自己开业生产或者经营同类产品、从事同类业务的竞业限制期限，不得超过二年。

第九十条 劳动者违反本法规定解除劳动合同，或者违反劳动合同中约定的保密义务或者竞业限制，给用人单位造成损失的，应当承担赔偿责任。

商业秘密，是指不为公众所知悉，能为权利人带来经济利益，具有实用性并经权利人采取保密措施的技术信息和经营信息。

在知识经济时代，商业秘密是任何一家企业的重要资产，有时甚至关系企业生死存亡。没有商业秘密的公司，可以说是没有市场竞争力的公司。员工是最有可能接触到企业商业秘密的群体，因此，如何让自己的员工保密无疑是企业商业秘密最重要的内容之一。

保密，简单说就是保守公司的商业秘密，对于任何一家公司的员工而言，都是一个应当恪守的义务，这是雇员对雇主的忠诚义务使然。从立法的角度讲，我国也有明确立法（如《民法通则》、《反不正当竞争法》和《刑法》等）将保密义务规定为员工的法定义务之一。员工如果违反法定的保密义务，轻者构成民事侵权，需要承担侵权责任（主要是赔偿损失）；重者构成侵犯商业秘密罪，需要承担刑事责任。

《劳动合同法》对商业秘密的保护主要是从合同约定角度出发予以规定，包括保密义务和竞业限制两个方面，但未对如何约定做具体规定。保密条款和竞业限制条款是用人单位用来保护商业秘密的重要手段。与旧规定相比，《劳动合同法》的主要变化在于：1. 竞业限制的最长期限由三年变为了两年；2. 明确了竞业限制经济补偿金的给付时间应当在解除或终止劳动合同后，并且须在竞业限制期限内按月支付；3. 明确了竞业限制经济补偿金及违约金的标准均按双方约定执行。

保密条款是劳动合同的可备条款，用人单位和劳动者可以约定，也可以不约定，可以在劳动合同中以保密条款的形式来约定，也可以单独签订一份保密协议。法律没有限定可以约定保密义务的人员，也就是企业可以和任何一名员工约定保密义务。

《劳动合同法》规定的保密事项包括两部分：1. 保守商业秘密的有关事项；2. 知识产权的有关事项。订立保密条款的主要作用在于明确保密事项的具体范围、期限、员工应履行的保密义务及员工违反保密约定时应承担的责任等。签订保密条款时，应尽可能以列举的方式明确约定上述条款。

针对员工不忠，"保密协议"所能达到的效果不仅仅是在亡羊补牢时于法有据，更重要的是其具有防患未然的督导作用。

竞业限制也是劳动合同的可备条款，但是，根据《劳动合同法》的规定，只有以下三类员工可以与之约定竞业限制：1. 高级管理人员；2. 高级技术人员；3. 其他负有保密义务的人员。

竞业限制，是指公司的职员在其任职期间不得兼职于有竞争关系的公司或兼营竞争性业务，在其离职后的特定时期和地区内也不得从事上述营业活动。《公司法》、《合伙企业法》规定了员工任职期间的竞业限制，《劳动合同法》主要规定了员工离职后的竞业限制。竞业限制的主要目的是保护企业商业秘密不会因员工流动而流失到其他企业，从而保持在竞争中的优势地位。对于竞业限制的规定要注意以下几点：

第一、针对普通员工在职期间的竞业限制，主要来源于用人单位的规章制度或者用人单位与员工的约定。原因是《公司法》、《合伙企业法》只规定了公司董事、经理、合伙人在单位工作期间需承担竞业限制义务，并没有规定普通员工在用人单位工作期间需承担竞业限制义务。同时，对于在职期间的竞业限制，没有法律规定用人单位须支付竞业限制补偿金。

第二、对于员工离职后的竞业限制，出于人才流动自由的考虑，法律没有规定员工要承担竞业限制义务。同时员工离职后，并不再受用人单位的规章制度的约束，因此对于离职后的竞业限制，必须要由用人单位与员工通过签订协议来约定。这是离职后与在职期间的竞业限制的最大不同。

第三、由于离职后的竞业限制，限制了员工离职后再就业的择业面，其直接后果是导致离职员工再就业困难和再就业薪资的降低，可以说竞业限制是以牺牲员工的择业权利来换取用人单位的竞争优势的，因此用人单位在与员工约定竞业限制的同时必须与员工依法约定并支付一定的竞业限制经济补偿金。

第四、离职后的竞业限制对员工的利益侵害较大，为了防止用人单位利用地位优势任意侵害员工的择业权，为了促进人才流动，《劳动合同法》还对竞业限制的年限做了规定，最高不得超过两年（旧规定为三年）。

第五、竞业限制，限制的是员工离职后的择业权，因此对员工的补偿应该发生在员工离职之后。如《劳动合同法》第23条就明确规定，对负有保密义务的劳动者，用人单位可以在劳动合同或者保密协议中与劳动者约定竞业限制条款，并约定在解除或者终止劳动合同后，在竞业限制期限内按月给予劳动者经济补偿。

第六、有关竞业限制补偿金的标准，在《劳动法》和《劳动合同法》中均没有明确约定，一般以双方约定为原则，但有些省市对竞业限制补偿金规定了下限，地方有规定的，须按地方规定的标准执行。比如说，江苏的规定是每年的竞业限制补偿金不得低于员工在职期间年薪的三分之一，而北京则规定是二分之一，深圳更高，规定的是三分之二。在上海则又规定，由用人单位和员工约定，无约定的可以协商，协商不成的将由劳动争议仲裁委员会以年薪的20%～30%来裁定。

第七、竞业限制中，员工不能就业的单位，法律也做了规定，仅限于同行中有竞争的公司或者与公司有竞争性的营业活动。

第八、用人单位在与员工约定竞业限制的同时，也是可以约定违约金的，对于违约金的上下限，法律没有规定。劳动者违反竞业限制约定的，应当按照约定向用人单位支付违约金。此外，如果劳动者违反竞业限制约定给用人单位造成经济损失的，还应当承担赔偿责任。

最后，针对竞业限制协议的解除条件、竞业限制经济补偿金的给付方式、员工在竞业限制期间的报告义务等，法律并没有做出规定，需要用人单位与员工在竞业限制协议中详细约定。

此外，关于商业秘密保护中企业经常运用的脱密期手段，《劳动合同法》未予以明确：根据现行法律规定，对于负有保密义务的员工，公司可以与其约定解除劳动合同或终止劳动合同的提前通知期（即脱密期），最长不超过六个月，脱密期不能与竞业限制同时约定。《劳动合同法》对脱密期是否能继续约定，只字未提。我们认为，《劳动合同法》如果没有明文规定禁止，那么，现行有关脱密期的规定可以继续适用。

● **典型案例**

案例一：中国侵犯商业秘密第一案①

案情简介

2001 年 10 月，西安重型机械研究所（以下简称"西重所"）高级工程师裴某利用工作之便，将西重所设计的板坯连铸机主体设备图纸拷贝到自己的电脑中。2002 年 8 月，裴应聘到武汉中冶连铸公司担任副总工程师。同年国庆节，裴返回西安，将上述图纸资料带回武汉，输入中冶连铸公司的局域网，用于项目设计。2003 年 7 月，发现图纸被中冶连铸公司盗用，西重所遂向警方报案。经公安机关立案侦查，中冶连铸公司使用的图纸就是西重所设计的板坯连铸机主体设备图纸。利用这一技术秘密，中冶连铸公司与四川和山东两家公司签订了总价款 1.4 亿元的合同，牟取了巨额利润。而该图纸是裴某提供的，其行为给西重所造成了至少 148 万元的经济损失。

2006 年 2 月，西安市中院一审认为，裴某利用工作之便盗窃单位商业秘密，允许他人使用，后果特别严重，构成侵犯商业秘密罪。作为附带民事诉讼被告人，中冶连铸公司大量使用西重所的商业秘密，与其他企业签订合同，是给西重所造成经济损失的直接责任人，

---

① 本案摘自魏浩征：《2007 年十大劳动争议案件点评》，载《法制日报》2008 年 1 月 20 日第十版。

也是侵权行为的直接受益人，应承担赔偿损失的民事责任。西安市中院遂以侵犯商业秘密罪判处裴某有期徒刑3年，并处罚金5万元；裴某及附带民事诉讼被告人中冶连铸公司共同赔偿西重所经济损失1782万元。宣判后，裴某、中冶连铸公司、西重所均表示不服，并提起上诉。2006年10月，在审理过程中，西重所与中冶连铸公司及裴某就附带民事诉讼达成了调解协议，刑事部分也在10月审理终结。

陕西省高院认为，作为高级工程师，裴某明知西重所板坯连铸机主体设备技术设计图纸资料属商业秘密，仍利用工作上的便利条件将其私自复制据为己有，后又将该资料交由中冶连铸公司使用，其行为给西重所造成了特别严重的后果，已构成侵犯商业秘密罪。原审判决定罪准确，量刑适当，审判程序合法，裁定驳回上诉，维持原判。

点评

本案因其诉讼标的巨大被很多媒体称为"中国侵犯商业秘密第一案"，在同类案件当中具有一定的代表性。商业秘密是企业重要的无形资产，对企业在市场竞争中的生存和发展有着重要影响。事实证明，企业商业秘密保护中最大的风险来自参与人员的泄密和同行的"挖角"。因此，加强技术人员及高管的管理就成了商业秘密保护的重要环节。签订保密合同、制定保密制度、约定竞业限制、加强对员工保密意识的宣传教育、申请专利、发现泄密行为后及时向公安机关报案……企业用来保护商业秘密的法律手段其实有很多。而掌握商业秘密的员工，也应该尊重企业的商业秘密，不侵犯企业的商业秘密。否则，除了要承担民事责任，还可能要承担刑事责任。在本案中，由于不尊重企业的商业秘密，中冶连铸公司要承担高额的民事赔偿责任，裴某除民事赔偿之外，还要承担刑事责任，真是得不偿失。本案作为中国侵犯商业秘密第一案，给大家上了很好的一课。

案例二：中国首例员工封杀令——
游戏公司向离职员工索赔百万①

案情简介

2006年8月30日，某电脑报及部分网站上刊登了某网络科技有限公司对6位前雇员的"通缉令"，大致意思是该6名员工与公司存在竞业禁止协议，希望同行业企业不要雇佣此6人，以免引起纠纷（连带责任），并公布了这6名离职员工的姓名、照片和身份证号码。

继"真人通缉令"之后，网络科技有限公司针对2006年离职的游戏开发团队的主要员工，又揭起劳动索赔的大旗，在不同的区级、中级法院诉讼43起，其中个案的索赔金额达600万元。2007年5月22日，这一系列纠纷中的一案在某区法院开庭审理。此案的被告童某、赵某等5位，都曾为某网络科技有限公司的网游核心开发人员，离职前，他们正在开发、完善两款网络游戏。2006年七八月份，游戏开发团队的领军人物赖某，突然被公司开除，引发争议，童某等人随后提出辞职。网络科技有限公司2006年年底在某区法院诉称，童某等5人提出离职后，未经公司许可，便拒绝到公司上班，也不肯向公司指定的工作人员交接工作。公司与一马来西亚公司签约的升级游戏项目被迫中断，公司前期投入的开发费用也付诸东流，所以，向每个被告索赔提前离职造成的经济损失200万元，并请求判令5人履行交接手续。

2007年3月，网络科技有限公司再次在区法院提起诉讼，要求5被告共同赔偿因未依法办理离职交接手续给原告造成的损失共计人民币574.4万元，美元5万元。该劳动争议案已被受理。庭上，

---

① 本案摘自魏浩征：《2007年十大劳动争议案件点评》，载《法制日报》2008年1月20日第十版。

网络科技公司改变诉请，只依据《员工服务期协议》向 5 名被告索取 16 万至 30 万不等的违约金 112 万，离职赔偿金并入 3 月份起诉的案件里。原告代理人表示，5 名被告作为公司核心开发人员，都与公司签了《员工服务期协议》，他们提前离职 20 个月，按规定，要付给公司月薪乘以 20 个月的违约金，这样算下来，五个人的违约金为 16～30 万不等。5 被告表示，2006 年 7 月 17 日，他们提出离职后，并没离开公司，而是等待办理相关手续，但后来由于人身安全受到威胁，他们从 2007 年 8 月 5 日起，不再到公司去。另外，被告代理律师表示，原告并没按照《员工服务期协议》，给几位被告特殊待遇，所以，这些条款只是单方面约束员工，显失公平，是无效的。此前，劳动争议仲裁也认为双方所签的不是服务期协议。

点评

跳槽、离职是在任何行业都很普通的行为，业内，主创人员离职甚至带着团队集体离职的事情也屡见不鲜，尽管干系重大，但像游戏米果这样对离职人员发出"业界封杀令"并动用法律手段追究责任的却是不多。"竞业限制"是否也需有合理边界？某网络科技公司"封杀员工"一案对于司法实践中以及《劳动合同法》中关于"竞业限制"规定的探讨有重要参考意义。

按照《劳动合同法》的规定，用人单位和劳动者签订保密协议，约定竞业限制条款的，应该约定在员工解除或者终止劳动合同后，在竞业限制期限内按月给予劳动者经济补偿。竞业限制协议应该是在双方自愿的情况下签署的，同时需要双方的共同遵守。若用人单位没有给劳动者竞业限制补偿金的，就不能要求劳动者履行竞业限制义务。另，员工在离职时未做工作交接的，公司可以要求其承担赔偿责任，但是前提是公司必须有证据证明自己的经济损失。

用人单位积极寻求合法的手段维护自己的合法权益，是值得肯定的，但任何维权行为均应符合法律的规定，并应有合法有效的证据，同时，亦应注意管理的尺度问题。

案例三：劳动合同解除后的保密义务

案情简介

2001 年 3 月，胡某被某造漆厂聘用，聘用协议期限 10 年。协议规定，胡某应遵守厂部保密规则，协议期满或辞职后三年不得将在岗位所掌握或接触的技术和经营秘密泄露给外单位。否则，一次赔偿经济损失 15 万元。2005 年 3 月 27 日胡某书面通知厂领导李某，要求一个月后辞职。李某当即不允，4 月 28 日胡某将资料财物转交厂财务处后离厂到某化学有限公司上班，将原来单位的大量技术参数、工艺流程设计等复印材料全部带走，并应用于生产，使原单位的市场销售下降。原单位由此向劳动争议仲裁委员会提起仲裁，要求胡某按协议赔偿经济损失 15 万元。本案经仲裁委员会调解，达成如下协议：1. 被诉人违约责任成立；2. 被诉人停止继续泄露申诉人商业秘密；3. 一次性赔偿申诉人经济损失 10000 元。

点评

本案中，双方争议的焦点在于：劳动合同解除后员工是否仍需履行保密义务？从法律规定和法理上讲，保密义务是一种不侵犯他人商业秘密的不作为义务，即使劳动合同或保密协议约定的期限届满，只要他人的商业秘密尚未丧失，并不影响保密义务的延续；那种将保密义务的期间与保密协议或者主合同的期限划等号，是不公平的，不利于商业秘密的保护。因此，一般来说，商业秘密的保护是无期限的。因此，本案中胡某与单位虽已解除劳动关系，但保密条款中约定辞职后三年应保守原单位商业秘密的条款仍然有效，胡某在辞职后三年内应当继续履行，不得违反，否则，将依法承担赔偿责任。

案例四：强制要求签订保密协议案

案情简介

刘某于 2000 年 8 月就职于某科技公司，任技术员一职。2002 年 4 月刘某向公司提交了辞职书，称回家照顾父母。某科技公司认为刘某是公司的技术人员，掌握了公司关键的技术资料，如果他跳槽后泄密，必然会给公司带来巨大的损失，不同意刘某的辞职。如果刘某坚持一定要辞职，则必须与公司签订一份协议书。公司向刘某提供了一份公司起草的协议书文本。协议书的主要内容有：1. 根据劳动合同的约定，刘某在劳动合同期未满申请离职，应按合同规定支付违约金 15000 元。2. 刘某承诺在 2002 年 4 月至 2005 年 4 月共 3 年时间内，不得到生产同类产品或经营同类业务且有竞争关系的其他用人单位任职，也不得自己生产与原单位有竞争关系的同类产品或经营同类业务，同时刘某也不能带走或向同行业泄露本单位的工艺及技术等有关情报资料。3. 如果刘某违反约定，应当向公司支付违约金 10 万元。4. 单位将支付刘某一定数量的经济补偿金。刘某不同意与公司签订该协议书。并向劳动争议仲裁委员会提出仲裁申请。2002 年 6 月劳动争议仲裁委做出仲裁决定："2002 年 6 月 10 日收到申诉人对本案提出撤诉的书面要求。经审查，双方当事人经协商达成一致，争议已得到解决，符合撤诉的条件，本委决定同意申诉人的撤诉申请。"

点评

本案最终以双方当事人自行达成和解，申诉人申请撤诉而结束，但和解的结果并不圆满，用人单位有关保守商业秘密的问题并没有得到彻底解决。从案情中可以看到，本案中某科技公司虽有依法维护自身合法权益的意识，但工作没有做在前头，没有与涉密岗位的员工订立保密协议，也没有建立公司的保密制度，所以碰到具体个案，还是难于落实，处于被动的状态。

《中华人民共和国劳动法》（1994 年 7 月 5 日）

第二十二条 劳动合同当事人可以在劳动合同中约定保守用人单位商业秘密的有关事项。

《中华人民共和国反不正当竞争法》（1993 年 9 月 2 日）

第十条 ……本条所称的秘密，是指不为公众所知悉、能为权利人带来经济利益、具有实用性并经权利人采取保密措施的技术信息和经营信息。

第二十条 经营者违反本法规定，给被侵害的经营者造成损害的，应当承担损害赔偿责任，被侵害的经营者的损失难以计算的，赔偿额为侵权期间因侵权所获得的利润；并应当承担被侵害的经营者因调查该经营者侵害其合法权益的不正当竞争行为所支付的合理费用。被侵害的经营者的合法权益受到不正当竞争行为损害的，可以向人民法院提起诉讼。

《违反〈劳动法〉有关劳动合同规定的赔偿办法》（1995 年 5 月 10 日）

第五条 劳动者违反劳动合同中约定的保密事项，对用人单位造成经济损失的，按《反不正当竞争法》第二十条的规定支付用人单位赔偿费用。

《劳动部关于企业职工流动若干问题的通知》（1996 年 10 月 31 日）

二、用人单位与掌握商业秘密的职工在劳动合同中约定保守商业秘密有关事项时，可以约定在劳动合同终止前或该职工提出解除劳动合同后的一定时间内（不超过六个月），调整其工作岗位，变更劳动合同中相关内容；用人单位也可规定掌握商业秘密的职工在终止或解除劳动合同后的一定期限内（不超过三年），不得到生产同类产品或经营同类业务且有竞争关系的其他用人单位任职，也不得自己生产与原单位有竞争关系的同类产品或经营同类业务，但用人单位应当给予该职工一定数额的经济补偿。

第十四章
严格界定出资培训并限制违约金的适用范围

● **原文链接**

《中华人民共和国劳动合同法》

第二十二条 用人单位为劳动者提供专项培训费用，对其进行专业技术培训的，可以与该劳动者订立协议，约定服务期。

劳动者违反服务期约定的，应当按照约定向用人单位支付违约金。违约金的数额不得超过用人单位提供的培训费用。用人单位要求劳动者支付的违约金不得超过服务期尚未履行部分所应分摊的培训费用。

用人单位与劳动者约定服务期的，不影响按照正常的工资调整机制提高劳动者在服务期期间的劳动报酬。

第二十五条 除本法第二十二条和第二十三条规定的情形外，用人单位不得与劳动者约定由劳动者承担违约金。

《中华人民共和国劳动合同法实施条例》

第十六条 劳动合同法第二十二条第二款规定的培训费用，包括用人单位为了对劳动者进行专业技术培训而支付的有凭证的培训费用、培训期间的差旅费用以及因培训产生的用于该劳动者的其他直接费用。

第十七条 劳动合同期满，但是用人单位与劳动者依照劳动合同法第二十二条的规定约定的服务期尚未到期的，劳动合同应当续延至服务期满；双方另有约定的，从其约定。

第二十六条 用人单位与劳动者约定了服务期，劳动者依照劳动合同法第三十八条的规定解除劳动合同的，不属于违反服务期的约定，用人单位不得要求劳动者支付违约金。

有下列情形之一，用人单位与劳动者解除约定服务期的劳动合同的，劳动者应当按照劳动合同的约定向用人单位支付违约金：

（一）劳动者严重违反用人单位的规章制度的；

（二）劳动者严重失职，营私舞弊，给用人单位造成重大损害的；

（三）劳动者同时与其他用人单位建立劳动关系，对完成本单位的工作任务造成严重影响，或者经用人单位提出，拒不改正的；

（四）劳动者以欺诈、胁迫的手段或者乘人之危，使用人单位在违背真实意思的情况下订立或者变更劳动合同的；

（五）劳动者被依法追究刑事责任的。

● 条款解读

本条严格限制了用人单位与员工约定由员工承担违约金的条件，同时对能约定违约金的"出资培训"做了具体的定义。

一、关于出资培训

何谓"出资培训"，在学界一直存有争议，《劳动合同法》在立法审议的过程中，从一审、二审、三审到四审，也一直是最大的几个争议焦点之一。

比如，一审稿将出资培训界定为"用人单位为劳动者提供培训费用，使劳动者接受六个月以上脱产专业技术培训"；二审稿将出资培训界定为"用人单位提供培训费用，对劳动者进行一个月以上脱产专业技术培训或者职业培训"；三审稿将出资培训界定为"用人单位在国家规定提取的职工培训费用以外提供专项培训费用，对劳动者进行专业技术培训"。

最终定稿中对于"出资培训"的界定，相对比较合理。它强调用人单位须为劳动者提供"专项培训费用"，对其进行"专业技术培训"。而如何理解"专项培训费用"和"专业技术培训"，法律没有对此解释说明。

《实施条例》补充规定了培训费用的外延，包括用人单位为了对劳动者进行专业技术培训而支付的有凭证的培训费用、培训期间的差旅费用以及因培训产生的用于该劳动者的其他直接费用。

因此，可以这么理解，认定是否"出资培训"的重点在于用人单位与劳动者双方书面协议的约定以及用人单位为此而支付相关培训费、交通费、住宿费等的相关凭证。

二、关于服务期和劳动合同期

属于"出资培训"的，用人单位进而可以与劳动者约定服务期。

服务期是劳动者因接受用人单位给予的"出资培训"等特殊待遇而承诺必须为用人单位服务的期限。

服务期对劳动者具有约束力。

服务期可以在劳动合同中约定，也可以通过其他专项协议约定。

当双方当事人约定的服务期限长于原劳动合同期限时，劳动合同期满，劳动合同应当续延至服务期满；双方另有约定的，从其约定。

因此，用人单位也可以在服务期合同中约定原劳动合同期满后用人单位可以放弃对劳动者继续履行剩余服务期的要求，终止劳动合同。在这种情况下，用人单位不得追索劳动者服务期的赔偿责任。反之，劳动合同期满后，用人单位要求劳动者继续履行服务期的，劳动者应当与用人单位续订劳动合同。

三、关于违约金

劳动合同中违约金的设定和支付，是劳动争议中最常见、最敏感也是最复杂的问题之一。《劳动法》中没有关于违约金的条款，各省市的地方劳动合同法规对违约金做了各种各样的规定，有鼓励的，也有限制的。因此，《劳动合同法》第22条、第25条对于统一全国各地的劳动合同违约金制度有着重大贡献。

遗憾的是，《劳动合同法》第25条对违约金的适用范围做了非常严格的限制，规定违约金仅限于竞业限制和出资培训两种情形，这就意味着一般情况下用人单位无法约定由劳动者承担的违约金。在当前就业环境不宽松、劳动者处于绝对弱势地位的情况下，细化违约金有关条款的具体法律规定，对于保护劳动者的合法权益确实将起到重要作用。但对于用人单位来说，如何在不能约定违约金的大多数情形下，通过对员工违约行为所给单位造成实际损失的举证，来合法有效的维护单位的合法权益，将成为用人单位新的研究课题。

在因出资培训而订立的服务期协议中，用人单位可以约定违约金，如果劳动者违反服务期约定，用人单位可以要求劳动者赔偿违约金。违约金的数额不得超过用人单位提供的培训费用。用人单位要求劳动者支付的违约金不得超过服务期尚未履行部分所应分摊的培训费用。

如果用人单位有下列情形之一，导致劳动者在服务期到期前提出解除劳动合同的，不属于违反服务期的约定，用人单位不得要求劳动者支付违约金：1. 未按照劳动合同约定提供劳动保护或者劳动条件的；2. 未及时足额支付劳动报酬的；3. 未依法为劳动者缴纳社会保险费的；4. 用人单位的规章制度违反法律、法规的规定，损害劳动者权益的；5. 因《劳动合同法》第26条第1款规定的情形致使劳动合同无效的；6. 以暴力、威胁或者非法限制人身自由的手段强迫劳动者劳动的；7. 违章指挥、强令冒险作业危及劳动者人身安全的；8. 法律、行政法规规定劳动者可以解除劳动合同的其他情形。

如果劳动者有下列情形之一，导致劳动者在服务期到期前提出解除劳动合同的，仍视为劳动者违约，劳动者应当按照合同的约定向用人单位支付违约金：1. 劳动者严重违反用人单位的规章制度的；2. 劳动者严重失职，营私舞弊，给用人单位造成重大损害的；

3. 劳动者同时与其他用人单位建立劳动关系，对完成本单位的工作任务造成严重影响，或者经用人单位提出，拒不改正的；4. 劳动者以欺诈、胁迫的手段或者乘人之危，使用人单位在违背真实意思的情况下订立或者变更劳动合同的；5. 劳动者被依法追究刑事责任的。

除了出资培训以外，用人单位提供其他特殊待遇，如出资招用、给房给车等，是否也能约定服务期，《劳动合同法》没有明确，但《劳动合同法》也没有禁止。法无明文禁止则允许，如此理解用人单位仍然可以在提供其他特殊待遇的情况下与劳动者约定服务期，但是，约定违反此类服务期的违约金肯定无效。

◉ **典型案例**

案例一：劳动合同到期不能终止，应续延至服务期满

案情简介

吴小姐从某大学毕业后，与某公司签订了为期三年的劳动合同。由于吴小姐积极肯学、工作努力，一年后，企业选送吴小姐前往外国的投资公司进行培训。出国培训前，某公司与吴小姐签订了一份培训协议，双方约定：公司出资对吴小姐进行一年的专业培训，吴小姐在培训结束后为企业服务十年，否则赔偿违约金 80 万元。吴小姐如期去外国培训了一年，结束培训后即回公司工作。又一年后，双方签订的三年期劳动合同期限届满，此时，公司要求吴小姐按服务期约定续签劳动合同，吴小姐则不愿再与公司续约而要求终止劳动合同。

吴小姐认为：根据《劳动法》及《劳动合同法》的规定，劳动合同期满即行终止，订立和变更劳动合同应当遵循平等自愿、协商一致的原则；现双方合同期满，自己不愿续签，要求终止劳动合同合法合理。虽然与企业签订有培训协议，但其效力低于劳动合同，现劳动合同期限届满，培训协议也就不再有效。

公司则认为：虽然吴小姐与公司签订的劳动合同已经到期，但公司与吴小姐之间签订的十年服务期的培训协议未到期，该协议已成为劳动合同的组成部分，吴小姐应当履行协议约定的义务，继续履行服务期。

点评

本案中，吴小姐一方的说法，存在如下问题：

一、培训协议的效力与劳动合同的效力不存在高低关系，也不存在主从关系，所以劳动合同期满终止，并不会影响到培训协议的效力；

二、劳动合同到期，但培训协议仍然有效，在双方没有特殊约定的前提下，约定的服务期尚未到期的，劳动合同应当续延至服务期满。

因此，公司有权要求吴小姐与公司按剩余服务期期限续签劳动合同，继续为公司服务，否则，公司有权要求吴小姐赔偿违约金。

案例二：飞行员跳槽遭 800 万索赔，法院终审判赔 203 万①

案情简介

被告高某曾是空军的一名战斗机飞行员，退伍后于 1993 年 6 月到某航空公司从事飞行工作，并与航空公司签订了无固定期限的劳动合同。合同约定，如果被告高某未满服务年限离开公司，必须支付公司相关培训费用、违约金及其他损失。2006 年 3 月 31 日，被告高某突然向航空公司提交辞职申请，该公司于 2006 年 4 月 4 日复函，不同意其辞职的申请。然而，被告高某在提出辞职申请 30 天后的 2006 年 5 月 1 日，不再为航空公司提供正常的劳动。该公司告到

---

① 本案摘自魏浩征：《2007 年十大劳动争议案件点评》，载《法制日报》2008 年 1 月 20 日第十版。

法院，要求被告高某赔偿人民币 813.4 万元。

一审法院审理后认为，被告高某要求解除合同，在没有与原告航空公司协商一致的情况下离职已构成违约。据此一审法院判令被告高某赔偿原告航空公司违约金、培训费共计 2035997.87 元。

原告航空公司当即表示不服，遂上诉到了市中级人民法院。2007 年 5 月 18 日，市中院开庭审理了此案。

经二审法院审理后认为，一审判决事实清楚，证据确凿，适用法律正确，维持原审判决。

航空公司不服，向市中级人民法院提出再审，2007 年 6 月 25 日上午，市中级人民法院对此案做出再审判决，认为终审法院做出的判决证据确凿、认定事实清楚，对被上诉人提出的其他赔偿要求不予支持，维持终审判决。

点评

因航空公司飞行员跳槽引发的索要巨额赔偿案，近几年各地时有发生。劳动自由原则是《劳动法》和《劳动合同法》的一项基本原则，劳动者有权依法定程序提出辞职而不受限制。当然，如果劳动者在与用人单位的劳动合同中有特殊约定，劳动者提前辞职则虽属合法却是违约，因此就要依据劳动合同的约定承担违约责任。就本案来讲，法院的判决是合理的。根据权利义务对等的原则，飞行员有权辞职，但同时也要承担违约责任，需要赔偿航空公司相应的违约金。作为用人单位，航空公司既有要求辞职员工支付赔偿金的权利，也有为其办理离职手续的义务。航空业和飞行员的岗位自有其特殊性，但航空公司与飞行员之间仍是一种劳动关系，需要遵守《劳动法》和《劳动合同法》。

本案的重要意义在于，它为目前民航界飞行员因流动而引发的种种纠纷提供了又一例可资借鉴的案例。但需指出的是，有关劳动合同中针对员工的违约金问题，各地法律规定差别较大，因此，同样的案件，在不同的地区可能会有不同的判决结果。2008 年 1 月 1

日施行的《劳动合同法》目前已对违约金问题进行了统一规范调整。只有两种情况才可以约定违约金：用人单位利用专项培训费用、提供专业技术培训并约定服务期的；以及用人单位约定竞业限制的。同时，《劳动合同法》对于违约金的数额也规定了上限，即不能超过用人单位为员工的培训所支付的实际培训费用。因此，可以预见，将来此类天价违约金的索赔案将越来越少。在新的立法背景下，用人单位亦应将留人的策略从"法律契约留人"向"心理契约留人"转变。

案例三：试用期辞职无须承担违约金

案情简介

小李 2005 年 10 月应聘进入公司，签订了 5 年期劳动合同，从 2005 年 1 月 1 日到 2010 年 12 月 31 日，其中前 6 个月为试用期。2005 年 3 月，公司出资派小李去日本接受为期 2 个月的技术培训，并与小李签订了一份《培训协议》。协议约定小李在培训结束之后，须为企业服务 5 年；如在服务期内辞职，须赔偿培训费 10 万元，支付违约金 10 万元。2005 年 5 月，小李完成培训回到公司，很快提出辞职。公司要求小李按《培训协议》赔偿公司的培训费和违约金共 20 万元，但被拒绝。公司遂向劳动争议仲裁委员会提出仲裁申请。

劳动争议仲裁委员会经审理后认为，根据国家及地方有关规定，劳动合同当事人双方的劳动合同中关于试用期的约定、服务期协议均合法、有效。小李在试用期内依法享有随时解除合同的权利，这是劳动者的法定权利，不应被任意剥夺。根据《劳动部办公厅关于试用期内解除劳动合同处理依据问题的复函》的规定，用人单位出资对员工进行各类技术培训，员工提出与单位解除劳动关系的，如果在试用期内，则用人单位不得要求员工支付该项培训费用。根据该规定试用期员工辞职不必承担培训费，因劳动合同当事人双方设立违约金是以用人单位提供出资培训为基础的，因此更不必由劳动者承担违约金。公司要求小李支付违约金的法律依据不足。最后裁决对公司的申诉请求不予支持。

公司不服仲裁裁决，在法定期限内向法院提起了诉讼。

法院经查明以上事实后，认为劳动合同当事人双方的试用期约定合法、有效。双方约定设立试用期的，均享有在试用期内的法定权利。小李在试用期内享有随时解除合同的权利是法定的权利，双方的服务期协议并不能限制小李在试用期内享有的合同解除权，因此公司不应要求小李支付违约金。最后判决驳回了公司的诉讼请求。

点评

本案中，小李与公司签了五年期劳动合同，约定了五年的服务期，但是，他提出辞职是在试用期内。劳动者在试用期内享有对合同的任意解除权，这是劳动法赋予的特权，用人单位无权以合同、协议等形式加以限制，所以当这两者重合时，应优先适用试用期的规定。故在试用期内小李享有合同的任意解除权而不需承担赔偿违约金的责任以及赔偿培训费用的责任。仲裁委员会和法院的裁决已经明确了这一点。

提醒用人单位，试用期并非劳动合同必备条款，用人单位对员工做出资培训或者有服务期、违约金约定的，不建议同时与员工约定试用期。如果要对培训后的员工再做录用考核，建议以一个较长的服务期协议结合短期的劳动合同期限来取代试用期。

● **关联法规**

《劳动部办公厅关于试用期内解除劳动合同处理依据的复函》 (1995 年 10 月 10 日)

三、关于解除劳动合同涉及的培训费用问题

用人单位出资（指有支付货币凭证的情况）对职工进行各类技术培训，职工提出与单位解除劳动关系的，如果在试用期内，则用人单位不得要求劳动者支付该项培训费用。如果试用期满，在合同期内，则用人单位可以要求劳动者支付该项培训费用，具体支付方法是：约定服务期的，按服务期等分出资金额，以职工已履行的服务期限递减支付；没约定服务期的，按劳动合同期等分出资金额，以职工已履行的合同期限递减支付；没有约定合同期的，按 5 年服务期等分出资金额，以职工已履行的服务期限递减支付；双方对递减计算方式已有约定的，从其约定。如果合同期满，职工要求终止合同，则用人单位不得要求劳动者支付该项培训费用。如果是由用人单位出资招用的职工，职工在合同期内（包括试用期）解除与用人单位的劳动合同，则该用人单位可按照《违反〈劳动法〉有关劳动合同规定的赔偿办法》（劳部发［1995］223 号）第四条第（一）项规定向职工索赔。

外一篇

航空公司天价索赔是否合法①

飞行员频频跳槽，航空公司天价索赔，航空企业劳资关系急剧恶化

2005 年，四川，中国国际航空公司西南分公司因机长李建国等 5 名飞行员辞职引发劳动争议，航空公司向李建国提出了 804 万余元的天价索赔，成为 2005 年国内劳动争议第一案，此案最终庭外调解，每名飞行员向国航西南分公司赔偿了 300 万元违约金……

2006 年，江苏，东航江苏分公司 9 名飞行员以东航拖欠其加班费为由提出辞职，法院最终判决：每名辞职的飞行员向东航江苏分公司赔偿培训费、违约金等 107～186 万元不等……

2007 年，河南，南方航空公司河南分公司飞行员高某因辞职与公司发生劳动争议，航空公司要求高某赔偿公司人民币 813.4 万元，法院最终判决飞行员赔偿航空公司违约金、培训费共计 203 万余元……

2007 年，东航武汉公司 13 名飞行员跳槽，遭到公司索赔 1.05 亿元，仲裁最终裁决，13 名飞行员应向东航武汉分公司支付总计 929 万多元的赔偿金……

2008 年 3 月 31 日，东方航空公司云南分公司飞行员集体返航罢飞，引起全国媒体对飞行员群体的聚焦及各界沸沸扬扬的争论……

2008 年 4 月 11 日，上海航空股份有限公司与该公司 9 名提出辞职的飞行员对簿法庭。对这 9 名提出辞职的飞行员，上航要求其

---

① 本文摘自魏浩征：《航空公司留人术》，载《经理人》2008 年第 5 期。

或者继续履行劳动合同，或者每一位飞行员交出近 400 万元的赔偿金，索赔总额达 3500 余万元……

因航空公司飞行员跳槽引发的索要巨额赔偿案，近几年时有发生，而在 2008 年 1 月 1 日《劳动合同法》正式施行之后，更有愈演愈烈之势。

飞行员罢飞或跳槽是为了获取更好的工作环境与薪资福利待遇，对于航空公司来说，除了提出天价索赔以补救公司损失外，如何找到有效方法，解决航空公司等大型企业培养、留住高端紧缺人才的棘手问题，更是当务之急。

《劳动合同法》的一系列新规定将急剧加大航空公司留人的难度

民航总局预测，到 2010 年，中国航空运输机将达 1250 架，需补充 6500 名飞行员，但我国目前每年培养飞行员的总数，只有 600 至 800 名。而培养一名飞行员，又至少需要 6 年的时间，并投入数十万乃至数百万的培训资本。此外，飞行员一旦出现管理问题、集体离职等现象，必然造成航空公司运营调配不及，影响到乘机客户的正常出行，从而带来社会安全隐患。

为了留住飞行员等高端紧缺人才，目前，航空公司通常采取以下三个措施：

一、与飞行员签订无固定期限劳动合同；

二、运用合同条款或规章制度限制飞行员的辞职权；

三、约定"天价"违约金。

劳动自由原则是《劳动法》的一项基本原则，劳动者有权依法定程序提出辞职而不受限制。但是，如果劳动者在与用人单位的劳动合同中有特殊约定，劳动者提前辞职则虽属合法却是违约，因此就要依据劳动合同的约定承担违约责任。根据权利义务对等的原则，飞行员有权辞职，但同时也要承担违约责任，需要赔偿航空公司相应的违约金等经济损失。

因此，上述措施在一定意义上部分解决了航空公司留人的难题。但是，从2008年1月1日起正式实施的《劳动合同法》规定的角度来讲，上述措施恐怕未必能够继续奏效。

首先，员工有权依法辞职。根据《劳动合同法》的规定，员工只要履行了提前通知义务，就可以自由辞职，不受企业的干涉。限制飞行员辞职，显然是违背了法律的规定；签定无固定期限劳动合同，当然也于事无补。

其次，《劳动合同法》对违约金问题进行了统一规范。只有两种情况才允许用人单位与员工约定由员工承担的违约金：一、用人单位提供专项培训费用、对员工进行专业技术培训并约定服务期的；二、双方约定竞业限制的。同时，《劳动合同法》对于违约金的数额也规定了上限，即不能超过用人单位为员工的培训所支付的实际培训费用，并且，要求劳动者实际支付的违约金不得超过服务期尚未履行部分所应分摊的培训费用。

就航空公司的情况而言，前期投入的大量培训资本，几年的经济增长，至飞行员离职时，已经大量贬值，体现不出原有的投资价值。另一方面，六、七年的培训时间，更不是金钱可以衡量的价值损失。即使不断被爆出的天价违约金，也不足以挽回公司的实际损失。违约金数额一旦受到限制，航空公司将更难保护自身的利益。

在新的法律背景下，可以预见，将来此类天价违约金的索赔案将越来越少；如果找不到有力措施，用人单位留住高端紧缺人才，将越来越成为一个难以完成的艰巨任务！

企业人力资源管理措施的改进，国家相关部门新的配套规定的出台，是解决用人单位紧缺人才留用问题的关键

面对挑战，首先应立足于用人单位招聘、培训、薪资、福利、职业生涯规划、企业文化等人力资源管理措施的全面改进。在新的立法背景下，用人单位留人的核心策略应从"法律契约留人"向"心理契约留人"转变。

缩短人才培养周期，加大人才培养力度，开拓新的人才获取渠道，充分做好人才储备工作，让紧缺人才不再紧缺，化被动为主动……

架构更加合理高效、灵活的薪酬结构与福利政策，保证薪资福利水平在行业内的一定竞争力……

规划企业发展愿景，建设更加强大的企业文化，统一价值观……

设计更加完善的员工职业生涯发展体系，为其提供较大的职业发展空间与成长机会，实现企业与员工的共同发展……

此外，国家相关法律规定的完善，亦是关键一环。《劳动合同法》对劳动者等弱势群体做出倾斜保护，无可厚非。但是，这种倾斜保护在促进社会普遍性平等的同时，不应当忽略特殊性的存在。

航空业、体育界、文艺界等特殊行业中，高端人才的长期稀缺，是短时间内不可回避、无法解决的一大问题；飞行员、足球明星、知名艺人甚至企业高管等高端紧缺人才，事实上已非"弱者"，如果法律仍强调对其予以普通基层劳动者般的倾斜保护，如果法律没有给与用人单位一个留人的宽松环境，苛求"一步到位"的严格保护，最后的结果只能是"拔苗助长"，恶化就业市场，企业与企业之间的竞争变成了"挖人墙脚"的恶性竞争，这对提高劳动者素质和企业竞争力有百害而无一利，甚至会毁掉某些行业！

一些行业主管部门正试图对此做出努力。比如，民航总局为了确保飞行队伍稳定，维护用人单位和飞行人员的合法权益，在最新修改的《民航华东地区飞行人员流动管理办法》（以下简称《管理办法》）中规定，在未仲裁或诉讼的协商阶段，飞行人员的流动必须符合以下条件：（一）已经向现用人单位递交了流动申请并已获得同意；（二）拟用人单位和现用人单位已经协商一致、订立同意飞行人员流动协议并对培训费用的支付金额作出约定。同时，《管理办法》还规定，飞行人员每年的流出比例需控制在本单位飞行人员总数的1%以内。但是，已经有专家、律师等对该文件的合法性提出了质疑。的确，行业主管部门的规定不能与国家大法——《劳动合同法》发生抵触；行规不能大于法规。

这种尴尬该怎么解决？是不是会有相关的授权性立法？期待立法部门的答案。

第十五章

劳动合同的履行与变更

● **原文链接**

《中华人民共和国劳动合同法》

第二十九条　用人单位与劳动者应当按照劳动合同的约定，全面履行各自的义务。

第三十三条　用人单位变更名称、法定代表人、主要负责人或者投资人等事项，不影响劳动合同的履行。

第三十四条　用人单位发生合并或者分立等情况，原劳动合同继续有效，劳动合同由承继其权利和义务的用人单位继续履行。

第三十五条　用人单位与劳动者协商一致，可以变更劳动合同约定的内容。变更劳动合同，应当采用书面形式。

变更后的劳动合同文本由用人单位和劳动者各执一份。

● **条款解读**

一、劳动合同履行的基本要求

1. 实际履行。劳动合同双方当事人要按照劳动合同规定的事项履行自己的义务和实现自己的权利，不得以其他事项或方式来代替。实际履行原则要求劳动者一方要给企业提供自己一定数量和质量的劳动，以保证企业生产经营活动的正常开展；企业一方要为劳动者支付必要的劳动报酬和提供必要的劳动条件等，以保障劳动者正常的生活和工作需要。

2. 亲自履行。双方当事人要以自己的行为履行劳动合同规定的义务和实现规定的权利，不得由他人代为履行。

3. 全面履行。双方当事人应按照劳动合同约定的内容，按照劳动合同约定的时间、地点和方式等原原本本的全面履行，不得打折扣，不得任意改变合同的任何内容和条款。

二、用人单位主体变更，不影响劳动合同的履行

1. 用人单位变更名称、法定代表人、主要负责人或者投资人等事项，不影响劳动合同的效力，双方仍应按照劳动合同约定的事项继续履行。

根据《劳动部关于实行劳动合同制度若干问题的通知》的规定，企业法定代表人的变更，不影响劳动合同的履行，用人单位和劳动者不需因此重新签订劳动合同。《劳动合同法》在此基础上，增加了三种情形：（1）用人单位变更名称；（2）主要负责人变更；（3）投资人变更。

用人单位无论是变更名称、法定代表人、主要负责人还是投资人，本质都没有改变用人单位的法律独立人格，只要其法人人格没有受到限制或变更，不影响它的履行能力，因此双方应继续履行原劳动合同。

实践操作中须注意的是，当用人单位名称、法定代表人、主要负责人等事项发生变更时，为避免不要的争议和麻烦，建议及时变更劳动合同中的相关条款。

2. 用人单位合并或分立，不影响劳动合同的履行。

用人单位发生合并或者分立等情况，原劳动合同继续有效，劳动合同由承继其权利和义务的用人单位继续履行。

用人单位分立或合并主要有四种情况：（1）并购其他公司；（2）被其他公司并购。（3）与其他公司合并成立新的公司；（4）公司分立为多个新的公司。

以上四种情况下，均由合并或分立后承继原公司权利义务的用人单位继续履行原先公司与劳动者签订的劳动合同。

三、用人单位主体变更后无法继续履行原劳动合同的处理方法

从现有法律规定来看，立法者本着为劳动者与用人单位的便利原则与公平原则考虑，认为原劳动合同在企业主体变更后，具有可继承性，原劳动合同中的相关权利义务对新企业和员工仍都具有约束作用，而不论这种"主体变更"是因公司合并、分立、被收购还是名称变更而导致。

但是，关键问题在于，分立、合并后的公司主体由于岗位设置、人员安排、业务调整等客观原因，无法履行原公司与员工的劳动合同时，该怎么办？

《劳动合同法》第40条第3款其实给出了答案："有下列情形之一的，用人单位提前三十日以书面形式通知劳动者本人或者额外支付劳动者一个月工资后，可以解除劳动合同：……（三）劳动合同订立时所依据的客观情况发生重大变化，致使劳动合同无法履行，经用人单位与劳动者协商，未能就变更劳动合同内容达成协议的。"

这一规定是情事变更原则在劳动合同中的体现。何为"客观情况发生重大变化"，《劳动合同法》对此没有做出明确规定。从审判实践看，一般是指因不可抗力或企业条件发生变化等无法避免的情况，如自然条件、企业迁移、被兼并、分立、企业资产转移、生产结构重大调整、转产等。

当出现"劳动合同订立时的客观情况发生重大变化，致使原劳动合同无法履行"的情况后，用人单位还须注意：

1. 必须是当事人协商不能就变更劳动合同达成协议的。也就是说，如果经当事人协商能够就变更合同达成协议，用人单位就不能解除劳动合同；

2. 必须提前三十日以书面形式通知员工本人；

3. 必须按照规定给予员工工作年限经济补偿金；

4. 如果员工人数较多（二十人以上或者裁减不足二十人但占企业职工总数百分之十以上的），应按照"经济性裁员"的程序和要求进行。

四、劳动合同变更应书面协商一致

与签订劳动合同时一样，企业要变更劳动合同内容的，同样应当遵循劳动合同签订时的基本原则，即遵循合法、公平、平等自愿、协商一致、诚实信用的原则，变更的合同条款须与劳动者协商一致，并签订书面协议，变更后的劳动合同文本由用人单位和劳动者各执一份。

◉ **典型案例**

案例一：法定代表人变更不影响劳动合同履行

案情简介

张小姐原在某企业财务部工作，2006 年初经企业领导批准自费出国学习两年，出国前与企业续签了 5 年期限的劳动合同，双方在劳动合同中约定，张学习结束回国后继续在财务部工作，学习期间中止履行该劳动合同。2008 年中，张小姐留学归来回到企业，但此时该企业的法定代表人发生了变更，新的领导拒绝张再到财务部工作，只同意其从事销售工作。张找到新的领导，要求按劳动合同的约定安排工作，而新领导认为张的劳动合同是原领导签订的，法定代表人变更后原劳动合同就没有法律效力了。双方因此发生了争议。张小姐将企业告到劳动争议仲裁委员会，要求企业履行双方签订的劳动合同。劳动争议仲裁委员会受案后，经调查情况完全属实，遂对双方进行了调解，但调解无效，企业坚决拒绝张小姐回财务部工作的要求，而张小姐也不愿更换工作岗位。根据双方对立的情况，劳动争议仲裁委员会裁决企业与张解除劳动合同，由企业按规定给予张解除劳动合同的经济补偿和违约赔偿。

点评

本案的争议焦点是，法定代表人的变更是否会影响劳动合同的效力。

《劳动法》对此没有做出明确规定，但是我们从整部法律还是能够读出这个问题的答案的。劳动合同的主体双方是劳动者和用人单位，法定代表人只不过是用人单位的代表，并不是用人单位本身。因此，法定代表人变化了，并不代表用人单位变化了。进而我们可以得出结论，法定代表人的变更并不能影响到劳动合同的效力。

《关于实行劳动合同制度若干问题的通知》肯定了我们的上述结论，其中明确规定了法定代表人的变更并不影响劳动合同的效力，劳动合同双方无需重新签订劳动合同。但是，由于本规定仅仅出自一部部门规章，似乎对用人单位的震慑力不够，实践中还经常发现以法定代表人变更为理由主张劳动合同无效的情形。

于是，《劳动合同法》首次以法律的形式，明确了我们的上述结论，再次强调法定代表人的变更并不影响劳动合同的效力。至此，我们有了明确的法律依据驳斥"法定代表人变更了，劳动合同就没有法律效力了"的观点。

案例二：公司合并后是否需重新与员工签订劳动合同

案情简介

王先生通过招聘进入 A 公司工作，双方签订了为期三年的劳动合同。合同履行期间，A 公司由于经营上的原因，经资产重组与 B 公司进行了合并，并将合并后的公司在工商行政管理局重新注册登记为 C 公司。C 公司成立后，以原劳动合同公司方主体已变更，原劳动合同无法继续履行为由，要求员工与 C 公司重新签订劳动合同，否则将按不愿签订合同作解除劳动关系处理。此时，王先生认为在原岗位继续工作无须签订新合同而予以拒绝，C 公司见王先生拒绝签订新合同，即以王先生不愿与新单位建立劳动关系为由，随即做出了解除与王先生原劳动关系的决定。王先生对公司的决定不予接受，双方由此发生争议。

王先生认为：C 公司是由 A 公司与 B 公司合并成立的，A 公司的所有权利义务应当由 C 公司承继；自己仍在原岗位工作，A 公司与王先生签订的劳动合同已由 C 公司继续履行，不存在无法履行的情况，因此 C 公司做出解除原劳动关系的决定缺乏依据，要求 C 公司继续履行与 A 公司签订的原劳动合同。

C 公司认为：C 公司是由 A、B 两公司合并之后成立的新公司，公司名称、实体都已发生变更，王先生与 A 公司签订的原劳动合同已无法继续履行，因此王先生应当与公司签订新的劳动合同，现王先生拒绝签订新合同，而 A 公司已不再存在，C 公司可以解除王先生与 A 公司的原劳动关系。

点评

本案的焦点在于用人单位发生合并成立新公司后，是否影响原合同的继续履行。《劳动合同法》对这个问题做了非常明确的规定，用人单位发生分立、合并时，原劳动合同继续有效，用人单位的权利和义务由原单位的权利义务继承者承担。

具体到本案中，王先生的原单位 A 公司与 B 公司合并成立新公司 C，这并不影响原有劳动合同的效力。而且在原岗位仍然存在的情况下，双方应当按照原有劳动合同继续履行，而无须重新签订劳动合同。因此，C 公司的观点是错误的，不会得到法律的支持。

当然，如果合并后，王先生的原有岗位因生产经营需要被裁撤（这也是需要单位举证的），那么，C 公司就应当依照《劳动合同法》第 40 条第（三）项的规定，先跟王先生协商变更岗位，如果无法达成协议，则 C 公司需要提前一个月书面通知王先生解除劳动合同，并且需要支付王先生在本公司连续工作年限的经济补偿金。

案例三：调岗调薪应有充分合理性

案情简介

2006 年 4 月 1 日，王某受聘于一家信息科技公司，并与公司签订了一份《聘用合同》，合同中约定"王某为公司的营销总监"，王某的税前工资是 11537 元。2007 年 9 月份，因王某业绩突然变差，公司以王某工作业绩下滑为由，并根据劳动合同第 5 条第 2 款"公司有权根据其工作业绩对其工作岗位进行变更，薪酬水平予以修改"的规定，将王某岗位变更为普通的营销人员，工资降为税前 5000 元。王某认为公司调岗调薪不合理，且克扣其工资，于 2007 年 11 月 7 日书面提出解除劳动。并要求公司支付克扣的 9 月、10 月工资与 1 个月的经济补偿金。公司以调岗调薪的决定完全符合王某与公司签订的《聘用合同》第 5 条第 2 款之约定，不同意王某补发工资及支付经济补偿金的要求。王某便就此向劳动争议仲裁委员会提出了申诉。

劳动争议仲裁委员会经过审理发现，公司没有对王某的工作业绩进行记载和考核，对其业绩大幅度下滑所出示的证据只能反映出该公司的业绩情况，不能证实双方当事人之间的业务情况，同时，公司一再强调依据劳动合同第 5 条第 2 款办理的调岗调薪，但公司也没有对王某的业绩进行书面的考评结论，只是由公司经理以口头形式作出变岗降薪决定和通知了公司财务部门和王某本人。据此，劳动争议仲裁委员会裁决支持了王某的申诉请求。

点评

一直以来，很多用人单位误以为员工是公司的人，公司拥有经营自主权和人事管理自主权，因此，对于员工的职位和薪资变更，应该是公司的自主权。据此，就出现了一系列劳动争议。本案就是一个典型的案例。

工作岗位和工资待遇作为劳动合同的重要内容，一经确定对双方当事人即具有约束力。任何一方当事人提出调整工作岗位或工资待遇的，都应当与对方协商一致，经双方协商确定了新的岗位或工资标准的，才发生变更的法律效力。否则双方均应继续履行原合同约定的义务。用人单位未与劳动者协商单方调整岗位或工资标准，可能不但不发生合同变更的法律效力，反而构成违约而引起违约责任。

由于劳动关系具有的隶属性，实践中用人单位往往会基于自己对员工的管理权，单方对员工的岗位作出变动安排。在这种情况下，除非用人单位能够证明该变更具有充分的合理性，否则仲裁机关或法院一般不支持用人单位对劳动者岗位进行随意变更的做法。

根据《劳动合同法》的规定，除了协商一致外，如果用人单位能证明劳动者不能胜任工作，经过培训或者调整工作岗位，仍不能胜任工作的，用人单位可以解除劳动合同。因此对于不能胜任工作的劳动者，用人单位有权调整其工作岗位。但对于劳动者能否胜任工作，却是实践中引起争议较多的问题。对于不能胜任工作的劳动者，调整其工作岗位就要符合充分合理性原则。

◉ **关联法规**

《中华人民共和国劳动法》（1994 年 7 月 5 日）

第十七条　订立和变更劳动合同，应当遵循平等自愿、协商一致的原则，不得违反法律、行政法规的规定。

劳动合同依法订立即具有法律约束力，当事人必须履行劳动合同规定的义务。

《关于〈劳动法〉若干条文的说明》（1994 年 9 月 5 日）

第十七条　订立和变更劳动合同，应当遵循平等自愿、协商一致的原则，不得违反法律、行政法规的规定。

劳动合同依法订立即具有法律约束力，当事人必须履行劳动合同规定的义务。

本条第一款中的"法律、行政法规"既包括现行的法律、行政法规，也包括以后颁布实行的法律、行政法规，既包括劳动法律、法规、也包括民事、经济方面的法律、法规。

本条第二款中的"依法"是指订立劳动合同时所依据的现行法律和法规。

劳动合同依法订立即具有法律约束力，任何第三方不得非法干预劳动合同的履行。

《关于贯彻执行〈中华人民共和国劳动法〉若干问题的意见》（1995年8月4日）

13. 用人单位发生分立或合并后，分立或合并的用人单位可依据其实际情况与原用人单位的劳动者遵循平等自愿、协商一致的原则变更原劳动合同。

15. 租赁经营（生产）、承包经营（生产）的企业，所有权并没有发生变化，法人名称未变，在与职工订立劳动合同时，该企业仍为用人单位一方。依据租赁合同或承包合同，租赁人、承包人如果作为该企业的法定代表人或者该法定代表人的授权委托人时，可代表该企业（用人单位）与劳动者订立劳动合同。

37. 根据《民法通则》第四十四条第二款"企业法人分立、合并，它的权利和义务由变更后的法人享有和承担"的规定，用人单位发生分立或合并后，分立或合并后的用人单位可依据其实际情况与原用人单位的劳动者遵循平等自愿、协商一致的原则变更、解除或重新签订劳动合同。在此种情况下的重新签订劳动合同视为原劳动合同的变更，用人单位变更劳动合同，劳动者不能依据劳动法第二十八条要求经济补偿。

75. 用人单位全部职工实行劳动合同制度后，职工在用人单位内有转制前的原工人岗位转为原干部（技术）岗位或由原干部（技术）岗位转为原工人岗位，其退休年龄和条件，按现岗位国家规定执行。

《关于实行劳动合同制度若干问题的通知》（1996年10月31日）

9. 企业法定代表人的变更，不影响劳动合同的履行，用人单位和劳动者不需因此重新签订劳动合同。

《最高人民法院关于审理劳动争议案件适用法律若干问题的解

释》（2001 年 4 月 16 日）

第十条　用人单位与其它单位合并的，合并前发生的劳动争议，由合并后的单位为当事人；用人单位分立为若干单位的，其分立前发生的劳动争议，由分立后的实际用人单位为当事人。

用人单位分立为若干单位后，对承受劳动权利义务的单位不明确的，分立后的单位均为当事人。

第十六章

工资/加班费支付是"红线"

◉ **原文链接**

《中华人民共和国劳动合同法》

第三十条 用人单位应当按照劳动合同约定和国家规定，向劳动者及时足额支付劳动报酬。

用人单位拖欠或者未足额支付劳动报酬的，劳动者可以依法向当地人民法院申请支付令，人民法院应当依法发出支付令。

第三十一条 用人单位应当严格执行劳动定额标准，不得强迫或者变相强迫劳动者加班。用人单位安排加班的，应当按照国家有关规定向劳动者支付加班费。

第三十八条 用人单位有下列情形之一的，劳动者可以解除劳动合同：……（二）未及时足额支付劳动报酬的；……

第四十六条 有下列情形之一的，用人单位应当向劳动者支付经济补偿：（一）劳动者依照本法第三十八条规定解除劳动合同的；……

第五十五条 集体合同中劳动报酬和劳动条件等标准应当高于当地人民政府规定的最低标准；用人单位与劳动者订立的劳动合同中劳动报酬和劳动条件等标准不得低于集体合同规定的标准。

第七十七条 劳动者合法权益受到侵害的，有权要求有关部门依法处理，或者依法申请仲裁、提起诉讼。

第八十五条　用人单位有下列情形之一的，由劳动行政部门责令限期支付劳动报酬、加班费或者经济补偿；劳动报酬低于当地最低工资标准的，应当支付其差额部分；逾期不支付的，责令用人单位按应付金额百分之五十以上百分之一百以下的标准向劳动者加付赔偿金：

（一）未按照劳动合同的约定或者国家规定及时足额支付劳动者劳动报酬的；

（二）低于当地最低工资标准支付劳动者工资的；

（三）安排加班不支付加班费的；

（四）解除或者终止劳动合同，未依照本法规定向劳动者支付经济补偿的。

《中华人民共和国劳动合同法实施条例》

第二十六条　用人单位与劳动者约定了服务期，劳动者依照劳动合同法第三十八条的规定解除劳动合同的，不属于违反服务期的约定，用人单位不得要求劳动者支付违约金。……

第三十六条　对违反劳动合同法和本条例的行为的投诉、举报，县级以上地方人民政府劳动行政部门依照《劳动保障监察条例》的规定处理。

第三十七条　劳动者与用人单位因订立、履行、变更、解除或者终止劳动合同发生争议的，依照《中华人民共和国劳动争议调解仲裁法》的规定处理。

◉ **条款解读**

在我国的工资分配制度由国家决定转为企业决定。市场调节后，由于利益驱动和执法的缺位，出现了大量拖欠、克扣工资的现象，严重损害了劳动者的合法权益。为解决拖欠、克扣工资问题，《劳动合同法》及劳动部门其他相关法规对工资支付及拖欠克扣工资的法律责任做了严格规定，并对员工的维权救济途径做了多方面的规定。

一、用人单位应及时足额支付工资

工资是指由用人单位根据国家法律法规、集体合同、劳动合同的预先规定，以法定的方式，直接支付给本单位劳动者的劳动报酬。在劳动者已履行劳动义务的情况下，用人单位应按劳动合同约定或国家法律法规规定的数额、日期及时足额支付劳动报酬，禁止克扣和无故拖欠劳动者劳动报酬。

所谓"及时"，是指工资应当按照双方约定的日期支付，如遇节假日或休息日，则应提前在最近的工作日支付。

所谓"无故拖欠"系指用人单位无正当理由超过规定付薪时间未支付劳动者工资。必须强调的是，法律法规对于这个"正当理由"，也是有明确规定的，不是说用人单位随便找个借口，就可以堂而皇之地拖欠工资了。

以下特殊情形属于"正当理由"，可以延期支付：

1. 用人单位遇到非人力所能抗拒的自然灾害、战争等原因、无法按时支付工资；

2. 用人单位确因生产经营困难、资金周转受到影响，在征得本单位工会同意后，可暂时延期支付劳动者工资，延期时间的最长限制可由各省、自治区、直辖市劳动行政部门根据各地情况确定。其他情况下拖欠工资均属无故拖欠。

所谓"足额"，是指工资应当按照双方约定的标准支付。

所谓"克扣"是指是指用人单位对履行了劳动合同规定的义务和责任、保质保量完成生产工作任务的劳动者，不支付或未足额支付其工资。

在以下特殊情形下，用人单位可以合法扣除劳动者工资：

1. 用人单位可以从劳动者的工资中代扣代缴应由劳动者个人缴纳的个人所得税和各项社会保险费用、住房公积金费用；

2. 用人单位可以从劳动者的工资中代扣法院判决、裁定中要求代扣的抚养费、赡养费；

3. 劳动者因本人原因给单位造成经济损失，用人单位依法要其赔偿，并需从工资中扣除赔偿费的，扣除的部分不得超过劳动者当月工资收入的百分之二十，且扣除后的剩余工资不得低于当地规定的最低工资标准。

二、用人单位应依法安排加班并及时足额支付加班工资

劳动者有休息的权利，这是我国宪法赋予劳动者的基本权利之一。劳动法和其他法律法规对这一宪法权利给予了细化规定。

依据我国现行劳动法的标准，劳动者的休息权，一方面表现为劳动者的工作时间每天不超过八小时，每周不超过四十小时；另一方面，按照《劳动法》第 38 条的规定，不管用人单位安排劳动者每天工作几个小时，都必须保证劳动者在一周内至少要有一个连续一天的休息时间。任何企业和个人不得擅自延长劳动者的上述工作时间。

企业由于生产经营需要而延长上述工作时间的，必须经与工会和劳动者协商后才可以延长。同时，此种延长工作时间，即为加班，企业必须按不低于下列标准的数额支付加班工资：

1. 安排劳动者延长工作时间的，支付不低于工资的百分之一百五十的工资报酬；

2. 休息日安排劳动者工作又不能安排补休的，支付不低于工资的百分之二百的工资报酬；

3. 法定休假日安排劳动者工作的，支付不低于工资的百分之三百的工资报酬。

此外，企业即使由于生产经营需要，经与工会和劳动者协商后延长工作时间的，一般每日也不得超过一小时；因特殊原因需要延长工作时间的，在保障劳动者身体健康的条件下延长工作时间每日不得超过三小时，但是每月不得超过三十六小时。

对于加班工资支付，与其它工资的支付一样，法律也要求必须"及时"、"足额"。

三、工资支付不能低于最低工资标准

最低工资标准，是指劳动者在法定工作时间或依法签订的劳动合同约定的工作时间内提供了正常劳动的前提下，用人单位依法应支付的最低劳动报酬。最低工资标准制度是国家对工资分配的底线进行强制干预的一种制度，即使劳动者同意一个较低的工资水平并与用人单位签订书面协议，但如果该工资数额低于地方规定的最低工资标准，该协议仍然无效，工资标准应至少补齐到最低工资的标准。

工资支付不能低于最低工资标准，应注意以下六点：

1. 最低工资是指劳动者在"法定工作时间"或"依法签订的劳动合同约定的工作时间"内提供劳动而获得的劳动报酬，因此，超时加班所获得的加班工资不能纳入最低工资标准。

2. 最低工资是指劳动者在提供了"正常劳动"的前提下获得的劳动报酬，因此，劳动者在一些特殊岗位上提供劳动所获得的津贴不能纳入最低工资标准，如中班、夜班、高温、低温、井下、有毒有害等特殊岗位津贴。

3. 最低工资标准是"最低劳动报酬"，因此，一些非劳动报酬的福利不能纳入最低工资标准，如用人单位为劳动者免费提供的食宿等福利。

4. 用人单位承担的劳动者社会保险费用和住房公积金费用不列入工资总额，自然也不纳入最低工资标准。

5. 劳动者个人承担的社会保险费用和住房公积金费用是否能纳入最低工资标准，各地规定不一。如北京、上海等地规定不能纳入最低工资标准，浙江等地规定应纳入最低工资标准，江苏等地规定个人缴纳的社会保险费用纳入最低工资标准，但个人缴纳的住房公积金费用不能纳入最低工资标准。

6. 劳动者因请事假、旷工等原因导致没有提供"正常劳动"的情形下，按照双方约定的工资标准，用人单位支付工资可以低于最低工资标准。

四、违法工资支付的巨大法律风险

《劳动合同法》加大了对工资支付违法行为的处罚力度，用人单位有以下工资支付违法行为的，将承担巨大的法律风险：

1. 未按照劳动合同的约定或者国家规定及时足额支付劳动者劳动报酬的；

2. 低于当地最低工资标准支付劳动者工资的；

3. 安排加班不及时足额支付加班工资的。

违法支付工资，用人单位将承担以下法律风险：

1. 劳动者可以立即与用人单位解除合同，并有权要求用人单位按照一年工龄一个月工资的标准赔偿其工作年限的经济补偿金。同时，劳动者因用人单位工资支付违法而辞职的，不属于违反服务期的约定，用人单位不得要求劳动者支付违约金。

2. 用人单位应补发克扣或无故拖欠的工资以及加班费，工资标准低于最低工资标准的，应支付其差额部分。

3. 按劳动部《违反和解除劳动合同的经济补偿办法》的规定，用人单位克扣或者无故拖欠劳动者工资的，以及拒不支付劳动者延长工作时间工资报酬的，除在规定的时间内全额支付劳动者工资报酬外，还需加发相当于工资报酬百分之二十五的经济补偿金。用人单位支付劳动者的工资报酬低于当地最低工资标准的，要在补足低于标准部分的同时，另外支付相当于低于部分百分之二十五的经济补偿金。

4. 经劳动行政部门责令限期支付劳动报酬、加班费或者低于最低工资标准的差额部分，用人单位逾期让不支付的，劳动部门可以责令用人单位按应付金额百分之五十以上百分之一百以下的标准向劳动者加付赔偿金。

五、劳动者新的维权途径——支付令

针对用人单位违法支付工资的行为，法律规定了很多救济途径，《劳动合同法》在原有的救济途径的基础上，增加了"支付令"的新的救济途径，进一步降低了劳动者的维权成本。

根据规定，劳动者的维权方式一共有四种：

1. 用人单位违法支付工资时，劳动者可以向当地劳动保障监察大队举报、投诉。

2. 用人单位违法支付工资时，劳动者可以向当地劳动争议仲裁委员会提起劳动争议仲裁。在我国，仲裁是向人民法院提出诉请的前置程序。

3. 劳动者在对劳动争议仲裁结果不满时，可以向人民法院提起诉讼。

4. 用人单位违法支付工资时，劳动者也可以不必经过投诉或劳动仲裁程序，直接向法院申请发放支付令。

劳动报酬争议中的"支付令"是指人民法院根据劳动者的给付工资的申请，以支付令的形式，催促用人单位限期履行义务的一种特殊法律程序。根据我国民事诉讼法规定，用人单位应当自收到支付令之日起十五日内清偿债务，或者向人民法院提出书面异议。用人单位在收到支付令之日起十五日内不提出书面异议又不履行支付令的，该支付令生效，劳动者可以向人民法院直接申请强制执行。

◉ 典型案例

案例一：迪比特欠薪 2000 万大裁员案[①]

案情简介

自 2005 年 9 月以来，因受国内手机市场竞争及自身管理等因素影响，上海迪比特实业有限公司的经营陷入极大困境，负债约 9.7 亿元人民币。其中，拖欠员工工资、补偿金等达 3100 余万元，拖欠服务网点保证金、劳务费 1200 余万元。2006 年 2 月，在资不抵债的情况下，迪比特开始裁撤设在全国各地的分公司和办事处。与此同时，由于拖欠了大量的售后服务金，不少迪比特的特约维修中心

---

① 本案摘自魏浩征：《2006 年十大劳动争议案件点评》，载《法制日报》2007 年 2 月 12 日公司法务版。

开始拒绝再为其提供售后服务，这使得迪比特的售后服务陷入了全面停止的困境。从 2006 年 3 月 1 日开始，迪比特最终实施了大裁员，而随之而来的是一起一千多人向迪比特公司索要欠薪的劳动仲裁案件。

为帮助迪比特公司走出困境，并维护 1618 名员工和 125 家服务网点的合法权益，上海市有关部门先后召开了 10 多次的协调会，并决定邀请富有经验的律师组团介入这起大型劳资纠纷的处理。同时，20 名律师组成了为迪比特公司员工和网点服务商提供法律援助服务的律师团。1618 名员工申请劳动仲裁的案件被律师团分为 17 个系列案件。在袁先生等 314 人与迪比特的劳动争议案的裁决书中，袁先生等人称他们分别于 2004 年 9 月到 2006 年 1 月被迪比特裁员，该公司承诺支付拖欠的工资、经济补偿金等。在仲裁过程中，迪比特称，由于经营状况的变化，资金周转产生困难，存在欠薪事实，并对应支付的金额予以确认，但就支付工资的时间问题，员工要求立即支付，而公司表示无法立即支付，双方调解不成。2006 年 10 月，根据《劳动法》和《企业劳动争议处理条例》，上海市劳动仲裁委员会最终裁决，迪比特在裁决书生效之日支付拖欠申诉人的工资等。

点评

从全球各地劳动争议案件统计数字可以看出，近年来劳动争议案件呈大幅上升趋势，而在各类劳动争议中，集体争议亦呈大幅度上升趋势。集体劳动争议涉及人数多，社会影响大，处理不好往往影响到企业内部劳动关系的和谐，甚至导致矛盾激化，造成不良的社会影响。劳动者提供劳动、用人单位支付工资报酬是劳动关系的重要内容，及时取得劳动报酬不仅是劳动者自身价值的重要体现，还是劳动者正常生活的保障。因此，《劳动法》规定，工资应当以货币形式按月支付给劳动者本人。《工资支付暂行规定》规定，工资必须在用人单位与劳动者约定的日期支付。如遇节假日或休息日，则应提前在最近的工作日支付。工资至少每月支付一次，实行周、日、小时工资制的可按周、日、小时支付工资。可见，及时全额支付员工的劳动报酬是用人单位的法定义务。如果用人单位违反这一法定义务，无故克扣或者拖欠员工的工资，那么根据劳动部《违反和解除劳动合同的经济补偿办法》的规定，用人单位不但要在规定时间内全额补发工资，还要加赔相当于工资报酬百分之二十五的经济补偿金；如果员工以此为由解除劳动合同，还有权要求公司支付工龄经济补偿金。

作为用人单位来讲，当发生生产经营、资金周转困难时，应寻求合法的方法（譬如协商解除劳动合同、适当的停工、降薪、与员工协商暂时延期支付工资等）来控制风险，采用违法做法的结果是加大了企业的法律责任，于企业扭转经营危机无任何帮助。

案例二：劳动者违法离职，单位扣其最后一个月工资是否合法

案情简介

小王 2007 年 7 月毕业后，应聘进了某公司工作，双方签订了 2 年的劳动合同。在劳动合同中，双方明确约定，公司在每个月 10 日向小王支付上个月的工资。一晃，小王在公司工作快 1 年了，2008 年 5 月，小王在跟其他同学交流时发现，跟这些同学相比，自己在某公司享受的待遇是最差的，但是工作却是最累的。于是，小王萌生了离开某公司的念头。

经过近两个月的寻找应聘，小王终于成功得到了某知名企业的录用通知书，要求其 7 月 1 日去报到。于是，小王在 6 月底书面通知某公司自己决定单方解除劳动合同，但未说明何时离职。

7 月 1 日起，小王即不来公司工作，而是去了那家知名企业报到上班了。到 7 月 10 日，小王又回到某公司，向公司索要 6 月份的工资。

某公司认为，小王书面通知单位解除劳动合同未满 30 日即不来

公司上班，但其仍然是公司员工。根据公司奖惩条例，员工连续旷工5日，视为严重违纪，公司将予以辞退，并扣发其上月工资。小王自7月1日起无故不到公司上班，至今已超过5日，公司以严重违纪为由，辞退小王，并扣发小王6月份工资。公司向小王出具了《辞退通知单》，要求小王签字。

小王认为，自己通知未满30日即离职是不合法，单位的辞退也没问题，但是单位扣发上月工资是不合法的，因此拒绝在《辞退通知单》上签字，并要求单位支付6月份工资。

点评

本案的争议焦点在于用人单位能不能在劳动者违法离职时扣发其最后一个月的工资。按现行法律规定，答案是否定的。

第一，单位不能"以恶治恶"。

根据《劳动合同法》的规定，员工可以任何理由单方解除劳动合同，但是必须提前三十天以书面形式通知用人单位。实践中，很多员工都不遵守这提前期的规定，总是今天通知明天就不来。这让很多用人单位很是苦恼，于是想出了扣发最后一个月工资的对策，以惩戒那些擅自离职的员工。然而，不管是以前的《工资支付暂行规定》，还是现在的《劳动合同法》，都明确规定了用人单位按时足额发放工资的义务。《工资支付暂行规定》更是明确规定了可以扣发工资的几种情形，其中并不包括员工擅自离职。另外，法律有一个基本原则，那就是反对"以恶治恶"。因此，用人单位扣发擅自离职员工最后一个月工资的行为是违法的。

具体到本案，某公司扣发小王6月份的工资是违法的，属于无故克扣工资行为，除了补发全额工资外，还需要承担百分之二十五的补偿金。

第二，劳动者擅自离职要承担赔偿用人单位损失的法律责任。

法律规定了企业不能随便单方解除劳动合同，企业单方解除，需要符合法定的条件，非法定条件不能单方解除劳动合同。但是却没有限制劳动者单方解除劳动合同的条件，而是仅仅规定了一个提前通知的义务。然而，虽然法律规定了劳动者单方解除的提前通知义务，但是，好多员工却无意或者有意的不履行这一提前通知义务，使得单位头疼不已。于是，一些企业寻求违约金的帮助，希望用高额的违约金限制员工的这种违法行为。但是，本法实施以后，违约金约定受到了限制，单位不能再随意约定违约金了。那么，是否就意味着员工擅自离职不需要承担责任了呢？回答是否定的。法律虽然限制了让劳动者承担的违约金范围，但是并不影响劳动者以其他形式承担违约责任。由于员工擅自离职违反的是法律规定的提前通知义务，属于违法行为，因此《劳动合同法》明确规定了员工该承担的违法责任——承担用人单位因此发生的经济损失的赔偿责任。

第三，新单位要承担连带赔偿责任。

员工通知单位解除劳动合同，满三十日之前，该员工都还是原单位的员工，双方劳动关系都仍然存续。因此，新单位如果不审查清楚，或者明知其劳动关系仍在，而招用该员工，那么，一旦给原单位造成经济损失，新单位就要承担连带赔偿责任。具体到本案，如果小王的擅自离职给某公司造成了经济损失，那么某知名企业就要承担连带赔偿责任。

案例三：加班的博弈

案情简介

（一）林某为某酒店服务员，该酒店规定服务员每天工作5.5小时，没有休息日。林某因丈夫长期卧病在床，要求每周安排一天休息，在家处理家务。酒店经研究后未予以批准，理由是林某每天工作仅5.5小时，即使不安排休息日，每周工作时间也不足40小时，没有违反国家有关劳动法律法规，林某可利用每天下班后的时间来处理家务。林某不服，向当地劳动仲裁委员会提起仲裁，要求酒店每周安排一天休息。仲裁委员会支持了林某的请求。

（二）周某是某外企职员，与公司签订有一年期的劳动合同，岗位为业务主管。劳动合同确定周某的工作时间为每日 8 小时、每周 40 小时的法定标准工作时间，公司也按标准工时制度支付周某的工资待遇。工作期间，周某努力工作，当日工作任务在 8 小时内未完成的，周某就在下班后自动加班完成当日工作任务。一年后，周某对公司的工作安排难以承受，就在合同期限届满时表示不再续签劳动合同，但要求公司支付其一年内延长工作时间的加班工资，并出示了一年内延长工作时间的考勤记录。周某认为：自己在履行合同期间经常超时工作，具体超时工作时间有据可查，按照《劳动法》的有关规定，超时工作应计发加班费。公司对周某不愿续签劳动合同表示遗憾，但认为公司实行的是计时工资制度，并另有规定的加班制度；公司并未安排周某延时加班，周某延长工作时间是个人自愿的行为，公司不能另行支付加班工资，对周某的要求予以拒绝。双方于是发生争议。

仲裁委员会认为，公司虽然对周某实行了计时工资制度，但周某平时的加班不是由公司安排的，而是周某自愿进行的；另一方面，公司对企业内加班有规定的加班制度，周某在加班时并未履行公司规定的加班审批手续。因此，周某要求公司支付加班工资的请求缺乏法律依据，裁决予以驳回。

（三）某公司要求职工长期超时加班加点，并与员工约定每月加班工资 500 元，在每月的工资单上"工资"一栏中都注明"本月工资 XX 元，奖金 XX 元，加班费 500 元"。员工小李工作了几个月后认为公司的超时加班太严重，如果完全按法定标准计算，加班工资应当超过 500 元，故要求公司按实际数额支付，遭到公司拒绝。于是小李向劳动争议仲裁委员会提出申诉，要求公司按实际加班情况支付加班工资，并向仲裁庭提供了自己的劳动合同和上下班考勤卡记录。公司则辩称其已经将员工的加班工资"打包"，并且按约支付给小李。仲裁委员会最终裁决：公司应当按实际加班情况支付加班工资。

（四）某公司因其加工的一批货物出现了 3000 多件的不合格产品而影响了生产，为赶时间完成订单，公司要求所有员工连日加班，每天加班 3 小时以上，并拒绝支付加班费。有员工不服，向劳动争议仲裁委员会提出了仲裁申请。经调查核实，仲裁委员会对公司做出了停止加班、支付职工加班工资和经济补偿金的裁决。公司认为，这批订单按正常的工作进度应该按时完成，是由于员工生产出了大量的不合格产品而耽误了完成订单的时间，并造成了经济损失，所以员工应该加班，且加班费是不应支付的。于是公司向人民法院提起诉讼，请求撤销仲裁委员会作出的裁决。人民法院经审理，依法维持了仲裁委员会作出的裁决。

点评

上述案件是四起典型的因加班而引起的劳动纠纷。

在案件（一）中，酒店规定了职工每天工作 5.5 个小时，每周工作 7 天的上班时间，虽然每周的总工作时间没有超出 40 个小时，但由于没有安排每周一天的休息日，仍然属于违法行为。因此仲裁委员会支持了林某的请求。

案件（二）中，公司胜诉的关键在于公司规定了严格的加班审批制度，由于员工加班未履行公司规定的加班审批程序，导致员工虽有考勤记录，也不能被认定为是有效的加班行为。

案件（三）中，公司虽然与员工约定了加班工资，但由于该约定低于法定的加班费标准而无效，公司也由此败诉。

案件（四）中，公司败诉的原因在于公司安排加班的行为未经与员工协商，员工加班是被迫的，且每日加班 3 小时以上，违反了劳动法关于加班程序和加班时间标准的规定。至于员工工作失误给公司造成的经济损失，是另一个法律关系，公司并不能单方面以抵偿经济损失为由，不支付加班费。

加强加班管理的关键是如何在法律允许的情况下最大限度的控制加班成本。因此，用人单位安排员工加班等生产经营活动一定要依法进行，不能以经营者的意志曲解法律。用人单位安排员工加班时一定要严格执行劳动法关于加班程序的要求、工作时间标准及工资报酬支付的规定，不能以加班和不付加班工资的方式来惩罚员工，更不能以加班费来弥补公司的经济损失。否则，只能是因小失大——赔偿加班费不说，还可能遭致行政处罚、加付赔偿金等更大的损失！

同时，对于恶意"加班"索要加班费的员工而言，用人单位也要善于在法律规定的范围内运用好加班审批管理制度这个有力武器，它不仅在管理过程中扮演着极其重要的角色，同时也是企业在劳动争议中致胜的关键所在。

案例四：四年加班工资索赔案①

案情简介

原告邓某于 2001 年 11 月 5 日进入某市场有限公司（以下称公司）工作，担任协管理员，未签订劳动合同，月工资为 450 元，后调整为 500 元。工作期间原告基本上没有享受过休息日和法定节假日（其中只有两年实行过每周休息一天的制度）。2006 年 2 月 20 日，公司以原告多次在夜班睡觉为由将原告邓某予以辞退。邓某被辞退后，于 2006 年 3 月 27 日向市劳动争议仲裁委员提起仲裁，要求公司支付邓某工作期间（4 年多）所有休息日和法定休假日的加班费共 17175 元。仲裁委员会受理后，经审理于 2006 年 5 月 31 日做出裁决，裁决认为原告的请求超过了 60 日的申诉时效，只裁决公司支付原告被辞退前 2 个月的加班费及其 25% 的经济补偿金共计 1105.4 元。

原告不服，于 2006 年 6 月 18 日向区人民法院提起诉讼，要求

---

① 本案摘自魏浩征：《2007 年十大劳动争议案件点评》，载《法制日报》2008 年 1 月 20 日第十版。

公司支付原告工作期间所有休息日和法定节假日的加班费及其25%的经济补偿金合计20128.63元。2006年8月10日，法院开庭审理本案；2006年12月27日一审宣判，判决公司支付邓某2001年1月5日至2006年2月20日期间的全部加班费及其25%的经济补偿金，共计22179.20元。

一审宣判后，公司不服，于2007年1月5日上诉至市中级人民法院，认为邓某要求加班费已经超过了60日时效，且一审法院计算加班费有误，要求撤销一审法院判决。2007年5月15日，二审开庭审理；2007年6月26日，市中级人民法院向邓某送达了终审判决，判决驳回了公司的上诉，维持一审判决。

点评

本案主要涉及劳动争议仲裁时效的认定问题，在实践中具有典型意义。《劳动法》规定，劳动争议的仲裁时效自劳动争议发生之日起六十天，这六十天很清楚，但这六十天怎么算（何谓劳动争议发生之日），规定的就不清楚了。针对各种类型的劳动争议，形成了各种各样的不同界定。2006年8月14日最高人民法院颁布的《关于审理劳动争议案件适用法律若干问题的解释（二）》第1条对该问题做了如下经典界定："人民法院审理劳动争议案件，对下列情形，视为劳动法第八十二条规定的'劳动争议发生之日'：（一）在劳动关系存续期间产生的支付工资争议，用人单位能够证明已经书面通知劳动者拒付工资的，书面通知送达之日为劳动争议发生之日。用人单位不能证明的，劳动者主张权利之日为劳动争议发生之日。（二）因解除或者终止劳动关系产生的争议，用人单位不能证明劳动者收到解除或者终止劳动关系书面通知时间的，劳动者主张权利之日为劳动争议发生之日。（三）劳动关系解除或者终止后产生的支付工资、经济补偿金、福利待遇等争议，劳动者能够证明用人单位承诺支付的时间为解除或者终止劳动关系后的具体日期的，用人单位承诺支付之日为劳动争议发生之日。劳动者不能证明的，解除或者终止劳动关系之日为劳动争议发生之日。"

由于用人单位处于优势地位，劳动者为保住工作，往往在单位欠薪时忍气吞声，故对争议的发生，如上从宽理解，这一理解毫无疑问对扩大保护员工合法权利起到了非常重要的作用。而已于2008年5月1日执行的《劳动争议调解仲裁法》将这一保护更扩大到极致，如该法第27条规定："劳动争议申请仲裁的时效期间为一年。仲裁时效期间从当事人知道或者应当知道其权利被侵害之日起计算。前款规定的仲裁时效，因当事人一方向对方当事人主张权利，或者向有关部门请求权利救济，或者对方当事人同意履行义务而中断。从中断时起，仲裁时效期间重新计算⋯⋯劳动关系存续期间因拖欠劳动报酬发生争议的，劳动者申请仲裁不受本条第一款规定的仲裁时效期间的限制；但是，劳动关系终止的，应当自劳动关系终止之日起一年内提出。"

因此，对于用人单位来说，面对日益不利的仲裁时效界定的法律规定，承担起其作为雇主应当承担的法律责任，按时足额支付工资（包括加班工资），成为必须要充分重视的一件事情。

案例五：加班不发工资，副总状告公司胜诉[①]

案情简介

杨女士于2004年6月进某保健食品公司工作，月工资2500元，双方未签订书面劳动合同，公司亦未办理用工登记。2005年3月9日，杨女士与公司签订了《经理聘用与业绩考核》协议书，担任公司销售副总及常务副总经理一职，对公司进行全面管理，工资调为每月5000元。2006年2月20日，杨女士离开了这家公司，但公司未支付她2月份的工资。杨女士申请劳动仲裁，后又向上海市杨浦

---

① 本案摘自魏浩征：《2006年十大劳动争议案件点评》，载《法制日报》2007年2月12日公司法务版。

区人民法院提起诉讼，要求公司除补办招、退工手续、补发 2006 年 2 月工资之外，还要求补发双休日加班工资及 25% 经济补偿金，支付 2006 年 3 月至办妥退工手续之日止的工资。审理中，保健食品公司辩称：公司并无星期六加班的规定，也没有对员工的考勤纪录及加班审批制度。而且，杨女士作为公司的副总经理，负责公司的日常事务，即使因工作需要周六来公司，也不能视为加班，故不同意支付杨女士加班工资及 25% 经济补偿金，也不同意支付 2006 年 3 月至退工手续办妥之日的工资。而杨女士则提供两名证人到庭作证，证明公司有周六加班的规定，且杨女士在工作期间每周六都到公司加班。

2006 年 11 月，法院经审理后认为，杨女士和保健食品公司虽未签订劳动合同，但建立了事实劳动关系，公司应为杨女士办理招工录用及退工手续。杨女士工作至 2006 年 2 月 20 日，公司应支付杨女士相应工资。对于加班问题，杨女士在庭审中提供的证据具有证明优势，故法院采信杨女士主张，判决公司依法支付杨女士双休日加班工资，并支付经济补偿金（额度为拖欠加班工资的 25%）。至于杨女士要求公司支付 2006 年 3 月至办妥退工手续之日的工资，因杨女士持有劳动手册，延迟办理退工手续并不影响其正常就业，故这一请求缺乏依据，法院不予支持。最后，法院判决保健食品公司除支付杨女士 2006 年 2 月 1 日至 2 月 20 日的工资 3333.33 元外，还应支付其加班工资 28680.69 元及 25% 经济补偿金 7170.17 元。

点评

本案因涉及企业高管加班费这一敏感问题而格外引人关注。企业高管由于其地位的特殊性，加班是家常便饭，但实践当中的大多数企业并没有依法为高管支付加班工资，因此，高管加班这一问题，已经成为绝大多数企业的"雷区"。很多企业采取了各种各样的做法来防范高管的加班费法律风险，但大多都因与法律规定发生冲突而无效。从《劳动法》的规定来看，用人单位的经理、副经理等高管与一般员工一样，也属于劳动者，因此用人单位不能以高管负责公司日常事务为由而拒绝承认高管加班，从而拒付加班费。同时，有关劳动者的工作时间计算以及工资支付等，按照法律规定，举证责任都在用人单位。因此，仅凭同事的证言证明加班的存在，听起来有些玄乎，但在法律上没有问题。有关加班费的劳动争议案件中，企业屡屡败诉，原因多在于此。本案就很好地说明了这一点。当然，企业高管因其身份特殊，在维权时往往比一般员工容易得多，把高管视为普通劳动者在劳动法上同等倾斜保护的做法在学界和实务中受到了质疑。但在目前的法律框架下，这还只能是一种看法和声音，付诸实施，需要未来相关法律法规的改变和完善。

◉ 关联法规

《中华人民共和国劳动法》（1994 年 7 月 5 日）

第三十六条 国家实行劳动者每日工作时间不超过八小时、平均每周工作时间不超过四十四小时的工时制度。

（笔者注：《国务院关于职工工作时间的规定》第 3 条："职工每日工作 8 小时、每周工作 40 小时。"《劳动部关于职工工作时间有关问题的复函》："……应保证劳动者每天工作不超过 8 小时、每周工作不超过 40 小时、每周至少休息一天。"司法实践中，这两个规定事实上已经修改了《劳动法》中关于每周不超过 44 小时的规定。）

第三十七条 对实行计件工作的劳动者，用人单位应当根据本法第三十六条规定的工时制度合理确定其劳动定额和计件报酬标准。

第四十四条 有下列情形之一的，用人单位应当按照下列标准支付高于劳动者正常工作时间工资的工资报酬：

（一）安排劳动者延长工作时间的，支付不低于工资的百分之一百五十的工资报酬；

（二）休息日安排劳动者工作又不能安排补休的，支付不低于工资的百分之二百的工资报酬；

（三）法定休假日安排劳动者工作的，支付不低于工资的百分之三百的工资报酬。

第四十六条　工资分配应当遵循按劳分配原则，实行同工同酬。

工资水平在经济发展的基础上逐步提高。国家对工资总量实行宏观调控。

第四十七条　用人单位根据本单位的生产经营特点和经济效益，依法自主确定本单位的工资分配方式和工资水平。

第四十八条　国家实行最低工资保障制度。最低工资的具体标准由省、自治区、直辖市人民政府规定，报国务院备案。

用人单位支付劳动者的工资不得低于当地最低工资标准。

第七十七条　用人单位与劳动者发生劳动争议，当事人可以依法申请调解、仲裁、提起诉讼，也可以协商解决。

调解原则适用于仲裁和诉讼程序。

第九十一条　用人单位有下列侵害劳动者合法权益情形之一的，由劳动行政部门责令支付劳动者的工资报酬、经济补偿，并可以责令支付赔偿金：

（一）克扣或者无故拖欠劳动者工资的；

（二）拒不支付劳动者延长工作时间工资报酬的；

（三）低于当地最低工资标准支付劳动者工资的；

（四）解除劳动合同后，未依照本法规定给予劳动者经济补偿的。

《关于〈劳动法〉若干条文的说明》（1994 年 9 月 5 日）

第四十四条　有下列情形之一的，用人单位应当按照下列标准支付高于劳动者正常工作时间工资的工资报酬：

（一）安排劳动者延长工作时间的，支付不低于工资的百分之一百五十的工资报酬；

（二）休息日安排劳动者工作又不能安排补休的，支付不低于工资的百分之二百的工资报酬；

（三）法定休假日安排劳动者工作的，支付不低于工资的百分之三百的工资报酬。

本条的"工资"，实行计时工资的用人单位，指的是用人单位规定的其本人的基本工资，其计算方法是：用月基本工资除以月法定工作无数即得日工资，用日工资除以日工作时间即得小时工资；实行计件工资的用人单位，指的是劳动者在加班加点的工作时间内应得的计件工资。

第五十条 工资应当以货币形式按月支付给劳动者本人。不得克扣或者无故拖欠劳动者的工资。

本条中的"货币形式"排除发放实物、发放有价证券等形式，"按月支付"应理解为每月至少发放一次工资，实行月薪制的单位，工资必须每月发放，超过企业与职工约定或劳动合同规定的每月支付工资的时间发放工资即为不按月支付。实行小时工资制、日工资制、周工资制的单位工资也可以按日或按周发放，并且要足额发放。"克扣"是指用人单位对履行了劳动合同规定的义务和责任，保质保量完成生产工作任务的劳动者，不支付或未足额支付其工资。"无故拖欠"应理解为，用人单位无正当理由在规定时间内故意不支付劳动者工资。

第九十条 用人单位违反本法规定，延长劳动者工作时间的，由劳动行政部门给予警告，责令改正，并可以处以罚款。

第九十一条 用人单位有下列侵害劳动者合法权益情形之一的，由劳动行政部门责令支付劳动者的工资报酬、经济补偿，并可以责令支付赔偿金：

（一）克扣或者无故拖欠劳动者工资的；

（二）拒不支付劳动者延长工作时间工资报酬的；

（三）低于当地最低工资标准支付劳动者工资的；

（四）解除劳动合同后，未依照本法规定给予劳动者经济补偿的。

本条中的"无故"同第五十条的说明相同。"工资报酬"可以理解为延长工作时间所依法应得的劳动报酬。

《违反和解除劳动合同的经济补偿办法》（1994 年 12 月 3 日）

第三条 用人单位克扣或者无故拖欠劳动者工资的，以及拒不支付劳动者延长工作时间工资报酬的，除在规定的时间内全额支付劳动者工资报酬外，还需加发相当于工资报酬百分之二十五的经济补偿金。

第四条 用人单位支付劳动者的工资报酬低于当地最低工资标准的，要在补足低于标准部分的同时，另外支付相当于低于部分百分之二十五的经济补偿金。

《违反〈中华人民共和国劳动法〉行政处罚办法》（1994 年 12 月 26 日）

第六条 用人单位有下列侵害劳动者合法权益行为之一的，应责令支付劳动者的工资报酬、经济补偿，并可责令按相当于支付劳动者工资报酬、经济补偿总和的一至五倍支付劳动者赔偿金：

（一）克扣或者无故拖欠劳动者工资的；

（二）拒不支付劳动者延长工作时间工资报酬的；

（三）低于当地最低工资标准支付劳动者工资的；

（四）解除劳动合同后，未依照法律、法规规定给予劳动者经济补偿的。

责令用人单位支付劳动者经济补偿按有关规定执行。

《关于贯彻执行〈中华人民共和国劳动法〉若干问题的意见》（1995 年 8 月 4 日）

60. 实行每天不超过 8 小时，每周不超过 44 小时或 40 小时标准工作时间制度的企业，以及经批准实行综合计算工时工作制的企业，应当按照劳动法的规定支付劳动者延长工作时间的工资报酬。全体职工已实行劳动合同制度的企业，一般管理人员（实行不定时工作制人员除外）经批准延长工作时间的，可以支付延长工作时间的工资报酬。

61. 实行计时工作制的劳动者的日工资，按其本人月工资标准除以平均每月法定工作天数（试行每周 40 小时制的为 21.16 天，施行每周 44 小时制的为 23.33 天）进行计算。

62. 实行综合计算工时工作制的企业职工，工作日正好是周休息日的，属于正常工作；工作日正好是法定节假日的，要依照劳动法第四十四条第（三）项的规定支付职工的工资报酬。

64. 经济困难的企业执行劳动部《工资支付暂行规定》（劳部发［1994］489号）确有困难，应根据以下规定执行：

（1）《关于做好国有企业职工和离退休人员基本生活保障工作的通知》（国发［1993］76号）的规定："企业发放工资确有困难时，应发给职工基本生活费，具体标准由各地区、各部门根据实际情况确定。"

（2）《关于国有企业流动资金贷款的紧急通知》（银传［1994］34号）的规定，"地方政府通过财政补贴，企业主管部门有可能也要拿出一部分资金，银行要拿出一部分贷款，共同保证职工基本生活和社会的稳定。"

（3）《国有企业富余职工安置规定》（国务院令第111号，1993年发布）的规定："企业可以对职工实行有限期的放假。职工放假期间，由企业发给生活费。"

《中华人民共和国劳动争议调解仲裁法》（2007年12月29日）

第二十七条 劳动争议申请仲裁的时效期间为一年。仲裁时效期间从当事人知道或者应当知道其权利被侵害之日起计算。

前款规定的仲裁时效，因当事人一方向对方当事人主张权利，或者向有关部门请求权利救济，或者对方当事人同意履行义务而中断。从中断时起，仲裁时效期间重新计算。

因不可抗力或者有其他正当理由，当事人不能在本条第一款规定的仲裁时效期间申请仲裁的，仲裁时效中止。从中止时效的原因消除之日起，仲裁时效期间继续计算。

劳动关系存续期间因拖欠劳动报酬发生争议的，劳动者申请仲裁不受本条第一款规定的仲裁时效期间的限制；但是，劳动关系终止的，应当自劳动关系终止之日起一年内提出。

第十七章

劳动条件、劳动过程：保证
劳动者生命安全和身体健康

⊙ **原文链接**

《中华人民共和国劳动合同法》

第三十二条 劳动者拒绝用人单位管理人员违章指挥、强令冒险作业的，不视为违反劳动合同。

劳动者对危害生命安全和身体健康的劳动条件，有权对用人单位提出批评、检举和控告。

第三十八条 用人单位有下列情形之一的，劳动者可以解除劳动合同：

（一）未按照劳动合同约定提供劳动保护或者劳动条件的；

……

第四十六条 有下列情形之一的，用人单位应当向劳动者支付经济补偿：（一）劳动者依照本法第三十八条规定解除劳动合同的；

……

第八十八条 用人单位有下列情形之一的，依法给予行政处罚；构成犯罪的，依法追究刑事责任；给劳动者造成损害的，应当承担赔偿责任：

（一）以暴力、威胁或者非法限制人身自由的手段强迫劳动的；

（二）违章指挥或者强令冒险作业危及劳动者人身安全的；

（三）侮辱、体罚、殴打、非法搜查或者拘禁劳动者的；

（四）劳动条件恶劣、环境污染严重，给劳动者身心健康造成严重损害的。

《中华人民共和国劳动合同法实施条例》

第十四条 劳动合同履行地与用人单位注册地不一致的，有关劳动者的最低工资标准、劳动保护、劳动条件、职业危害防护和本地区上年度职工月平均工资标准等事项，按照劳动合同履行地的有关规定执行；用人单位注册地的有关标准高于劳动合同履行地的有关标准，且用人单位与劳动者约定按照用人单位注册地的有关规定执行的，从其约定。

◉ 条款解读

本条规定了劳动合同履行过程中，用人单位的主要义务之一：保证其劳动条件和劳动过程不会对劳动者的生命安全和身体健康造成损害；同时也规定了劳动者对于用人单位的用工管理行为有监督和建议的权利。

劳动保护是指在劳动合同中约定的用人单位对劳动者所从事的劳动必须提供的生产、工作条件和劳动安全卫生保护措施。

劳动条件是指用人单位保证劳动者完成劳动任务和劳动过程中安全健康保护的基本要求，包括劳动场所和设备、劳动安全卫生设施、劳动防护用品等。

劳动者如果在工作中发现企业有违法行为或者有可能危害员工生命安全和身体健康行为的，随时都可以向用人单位提出建议和批评，并可以向有关劳动部门举报。用人单位有违章指挥、强令冒险作业等行为的，员工有权拒绝，并向有关劳动部门检举。

用人单位如果在提供劳动条件和进行劳动过程管理时的行为违法，将承担被行政处罚的责任；情节严重的，将被追究刑事责任

（如重大劳动安全生产事故罪、工程重大安全事故罪等）；给劳动者造成损害的，还应承担赔偿损失的责任。

同时，《劳动合同法》第17条规定劳动保护和劳动条件是劳动合同的必备条款，即提供劳动保护和劳动条件是用人单位应尽的义务，如果用人单位未按照国家规定的标准或劳动合同的规定提供劳动条件，致使劳动安全、劳动卫生条件恶劣，严重危害职工的身体健康，劳动者可通知用人单位解除劳动合同，并可要求用人单位按照一年工龄一个月工资的标准赔偿其工作年限的经济补偿金。

劳动合同履行地与用人单位注册地不一致的，有关劳动者的最低工资标准、劳动保护、劳动条件、职业危害防护和本地区上年度职工月平均工资标准等事项，按照劳动合同履行地的有关规定执行；用人单位注册地的有关标准高于劳动合同履行地的有关标准，且用人单位与劳动者约定按照用人单位注册地的有关规定执行的，从其约定。

◉ 典型案例

案例：驾驶员拒开"拼装车"被开除案

案情简介

陈某是某副食品公司下属车队的货车驾驶员，与副食品公司订立了期限至2009年底的劳动合同。2008年春节前夕，副食品公司由于运输业务量激增，原有车辆不能满足需求，车队就从其他单位借来一辆货车，并临时安排陈某驾驶。当陈某得知车队安排其驾驶的车辆是国家明令禁止运营的"拼装车"时，便以上路不安全为理由表示不愿出车。车队负责人在劝说无效的情况下，向公司领导做了汇报。2008年2月，副食品公司认为陈某在节日运输高峰期间不服从单位调度、指挥，拒绝正常工作，给该公司造成重大经济损失，决定给予陈某开除处分，解除其劳动合同。陈某不服，向当地劳动争议仲裁委员会提请仲裁，请求裁决撤销开除决定。

劳动争议仲裁委员会裁决，撤销了副食品公司对陈某做出的开除决定，恢复双方的劳动关系。

点评

从《劳动法》到《安全生产法》再到《劳动合同法》，都明确规定，劳动者有权拒绝用人单位冒险作业强制命令，用人单位不能以此为由单方解除劳动合同。

本案中，某副食品公司就犯了这么一个错误。首先，根据《报废汽车回收管理办法》的规定，禁止"拼装车"上路行驶。本案中某副食品公司明知是"拼装车"，还要陈某驾驶上路行走，这本身就是一个违法行为，给社会安全带来了隐患。其次，在陈某拒绝驾驶该"拼装车"后，公司又违法解除了劳动合同。

因此，本案中，某副食品公司对陈某作出的开除决定应该被撤销，双方劳动关系应该恢复。

◉ **关联法规**

《中华人民共和国劳动法》（1994 年 7 月 5 日）

第五十六条　劳动者在劳动过程中必须严格遵守安全操作规程。

劳动者对用人单位管理人员违章指挥、强令冒险作业，有权拒绝执行；对危害生命安全和身体健康的行为，有权提出批评、检举和控告。

第九十六条　用人单位有下列行为之一，由公安机关对责任人员处以十五日以下拘留、罚款或者警告；构成犯罪的，对责任人员依法追究刑事责任：

（一）以暴力、威胁或者非法限制人身自由的手段强迫劳动的；

（二）侮辱、体罚、殴打、非法搜查和拘禁劳动者的。

《关于〈劳动法〉若干条文的说明》（1994 年 9 月 5 日）

第九十二条　用人单位的劳动安全设施和劳动卫生条件不符合

国家规定或者未向劳动者提供必要的劳动防护用品和劳动保护设施的，由劳动行政部门或者有关部门责令改正，可以处以罚款；情节严重的，提请县级以上人民政府决定责令停产整顿；对事故隐患不采取措施，致使发生重大事故，造成劳动者生命和财产损失的，对责任人员比照刑法第一百八十七条的规定追究刑事责任。

根据本条规定，劳动部门和有关部门在进行行政处罚时，其分工在于看其监督检查的范围是否属于劳动工作，凡属劳动工作，依本法第九条、第八十五条，由劳动部门行使监督检查权，进行处罚。反之，则应由其他部门在自己的职责范围内依法行使监督权。

刑法第一百八十七条"国家工作人员由于玩忽职守，致使公共财产、国家和人民利益遭受重大损失的，处五年以下有期徒刑或者拘役。"

第九十三条　用人单位强令劳动者违章冒险作业，发生重大伤亡事故，造成严重后果的，对责任人员依法追究刑事责任。

本条中的"对责任人员追究刑事责任"，可根据刑法第一百一十四条处理，即"工厂、矿山、林场、建筑企业或者其他企业、事业单位的职工，由于不服管理、违反规章制度，或强令工人违章冒险作业，因而发生重大事故，造成严重后果的，处以三年以下有期徒刑或者拘役；情节特别恶劣的，处以三年以上七年以下有期徒刑。"

第九十六条　用人单位有下列行为之一，由公安机关对责任人员处以十五日以下拘留、罚款或者警告；构成犯罪的，对责任人员依法追究刑事责任：

（一）以暴力、威胁或者非法限制人身自由的手段强迫劳动的；

（二）侮辱、体罚、殴打、非法搜查和拘禁劳动者的。

对劳动者实施了本条所禁止的行为，公安机关将根据本法和《治安管理处罚条例》第二十二条等、人民法院将根据《刑法》第一百三十四条、第一百四十三条、第一百四十四条等追究当事人的法律责任。

《中华人民共和国安全生产法》（2002 年 6 月 29 日）

第四十六条　从业人员有权对本单位安全生产工作中存在的问题提出批评、检举、控告；

有权拒绝违章指挥和强令冒险作业。

生产经营单位不得因从业人员对本单位安全生产工作提出批评、检举、控告或者拒绝违章指挥、强令冒险作业而降低其工资、福利等待遇或者解除与其订立的劳动合同。

《中华人民共和国刑法》（2006 年 6 月 29 日最新修正）

第二百四十四条　用人单位违反劳动管理法规，以限制人身自由方法强迫职工劳动，情节严重的，对直接责任人员，处 3 年以下有期徒刑或者拘役，并处或者单处罚金。

《中华人民共和国刑法修正案（四）》（2002 年 12 月 28 日）

四、刑法第二百四十四条后增加一条，作为第二百四十四条之一："违反劳动管理法规，雇用未满十六周岁的未成年人从事超强度体力劳动的，或者从事高空、井下作业的，或者在爆炸性、易燃性、放射性、毒害性等危险环境下从事劳动，情节严重的，对直接责任人员，处三年以下有期徒刑或者拘役，并处罚金。"

"由前款行为，造成事故，又构成其他犯罪的，依照数罪并罚的规定处罚。"

第十八章
协商解除劳动合同：协议是关键

● **原文链接**

《中华人民共和国劳动合同法》

第三十六条　用人单位与劳动者协商一致，可以解除劳动合同。

第四十六条　有下列情形之一的，用人单位应当向劳动者支付经济补偿：……（二）用人单位依照本法第三十六条规定向劳动者提出解除劳动合同并与劳动者协商一致解除劳动合同的；……

● **条款解读**

本条主要规定了协商解除劳动合同的条件及补偿金事宜。

劳动合同的解除分为法定解除和约定解除两种。

法定解除是指在劳动合同的履行过程中，出现劳动法律法规规定的情形时，用人单位或员工解除劳动合同的行为。在法定解除的情况下，一方当事人可以不与另一方当事人协商，也无需征得另一方的同意，就可依据法律规定的条件和程序解除劳动合同。

约定解除是指用人单位与员工双方在完全自愿的情况下，通过协商，一致同意提前结束劳动关系的法律行为，这种行为为双方法律行为。

协商解除劳动合同是一种双方解约行为，指劳动合同的双方当事人经协商达成一致，从而解除劳动合同。《劳动法》和《劳动合同法》均明确规定，用人单位与劳动者协商一致，可以解除劳动合同。这一规定表明，协商解除是解除劳动合同的一种法定形式。协商解除劳动合同一般不太容易发生劳动争议。

没有法定的解除条件时，用人单位往往只能采用与员工协商的办法来解除劳动合同，因此，从广义上说，协商解除是一种非常重要的辞退员工的方法。

劳动合同依法订立后，双方当事人必须履行合同义务，遵守合同的法律效力，任何一方不得擅自解除。同时，为了保障用人单位的用人自主权和劳动者劳动权的实现，在以下特定条件和程序下，用人单位与劳动者协商一致且不违背国家利益和社会公共利益的情况下，可以解除劳动合同：

1. 被解除的劳动合同是依法成立的有效的劳动合同；

2. 解除劳动合同的行为必须是在被解除的劳动合同依法订立生效之后，尚未全部履行之前进行；

3. 用人单位与劳动者均有权提出协商解除劳动合同的请求；

4. 解除劳动合同属双方自愿，平等协商，同时，双方当事人达成的解除劳动合同的协议，不得损害对方的利益。

在双方自愿、平等协商的基础上达成一致意见，可以不受法定的劳动合同解除条件或终止条件的限制。

在解除的条件上，《劳动合同法》要求双方协商一致，均同意解除劳动合同；在解除通知上，协商解除劳动合同的解除时间由双方协商，不存在着哪方须提前通知对方的要求。

在经济补偿上，《劳动合同法》区分了两种情况：

1. 双方协商一致解除劳动合同，但是由用人单位提出解除动议的，按照《劳动合同法》第46条的规定，用人单位应当向劳动者支付经济补偿金；

2. 双方协商一致解除劳动合同，但是由劳动者提出解除动议的，是否支付经济补偿金由双方协商，用人单位没有向劳动者支付经济补偿金的法定义务。

◉ 操作提示

协商解除劳动合同时需注意以下问题：

一、慎防"协商解除无协议"

协商解除劳动合同，是需要双方协商同意的。如果协商解除无协议，那么将会给用人单位留下非常大的法律隐患。不少企业在与员工之间协商解除劳动合同时，双方口头协商同意后就算完事，结果，不仅在解除劳动合同的经济补偿上发生争议，而且在其他方面员工也借机侵犯企业劳动权益。

口说无凭，立字为证。用人单位在与员工协商解除劳动合同时，不能图省事，一定要签订书面的劳动合同协商解除协议书，明确双方的有关权利义务，将协商的成果固定下来，防止发生劳动争议后很难举证的情形。

二、协议中明确劳动合同解除的类型

依劳动合同解除的方式为标准，劳动合同解除分为协商解除和单方解除两种类型。企业与员工协商解除劳动合同的，在签订解除此协议时，协议中必须写明解除劳动合同是经企业与员工在平等自愿、协商一致基础上解除的。这样，可以防止员工把协商解除说成是企业单方解除，要求企业承担相关的责任。

三、协议中应明确解除合同的提出方

对于协商解除合同而言，由于协商解除合同的提出方不同，解除合同的相关法律后果就不同。因此，解除协议中明确解除劳动合同是企业提出还是员工提出至关重要，它涉及到企业是否须支付员工解除劳动合同的经济补偿金问题。

按照《劳动合同法》的规定，协商解除劳动合同的动议如果是用人单位提出的，则应支付经济补偿金；协商解除劳动合同的动议如果是员工提出的，则用人单位不须支付经济补偿金。

由员工提出解除劳动合同时，协议书中具体条款可表述为：经乙方（员工）提出，甲方（企业）同意，双方协商一致解除劳动合同。

如果双方都同意，解除协议中还可写明确解除劳动合同的原因或理由。

四、协议中明确解除劳动合同后员工的义务

企业与员工达成协商解除劳动合同的意向后，在签订书面协议时，还应把解除劳动合同应处理的相关事项明确写出来，在解除协议中进行约定，用以约束员工的行为，这主要包括：

（1）工作交接。在解除劳动合同协议中，企业应对员工离职前的工作交接作出约定，这既可防止员工离职后工作接替不上，也可防止员工离职前玩忽职守，给企业造成损失。工作交接约定主要包括工作交接的具体内容、方式、交接完成的时间等。

（2）工作终止。协议中应明确自协议签署之日起，员工除工作交接外，立即停止以企业的名义从事包括业务在内的一切活动。

（3）财物返还。与企业解除劳动合同的员工，其在职期间因履行职务原因，由企业配发的或员工本人掌管的属于企业的财物，如计算机、汽车、手机等，应在解除劳动合同协议中约定返还时间和返还方式，防止员工解除劳动合同后，擅自带走企业财产。

（4）债务清偿。员工在职期间，若欠负企业债务，如借款、罚款、赔偿金等，在解除劳动合同协议中应明确清偿日期及办法。

（5）应支付的工资和补偿金。在解除劳动合同协议中，还应明确员工工资最终支付的金额、日期，如应支付员工解除劳动合同的经济补偿金，应明确支付金额和支付方法，以及是否应扣除所缴纳税款等。

（6）商业秘密、知识产权、竞业禁止。协议中应明确在劳动合同协商解除后，员工仍按照在职期间的约定，履行保守企业商业秘密、竞业禁止和有关知识产权的义务。

◉ 典型案例

案例：协商解除劳动合同经济补偿金争议

案情简介

2006 年 3 月，甲某与某单位签订劳动合同，合同期限为 5 年。

2008 年 4 月，双方签订了协商解除劳动合同协议书，协议中明确约定，甲某向某单位提出提前解除劳动合同，并就解除的补偿等相关事宜也做了约定。

2008 年 5 月，甲某因经济补偿问题向劳动争议仲裁委员会申诉，后因不服裁决，又提起了诉讼。甲某请求判令其与某单位签订的解除劳动合同协议书无效，理由是该协议书系某单位胁迫下达成的。

点评

劳动合同的协商解除是指用人单位与劳动者经协商一致而提前使劳动合同的法律效力归于消灭的法律行为。协商解除劳动合同必须满足一定的条件，即在双方自愿、平等协商的基础上达成一致意见。

本案中，甲某主张，合同解除系用人单位胁迫条件下签订的，不是其真实的意思表示，所以解除劳动合同无效。根据"谁主张、谁举证"的原则，当事人对自己的主张有责任提供证据，在本案中，甲某必须对其主张承担举证责任。

据此，在本案中，如果甲某确实能够举出相应证据，证明解除协议是在被胁迫的情况下签订的，那么劳动合同的协议解除无效，且该协议自始不产生法律效力，在不具备法定条件的情况下，某公司不得单方解除劳动合同。反之，劳动合同的解除是双方基于真实意思表示进行的，协议解除有效。

所以，本案中，解除劳动合同协议书的效力以及合同的解除方式问题主要取决于甲某的举证能力，解除劳动合同的方式不同，用人单位所要承担的经济补偿不同。

◉ **关联法规**

《中华人民共和国劳动法》（1994 年 7 月 5 日）

第二十四条　经劳动合同当事人协商一致，劳动合同可以解除。

第二十八条 用人单位依据本法第二十四条、第二十六条、第二十七条的规定解除劳动合同的，应当依照国家有关规定给予经济补偿。

《关于贯彻执行〈中华人民共和国劳动法〉若干问题的意见》
（1995 年 8 月 4 日）

26. 劳动合同的解除是指劳动合同订立后，尚未全部履行以前，由于某种原因导致劳动合同一方或双方当事人提前消灭劳动关系的法律行为。劳动合同的解除分为法定解除和约定解除两种。根据劳动法的规定，劳动合同即可以单方依法解除，也可以双方协商解除。劳动合同的解除，只对未履行的部分发生效力，不涉及已履行的部分。

第十九章

劳动者至高无上的辞职权

◉ **原文链接**

《中华人民共和国劳动合同法》

第三十七条 劳动者提前三十日以书面形式通知用人单位，可以解除劳动合同。劳动者在试用期内提前三日通知用人单位，可以解除劳动合同。

第三十八条 用人单位有下列情形之一的，劳动者可以解除劳动合同：

（一）未按照劳动合同约定提供劳动保护或者劳动条件的；

（二）未及时足额支付劳动报酬的；

（三）未依法为劳动者缴纳社会保险费的；

（四）用人单位的规章制度违反法律、法规的规定，损害劳动者权益的；

（五）因本法第二十六条第一款规定的情形致使劳动合同无效的；

（六）法律、行政法规规定劳动者可以解除劳动合同的其他情形。

用人单位以暴力、威胁或者非法限制人身自由的手段强迫劳动者劳动的，或者用人单位违章指挥、强令冒险作业危及劳动者人身安全的，劳动者可以立即解除劳动合同，不需事先告知用人单位。

第二十五条　除本法第二十二条和第二十三条规定的情形外，用人单位不得与劳动者约定由劳动者承担违约金。

第二十六条　下列劳动合同无效或者部分无效：

（一）以欺诈、胁迫的手段或者乘人之危，使对方在违背其真实意思的情况下订立或者变更劳动合同的；

（二）用人单位免除自己的法定责任、排除劳动者权利的；

（三）违反法律、行政法规强制性规定的。

对劳动合同的无效或者部分无效有争议的，由劳动争议仲裁机构或者人民法院确认。

第四十六条　有下列情形之一的，用人单位应当向劳动者支付经济补偿：（一）劳动者依照本法第三十八条规定解除劳动合同的；……

第九十条　劳动者违反本法规定解除劳动合同，或者违反劳动合同约定的保密事项或者竞业限制，对用人单位造成损失的，应当承担赔偿责任。

《中华人民共和国劳动合同法实施条例》

第二十六条　用人单位与劳动者约定了服务期，劳动者依照劳动合同法第三十八条的规定解除劳动合同的，不属于违反服务期的约定，用人单位不得要求劳动者支付违约金。……

● 条款解读

本条规定了劳动者辞职的权利，从《劳动合同法》的规定来看，劳动者辞职的权利可谓是"至高无上"。

一、劳动者基本辞职制度

一般情况下，劳动者辞职，提前三十天以书面形式通知用人单位即可，不须理由，没有其他条件；除双方因出资培训对服务期有特别约定外也无须承担违约责任。

在试用期内，劳动者辞职，提前三天通知用人单位即可，不须理由，没有其他条件。

很多用人单位认为，员工辞职，须得到单位的批准才能生效；如果单位不批准员工的辞职，那么员工就得继续来上班，而且单位也可以以此为由不为员工办理相关退工手续。这是一种完全错误的看法。

须注意，法律规定的是"通知"，而不是"报用人单位批准"。

劳动者在行使解除劳动合同权利的同时也必须遵守法定的程序，主要体现在两个方面：

1. 遵守解除预告期。劳动者在享有解除劳动合同自主权的同时，也应当遵守解除劳动预告期，即应当提前三十天通知用人单位才能有效，也就是说劳动者在书面通知用人单位后还应继续工作至少三十天，这样便于用人单位及时安排人员接替其工作，保持劳动过程的连续性，确保正常的工作秩序，避免因解除劳动合同影响用人单位的生产经营活动，给用人单位造成不必要的损失。同时，在试用期内解除劳动合同的，也应提前三天通知用人单位，以便用人单位有所准备。

2. 以书面形式通知用人单位。无论是劳动者还是用人单位在解除劳动合同时，都必须以书面形式告知对方。因为这一时间的确定直接关系到解除预告期的起算时间，也关系到劳动者的工资、劳动关系等利益，为了避免争议，必须采用慎重的书面方式来表达。（对劳动者试用期内解除劳动合同的，《劳动合同法》并没有明确规定劳动者应采用书面形式通知用人单位。）

劳动者如果没有遵守以上义务，属于违法解除劳动合同，须承担赔偿用人单位经济损失的法律责任。

根据劳动部《违反〈劳动法〉有关劳动合同规定的赔偿办法》第4条的规定，劳动者违反规定或劳动合同的约定解除劳动合同，对用人单位造成损失的，劳动者应赔偿用人单位的下列损失：

（1）用人单位招收录用其所支付的费用；

（2）用人单位为其支付的培训费，双方另有约定的按约定办理；

(3) 对生产、经营和工作造成的直接经济损失；

(4) 劳动合同约定的其他赔偿费用。

基本辞职制度是劳动者主动离职行为，用人单位无任何过错，故不须向劳动者支付任何经济补偿。

二、劳动者特别辞职制度

劳动者特别辞职权是劳动者无条件单方解除劳动合同的权利，是指如果用人单位出现了法定的过错，劳动者无需向用人单位提前通知就可以随时通知用人单位解除劳动合同。劳动者特别辞职又称被动离职或推定解雇，形式上是由劳动者提出辞职而实际上是由用人单位解雇的一种行为。

由于劳动者的即时解除劳动合同往往会给用人单位的正常经营带来很大的影响，所以，立法在平衡劳动者与企业合法利益基础上对此类情形做了具体的规定，只限于在用人单位有过错的法定情况下允许劳动者行使特别解除权：

1. 用人单位未按照劳动合同约定提供劳动保护或者劳动条件的。

保护劳动者在劳动过程中的生命健康安全是用人单位的基本责任和义务，用人单位应为劳动者提供相应的劳动保护。劳动保护是指在劳动合同中约定的用人单位对劳动者所从事的劳动必须提供的生产、工作条件和劳动安全卫生保护措施。劳动条件是指用人单位保证劳动者完成劳动任务和劳动过程中安全健康保护的基本要求，包括劳动场所和设备、劳动安全卫生设施、劳动防护用品等。

《劳动合同法》第 17 条规定劳动保护和劳动条件是劳动合同的必备条款，即提供劳动保护和劳动条件是用人单位应尽的义务，如果用人单位未按照国家规定的标准或劳动合同的规定提供劳动条件，致使劳动安全、劳动卫生条件恶劣，严重危害职工的身体健康，并得到国家劳动部门、卫生部门的确认，劳动者可通知用人单位解除劳动合同。

2. 用人单位未及时足额支付劳动报酬的。

劳动报酬，一般是指用人单位依据国家有关规定或劳动合同约定，根据劳动者劳动岗位、技能及工作数量、质量，直接支付给劳动者的劳动收入。在劳动者已履行劳动义务的情况下，用人单位应按劳动合同约定或国家法律法规规定的数额、日期及时足额支付劳动报酬，禁止克扣和无故拖欠劳动者劳动报酬。支付劳动报酬，也是劳动合同所必备条款，用人单位未按照劳动合同约定及时足额支付劳动报酬，就是违反劳动合同也是对劳动者合法权益的侵犯，劳动者有权依此随时告知用人单位解除劳动合同。

3. 用人单位未依法为劳动者缴纳社会保险费的。

社会保险是国家对劳动者在患病、伤残、失业、工伤、年老以及其他生活困难情况下，给以物质帮助的制度，包括养老保险、疾病保险、失业保险、工伤保险和生育保险。根据《劳动法》第72条规定："用人单位和劳动者必须依法参加社会保险，缴纳社会保险费。"社会保险具有国家强制性，用人单位应当依照有关法律、法规的规定，负责缴纳各项社会保险费用，并负有代扣代缴本单位劳动者社会保险费的义务。因此如果用人单位未依法未劳动者缴纳上述社会保险费，是对劳动者基本权利的侵害，劳动者可以通知用人单位解除劳动合同。

4. 用人单位的规章制度违反法律、法规的规定，损害劳动者权益的。

规章制度是由用人单位制定的旨在保证劳动者履行劳动义务和享有劳动权利的规则和制度。规章制度内容首先要合法，即内容不得违反国家宪法、劳动法、劳动合同法及其他法律、法规的规定，也不得与劳动合同、集体合同的内容相冲突。其次，规章制度的制定和公布的程序要合法，即要经过一定的民主程序，同时要公示。依《劳动合同法》第4条第4款规定："用人单位应当将直接涉及劳动者切身利益的规章制度和重大事项决定公示，或者告知劳动者。"只有经过公示，规章制度才产生效力。

如果用人单位违反了以上规定，没有按照法律规定制定规章制度，并且给劳动者的权益带来了损害，劳动者可以以此为由通知用人单位解除合同。

5. 因《劳动合同法》第 26 条第 1 款规定的情形致使劳动合同无效的。

《劳动合同法》第 26 条第 1 款规定了劳动合同无效或者部分无效的几种情况。无效的劳动合同从订立的时候起就没有法律约束力，劳动者可以不予履行，对已履行的，给劳动者造成损害的，用人单位还应承担赔偿责任。

6. 法律、行政法规规定劳动者可以解除劳动合同的其他情形。

本项是一条兜底条款，以避免遗漏现行法律、法规规定的其他情形，并采用此种方法以使该法和其他法律以及以后颁行的新法相衔接。

此外，当用人单位存在着以下严重违法行为时，劳动者可以立即解除劳动合同而无需通知用人单位：

1. 用人单位以暴力、威胁或者非法限制人身自由的手段强迫劳动者劳动的。

人身自由是公民各种自由权利当中的一项基本权利，是公民参加社会活动和享受其他权利的先决条件。本条中的"暴力"是指对劳动者实施捆绑、拉拽、殴打、伤害等行为；"威胁"是指对劳动者施以暴力或者其他强迫手段；"非法限制人身自由"是指采用拘留、紧闭或其他强制方法非法剥夺或限制他人按照自己的意志支配自己的身体活动自由的行为。企业采取强迫劳动者劳动，如把劳动者非法拘禁在特定的场所，强迫其劳动，不让他出来，是严重侵犯劳动者人身权利的行为，是非法的，劳动者有权随时解除劳动合同，而无需事先告知用人单位。

2. 用人单位违章指挥、强令冒险作业危及劳动者人身安全的。

对于用人单位不顾劳动者的人身安全，对从事危险作业，如采矿工人，高空作业人员等，在没有安全防护的情况下，强令劳动者进行作业的行为，劳动者有权拒绝并撤离作业场所，并可以立即解除劳动合同。

一般情况下，员工提出辞职，用人单位不须支付经济补偿金。但是，在用人单位违法或违约在先的情况下，劳动者行使其以上特别辞职权，用人单位需要向员工支付工作年限的经济补偿金。经济补偿按劳动者在用人单位工作的年限，每满一年支付一个月工资的标准向劳动者支付。六个月以上不满一年的，按一年计算；不满六个月的，向劳动者支付半个月工资的经济补偿。

◉ 操作提示

1. 劳动者可以自由辞职，不受企业的干涉，企业也没有任何批准或不批准的权力。限制员工辞职，显然是违背了法律的规定；签订无固定期限劳动合同，当然也于事无补。

2.《劳动合同法》对违约金问题进行了统一规范。只有两种情况才允许用人单位与员工约定由员工承担的违约金：（1）用人单位提供专项培训费用、对员工进行专业技术培训并约定服务期的；（2）双方约定竞业限制的。同时，《劳动合同法》对于违约金的数额也规定了上限，即不能超过用人单位为员工的培训所支付的实际培训费用，并且，要求劳动者实际支付的违约金不得超过服务期尚未履行部分所应分摊的培训费用。

3. 在新的立法背景下，用人单位留人的核心策略应从"法律契约留人"向"心理契约留人"转变。缩短人才培养周期，加大人才培养力度，开拓新的人才获取渠道，充分做好人才储备工作；架构更加合理高效、灵活的薪酬结构与福利政策，保证薪资福利水平在行业内的一定竞争力；规划企业发展前景，建设更加强大的企业文化，统一价值观；设计更加完善的员工职业生涯发展体系，为其提供较大的职业发展空间与成长机会，实现企业与员工的共同发展……

4. 与劳动者明确约定其离职交接的义务，并约定员工未依法辞职给公司造成经济损失的赔偿范围，如招聘费用、直接经济损失等。

5. 规范用工，在工资支付、社保缴纳、规章制度、劳动保护等方面避免违法，防止劳动者特别辞职权的行使。

◉ 典型案例

案例：用人单位未支付加班工资致员工辞职案

案情简介

甲某系某公司员工，2006 年与某公司签订了一份为期四年的劳动合同。2007 年起由于公司工作任务的需要，甲某所在的职位经常加班，公司不能按规定安排甲某休息，亦不发放加班报酬，引起了甲某强烈不满。2008 年 4 月 3 日，甲某向公司发出通知，要求支付加班加点报酬，该公司不做答复。

到 2008 年 8 月 16 日，甲某又发出了《关于解除与某公司劳动合同的通知》，提出要与某公司解除劳动合同，并要求办理相关手续、支付经济补偿的请求。当日，甲某离开了该公司。

点评

根据《劳动合同法》的相关规定，符合下列情形之一的，劳动者可以解除劳动合同而不承担任何责任。该情形主要包括：用人单位未及时足额支付劳动报酬的；用人单位未依法为劳动者缴纳社会保险费的；用人单位的规章制度违反法律、法规的规定，损害劳动者权益的；等等。

在本案中，甲某在某公司工作期间，接受单位安排加班加点，该公司未向甲某支付相应报酬，其行为违反了法律、行政法规的相关规定，甲某依法有权随时向用人单位提出解除劳动合同，故甲某与某公司的劳动合同关系于 2008 年 8 月 16 日即告解除。且合同解除后，甲某有权要求用人单位按其实际工作年限支付相应的经济补偿金，并要求某公司办理养老保险转移手续、退工手续等。

《中华人民共和国劳动法》（1994 年 7 月 5 日）

第三十一条　劳动者解除劳动合同，应当提前三十日以书面形式通知用人单位。

第三十二条　有下列情形之一的，劳动者可以随时通知用人单位解除劳动合同：

（一）在试用期内的；

（二）用人单位以暴力、威胁或者非法限制人身自由的手段强迫劳动的；

（三）用人单位未按照劳动合同约定支付劳动报酬或者提供劳动条件的。

第一百零二条　劳动者违反本法规定的条件解除劳动合同或者违反劳动合同中约定的保密事项，对用人单位造成经济损失的，应当依法承担赔偿责任。

《违反〈劳动法〉有关劳动合同规定的赔偿办法》（1995 年 5 月 10 日）

第四条　劳动者违反规定或劳动合同的约定解除劳动合同，对用人单位造成损失的，劳动者应赔偿用人单位下列损失：

（一）用人单位招收录用其所支付的费用；

（二）用人单位为其支付的培训费用，双方另有约定的按约定办理；

（三）对生产、经营和工作造成的直接经济损失；

（四）劳动合同约定的其他赔偿费用。

第五条　劳动者违反劳动合同中约定的保密事项，对用人单位造成经济损失的，按《反不正当竞争法》第二十条的规定支付用人单位赔偿费用。

《关于贯彻执行〈中华人民共和国劳动法〉若干问题的意见》

（1995 年 8 月 4 日）

32. 按照劳动法第三十一条的规定，劳动者解除劳动合同，应当提前三十日以书面形式通知用人单位。超过三十日，劳动者可以向用人单位提出办理解除劳动合同手续，用人单位予以办理。如果劳动者违法解除劳动合同给原用人单位造成经济损失，应当承担赔偿责任。

《劳动部办公厅关于劳动者解除〈劳动合同〉有关问题的复函》
（1995 年 12 月 19 日）

劳动者提前三十日以书面形式通知用人单位，既是解除劳动合同的程序，也是解除劳动合同的条件。劳动者提前三十日以书面形式通知用人单位，解除劳动合同，无需征得用人单位的同意，超过三十日，劳动者向用人单位提出办理解除劳动合同的手续，用人单位应予办理。但由于劳动者违反劳动合同有关约定而给用人单位造成经济损失的，应当依据有关法律、法规、规章的规定和劳动合同的约定，由劳动者承担赔偿责任。

劳动者违反提前三十日以书面形式通知用人单位的规定，而要求解除劳动合同，用人单位可以不予办理。劳动者违反规定给原用人单位造成经济损失，应当依据有关法律、法规、规章的规定和劳动合同的约定承担赔偿责任。

第二十章
劳动者有法定过失，用人单位可随时辞退

⊙ **原文链接**

《中华人民共和国劳动合同法》

第三十九条　劳动者有下列情形之一的，用人单位可以解除劳动合同：

（一）在试用期间被证明不符合录用条件的；

（二）严重违反用人单位的规章制度的；

（三）严重失职、营私舞弊，给用人单位的利益造成重大损害的；

（四）劳动者同时与其他用人单位建立劳动关系，对完成本单位的工作任务造成严重影响，或者经用人单位提出，拒不改正的；

（五）因本法第二十六条第一项规定的情形致使劳动合同无效的；

（六）被依法追究刑事责任的。

第四十三条　用人单位单方解除劳动合同，应当事先将理由通知工会。用人单位违反法律、行政法规规定或者劳动合同约定的，工会有权要求用人单位纠正。用人单位应当研究工会的意见，并将处理结果书面通知工会。

◉ 条款解读

在劳动者存在法定过失的前提下，用人单位无须提前通知，无须与劳动者协商，可以随时单方解除劳动合同，也无须支付经济补偿金。此种解除一般称之为过失性解除。

为了防止用人单位滥用解除权，随意与劳动者解除劳动合同，《劳动合同法》第 39 条对过失性解除做了严格的规定，一共规定了六种可以随时解除劳动合同的情形：

一、劳动者在试用期被证明不符合录用条件的

有关试用期员工的辞退，已在本书第十二章做了详细论述，此处不再赘述。

二、劳动者严重违反用人单位的规章制度的

劳动者在工作中出现违纪现象，的确很让管理层头疼。发生了这样的事情，作为管理者应该如何进行管理呢？最简单、最快速的方法就是"辞退"，这样不但能驱除"害群之马"，同时还能起到警告作用。但是，对于一般违纪的员工，用人单位并非可以一概辞退。劳动法、劳动合同法规定必须是"严重违纪"的员工，用人单位方可辞退。

因此，何为严重违纪以及员工是否构成严重违纪，对于用人单位而言就至关重要了。

归纳起来，以严重违纪为由单方解除劳动合同，须注意以下几个要点：

1. 应有规章制度作为依据。

用人单位因员工严重违反劳动纪律或规章制度而解除劳动合同关系的，必须要有明确的、合法的规章制度存在。其所谓"明确的"要求是：用人单位在员工手册或者规章制度中对严重违纪的情形一定要做明确定义并做具体列举，这种定义及列举同时还必须符合法律法规规定、符合人之常情。

不合法的定义肯定无效，如不允许在公司内部谈恋爱，不允许新入职两年内的女职工怀孕生子、不按公司要求加班属严重违纪等，即使规定了也是无效的。

不合理的定义肯定也不会被司法机构认同，比如办公室吸烟即解除、迟到一次即解除等。类似这样的规章制度一旦公布，无异于授人以柄。

一套合法、合理、完备的规章制度是用人单位规范化、制度化管理的基础和重要手段，在企业处理违纪员工的工作中起着至关重要的作用，能有效帮助用人单位预防和应对劳动争议。

2. 规章制度制定完毕后，要使其发生法律效力，还必须按照法律规定的程序让员工参与讨论、与工会或者员工代表协商、向员工公示等。

《劳动合同法》第 4 条规定，用人单位应当依法建立和完善劳动规章制度，保障劳动者享有劳动权利、履行劳动义务。用人单位在制定、修改或者决定有关劳动报酬、工作时间、休息休假、劳动安全卫生、保险福利、职工培训、劳动纪律以及劳动定额管理等直接涉及劳动者切身利益的规章制度或者重大事项时，应当经职工代表大会或者全体职工讨论，提出方案和意见，与工会或者职工代表平等协商确定。在规章制度和重大事项决定实施过程中，工会或者职工认为不适当的，有权向用人单位提出，通过协商予以修改完善。用人单位应当将直接涉及劳动者切身利益的规章制度和重大事项决定公示，或者告知劳动者。

这种民主讨论、协商、公示的程序必须按照法律规定的要求去做，同时还应注意保留下相关的证据，以免在将来发生争议时无法举证说明制度已经履行了法定的制定程序。

3. 应有证明员工严重违纪的证据。

员工到底违纪了没有违纪，需要有明确的证据来证明。很多用人单位辞退严重违纪的员工，最后跟员工打官司败诉了，就输在证据上。用人单位说员工有严重违纪行为，但在劳动争议仲裁委员会开庭时往往拿不出有效的、充分的证据。

三、劳动者严重失职、营私舞弊，给用人单位的利益造成重大损害的

本条是指劳动者在履行劳动合同期间，没有按照岗位职责履行自己的义务，违反其忠于职守、维护和增进用人单位利益的义务，有未尽职责的严重过失行为或者利用职务之便谋取私利的故意行为，使用人单位有形财产、无形财产遭受重大损害，但不够刑罚处罚的程度。

用人单位要以该条的规定辞退员工，必须符合两个必备条件：一是员工有严重失职或者营私舞弊行为，二是该行为给用人单位造成重大损失。因此，员工的一般失职或者没有造成严重损失，用人单位是不能辞退该员工的。

所谓严重失职，用人单位必须能够证明员工的职务要求是明确的，还要能够证明员工的行为是否属于失职，是否属于严重失职。严重失职一般是指劳动者在履行劳动合同期间，没有按照岗位职责履行自己的义务，违反其忠于职守、维护和增进用人单位利益的义务，有未尽职责的严重过失行为或者利用职务之便谋取私利的故意行为，使用人单位有形财产、无形财产遭受重大损害。

所谓重大损失，用人单位还得举证证明单位遭受了经济损失，这个经济损失需要单位来算，然后单位还要有依据能够证明这个经济损失已经到了重大的境地。多少属于重大损失，单位可以规定，单位没有规定的，由司法机构来裁定，由司法机构来裁定的话，重大损失的标准就不一定了。

综上所述，用人单位不能以碰到员工失职，给公司造成损失即做辞退处理，要按照法律的规定来操作，更要在单位的规章制度中明确职务要求和重大损失的标准。

四、劳动者有非法兼职行为的

所谓"非法兼职"，是指劳动者同时与其他用人单位建立劳动关系，对完成本单位的工作任务造成严重影响，或者经用人单位提出，拒不改正的。

"非法兼职"包括以下两种情形：

1. 劳动者同时与其他用人单位建立劳动关系，对完成本单位的工作任务造成严重影响的。需要注意的是，必须是给用人单位造成"严重"影响的，如果影响轻微，用人单位不能以此为由与劳动者解除合同。

2. 劳动者同时与其他用人单位建立劳动关系，经用人单位提出，拒不改正的。需要注意的是，必须是"拒不改正"，如果经单位提成，劳动者立刻停止了兼职行为，用人单位不能以此为由与劳动者解除合同。

以上两种情形具备任何一种即达到了过失性解除的条件。

对非法兼职的员工可以辞退，这是《劳动合同法》的新规定。

我国有关劳动方面的法律、法规虽然没有对"兼职"作禁止性的规定，但作为劳动者而言，从事兼职工作，在时间、精力上必然会影响到本职工作。作为用人单位，对一个不能全心全意为本单位工作，并严重影响到工作任务完成的人员，有权与其解除劳动合同。

五、劳动者欺诈、胁迫用人单位订立劳动合同致使合同无效的

《劳动合同法》第26条第1款第（一）项规定，以欺诈、胁迫的手段或者乘人之危，使对方在违背真实意思的情况下订立或者变更劳动合同的，属于无效或部分无效劳动合同。《劳动合同法》第3条规定："订立劳动合同，应当遵循合法、公平、平等自愿、协商一致、诚实信用的原则。"任何一方利用某种手段而使对方在违背真实意思的情况下订立或者变更劳动合同，均违反了意思自治的基本原则，是被法律所禁止的，因此自然允许利益受损者解除当事人之间的合同关系。

六、劳动者被依法追究刑事责任的

根据《劳动法意见》第29条的规定，"被依法追究刑事责任"包括：被人民检察院免予起诉的、被人民法院判处刑罚的、被人民法院依据《刑法》第32条免予刑事处分的。劳动者被人民法院判处拘役、罚金、管制、三年以下有期徒刑缓刑等，均属于刑罚的范畴。在这些情形下，用人单位可以解除与劳动者的劳动合同。

七、注意通知工会、通知员工本人的程序

《劳动合同法》第43条规定，用人单位单方解除劳动合同，应当事先将理由通知工会。用人单位违反法律、行政法规规定或者劳动合同约定的，工会有权要求用人单位纠正。用人单位应当研究工会的意见，并将处理结果书面通知工会。另外，通知工会以后，还得通知员工本人。否则，就可能导致这个辞退永远没有结果，而且这个争议的诉讼时效开始时间也就可能会拖到很久。不论是依据以上六种情形中的任何一种情形解除劳动合同，用人单位均须注意以上法定程序。

◉ 操作提示

对用人单位来说，在过失性解除劳动合同时，务必要注意合法性的问题，即辞退员工时一定要保证证据确凿、依据充分、程序合法。

由于法律规定辞退员工的举证责任完全在于用人单位一方，因此证据确凿是用人单位合法解除合同的基础，在此基础之上，还要有相关的法律法规政策和内部规章制度作为法律依据，这是用人单位合法辞退员工的关键。

同时，在辞退员工时还应注意程序问题，如提前通知期问题、书面的通知形式问题以及工会的预先告知问题等。

防范于未然，方保用人单位在辞退员工时立于不败之地。

◉ 典型案例

案例一：严重违纪辞退纠纷

案情简介

（一）2007年1月，某知名外企以连续旷工十天为由，单方解除了与公司技术研发部副经理张某的劳动合同关系，并及时办理了退工等相应手续。2007年3月份，张某向劳动争议仲裁委员会申请劳动仲裁，要求支付经济补偿金。

庭审中，双方各执一词：张某拿出了自己手写的请假条以及另一名高级管理人员（公司研发部经理宋某）的签字准假证明，用以证明这期间属于请事假而非旷工；而用人单位则出具了经过张某曾经签收的《奖惩规定》。该《奖惩规定》明确规定了包括张某在内的各级员工的请假审批程序，如"三天以上事假申请程序：……经理、副经理请假应当填写单位统一制定的事假申请表，并经总裁和人事部经理批准，未经批准不得擅自缺勤……"。同时，单位还规定了"连续旷工十天以上是严重违反规章制度，可以解除劳动合同关系"。

据此，劳动争议仲裁委员会认定：单位的规章制度合法有效，该名员工的请假手续不符合规定，应视为旷工，单位单方解除劳动合同关系的行为属合法解除。

（二）一位制造业企业的员工因为要求增加高温津贴的问题和上司发生了争议。由于一时情绪难以控制，该员工未经批准离岗旷工，致整条生产线停工一天，单位无法按时交货，不得不承担延迟交货的违约金二十万元。企业当即决定解除与该名员工的劳动合同关系，员工不服，提起了劳动争议仲裁申请。

仲裁过程中，单位提供了经员工签字认可的《奖惩条例》：在违纪行为这一章，包括了未经批准擅自离岗，无故缺勤等情形；更关键的是，《奖惩条例》也同时明确规定了关于"严重"违反劳动纪律或规章制度的标准，即对公司造成直接经济损失达到一万元及以上为"严重"。

由此，案件就变得非常明朗了：企业为其解除劳动合同的行为提供了充分合法的依据，履行了完整的举证义务，员工的诉请被依法驳回。

点评

一套合法、合理、完备的规章制度是用人单位规范化、制度化管理的基础和重要手段，在企业处理违纪员工的工作中起着至关重要的作用，能有效帮助用人单位预防和应对劳动争议。

在上述两个案例中，正是因为企业的规章制度对于何为"严重违纪"，以及请假的具体审批程序进行了细化和明确，才使得企业能够拿出充分的依据来证明自己解除劳动合同关系的行为是合法有效的。在诉讼中提供明确的规章制度成为了以上两个案例中企业致胜的坚实依据。

案例二：违纪证据不足致公司败诉案

案情简介

某公司，仓库里堆放了很多重要物品，因此，每天都安排了保安部的员工晚上在厂区里值班，保护公司的财产安全。公司也有明确规定，保安部的保安如果在夜里上班的时候睡觉，属于严重违纪行为，是要解除劳动合同的。有一天，公司总经理听下面有人议论，说晚上有人偷偷睡觉，于是这个总经理有一天，晚上一点半到厂区去巡视，检查劳动纪律的执行情况。在一楼一看大厅大堂那边值班的前台工作人员不错，然后顺着楼梯上到二楼，发现值班的岗位空着没有人，二楼另外一侧有一个咖啡厅，他发现咖啡厅里面有灯光，推门一看，咖啡厅长沙发上，横躺着两个人呼呼大睡，这两个人就是本楼层值班的保安。总经理把他们两个叫醒，训斥了一番，并告诉他们第二天到人事部听候处理。第二天，人事部正式通知这两位保安，公司与他们解除劳动合同，两员工不服，提起了劳动争议仲裁申请，把公司告上了仲裁庭。

点评

这个案子最终公司败诉了。为什么会败诉呢？道理其实很简单——公司在法庭上无法提供能够证明这两名员工睡觉的证据。在庭审的过程中，两位员工不承认上夜班时有睡觉的行为，而公司除了总经理的证言外，没有其他证据。公司的总经理或其他管理人员为公司作证，在不能提供其他辅助证据的前提下，法官通常不会采纳。

法官裁判案件，有一个基本的审判原则，即以事实为根据，以法律为准绳。很多用人单位把这里的"事实"理解为客观事实，实际上这里所说的"事实"不是客观事实，而是法律事实。所谓法律事实，即指法律能够认可的事实，通常是有证据证明的事实。在上面那个案例中，客观事实是员工确实上班时睡觉了，但没有有效的证据来证明这一点，因此，法律事实就是员工上班时没有睡觉。

对于员工的违纪事件，用人单位在处理前，应先把事实搞清楚，把证据固定下来，再做处理。

案例三：单位除名程序不当，停薪留职 11 年后复工胜诉①

案情简介

1974 年，兰某因招聘进入某市印刷厂工作，成为该厂的正式职工。1993 年 1 月 1 日至 1994 年 12 月 31 日，兰某根据国家政策、地方政府文件精神及厂里的号召，与厂方办理了停薪留职手续，下海经商。期满后，兰某继续回厂里工作了半年，后又与厂方继续办理停薪留职手续一年，即从 1994 年 6 月 1 日至 1995 年 5 月 31 日止。停薪留职期间，兰某按规定每月向厂里交纳 125 元停薪留职费。

---

① 本案摘自魏浩征：《2007 年十大劳动争议案件点评》，载《法制日报》2008 年 1 月 20 日第十版。

1995 年 5 月停薪留职期满后，兰某回厂里要求安排工作，而厂里根据当时的实际情况未能安排工作。此后，厂里一直没有书面通知兰某回厂上班，停止对兰某的一切待遇，而兰某也没有再交纳停薪留职费。

2006 年 11 月中旬，兰某再次到厂里找厂领导请求安排工作。现任领导班子调出当年的档案资料，发现在 1995 年 12 月 24 日厂职代会通过的，1995 年 12 月 25 日厂部下达的"对兰某除名处理决定"书一份。除了处理决定外，其他相关的会议材料和相关文字记录均没有，也没有将"处理决定"书送达给兰某的证明材料。为此，印刷厂现任领导班子根据 1995 年 12 月 25 日厂部下达的处理决定，不同意兰某回厂工作。

2006 年 12 月，兰某以自己不知道被厂里除名为由，向市劳动争议仲裁委员提出申诉。市劳动争议仲裁委员会经过审理，于 2007 年 2 月 15 日做出劳动仲裁裁决：一、被诉人 1995 年 12 月 25 日做出的"对兰某除名处理决定"，在程序上违反了关于送达程序的规定，应予撤销。二、恢复申诉人原职工身份，按政策规定享受相应待遇。

该厂收到仲裁裁决书后向宜州市人民法院提起诉讼，法院经审理后做出如下判决：撤销原告印刷厂于 1995 年 12 月 25 日做出的"对兰某除名处理决定"。恢复被告兰某在原告印刷厂的劳动关系。驳回原告印刷厂的诉讼请求，恢复兰某在印刷厂的劳动关系。

点评

本案对用人单位的警示意义在于：辞退员工，须格外注意法定程序。用人单位应当建立完善的企业管理的规章制度，对企业职工的奖惩，应当严格依照有关劳动法律法规规定，履行有关法定程序，遵循对企业职工负责的原则。根据劳动部《关于企业职工要求"停薪留职"问题的通知》第 2 条、第 6 条中规定的职工要求停薪留职，未经企业批准而擅自离职的，或停薪留职期满后一个月内既未要求回原单位工作，又未办理辞职手续的，企业对其按自动离职处理，是指企业应按照《企业职工奖惩条例》有关规定，对其做出除名处理。为此，因自动离职处理发生的争议应按除名争议处理。同时，《企业职工奖惩条例》第19条规定，给予职工行政处分和经济处罚，必须弄清事实，取得证据，经过一定会议讨论，征求工会意见，允许受处分者本人进行申辩，慎重决定。第20条规定，审批职工处分的时间，从证实职工犯错误之日起，开除处分不得超过五个月，其他处分不得超过三个月。职工受到行政处分、经济处罚或者被除名，企业应当书面通知本人，并记入本人档案。本案中某市印刷厂显然没有按照上述法规的有关程序来进行除名，因而导致了败诉。

在《劳动法》、《劳动合同法》的背景下，企业一般不再使用"除名"的概念，而以解除劳动合同来处理。但《劳动合同法》对用人单位单方解除劳动合同一以贯之采取的仍是严格的法定主义，即用人单位必须符合法律规定的条件和程序，才可以不经劳动者同意单方解除劳动合同，同时，在解除劳动合同的过程中，提前通知、征求工会意见及通知员工本人等法定程序仍然有着重要的法律风险防范意义。

◉ 关联法规

《中华人民共和国劳动法》（1994年7月5日）

第二十五条　劳动者有下列情形之一的，用人单位可以解除劳动合同：

（一）在试用期间被证明不符合录用条件的；

（二）严重违反劳动纪律或者用人单位规章制度的；

（三）严重失职，营私舞弊，对用人单位利益造成重大损害的；

（四）被依法追究刑事责任的。

《关于贯彻执行〈中华人民共和国劳动法〉若干问题的意见》（1995年8月4日）

28. 劳动者涉嫌违法犯罪被公安机关收容审查、拘留或逮捕的，用人单位在劳动者被限制人身自由期间，可与其暂时停止劳动合同的履行。

暂时停止履行劳动合同期间，用人单位不承担劳动合同规定的相应义务。劳动者经证明被错误限制人身自由的，暂时停止履行劳动合同期间劳动者的损失，可由其依据《国家赔偿法》要求有关部门赔偿。

29. 劳动者被依法追究刑事责任的，用人单位可依据劳动法第二十五条解除劳动合同。

"被依法追究刑事责任"是指：被人民检察院免予起诉的、被人民法院判处刑罚的、被人民法院依据刑法第三十二条免予刑事处分的。

劳动者被人民法院判处拘役、三年以下有期徒刑缓刑的，用人单位可以解除劳动合同。

30. 劳动法第二十五条为用人单位可以解除劳动合同的条款，即使存在第二十九条规定的情况，只要劳动者同时存在第二十五条规定的四种情形之一，用人单位也可以根据第二十五条的规定解除劳动合同。

31. 劳动者被劳动教养的，用人单位可以依据被劳教的事实解除该劳动者的劳动合同。

39. 用人单位依据劳动法第二十五条解除劳动合同，可以不支付劳动者经济补偿金。

《违反〈劳动法〉有关劳动合同规定的赔偿办法》（1995 年 5 月 10 日）

第六条 用人单位招用尚未解除劳动合同的劳动者，对原用人单位造成经济损失的，除该劳动者承担直接赔偿责任外，该用人单位应当承担连带赔偿责任。其连带赔偿的份额应不低于对原用人单位造成经济损失总额的百分之七十。向原用人单位赔偿下列损失：

（一）对生产、经营和工作造成的直接经济损失；

（二）因获取商业秘密给原用人单位造成的经济损失。

赔偿本条第（二）项规定的损失，按《反不正当竞争法》第二十条的规定执行。

第二十一章

可以"N+1"解除劳动合同的情形

◉ **原文链接**

《中华人民共和国劳动合同法》

第四十条 有下列情形之一的，用人单位提前三十日以书面形式通知劳动者本人或者额外支付劳动者一个月工资后，可以解除劳动合同：

（一）劳动者患病或者非因工负伤，在规定的医疗期满后不能从事原工作，也不能从事由用人单位另行安排的工作的；

（二）劳动者不能胜任工作，经过培训或者调整工作岗位，仍不能胜任工作的；

（三）劳动合同订立时所依据的客观情况发生重大变化，致使劳动合同无法履行，经用人单位与劳动者协商，未能就变更劳动合同内容达成协议的。

第四十三条 用人单位单方解除劳动合同，应当事先将理由通知工会。用人单位违反法律、行政法规规定或者劳动合同约定的，工会有权要求用人单位纠正。用人单位应当研究工会的意见，并将处理结果书面通知工会。

第四十六条 有下列情形之一的，用人单位应当向劳动者支付经济补偿：

……（三）用人单位依照本法第四十条规定解除劳动合同的；
……

第四十七条　经济补偿按劳动者在本单位工作的年限，每满一年支付一个月工资的标准向劳动者支付。六个月以上不满一年的，按一年计算；不满六个月的，向劳动者支付半个月工资的经济补偿。

劳动者月工资高于用人单位所在直辖市、设区的市级人民政府公布的本地区上年度职工月平均工资三倍的，向其支付经济补偿的标准按职工月平均工资三倍的数额支付，向其支付经济补偿的年限最高不超过十二年。

本条所称月工资是指劳动者在劳动合同解除或者终止前十二个月的平均工资。

《中华人民共和国劳动合同法实施条例》

第二十条　用人单位依照劳动合同法第四十条的规定，选择额外支付劳动者一个月工资解除劳动合同的，其额外支付的工资应当按照该劳动者上一个月的工资标准确定。

第二十七条　劳动合同法第四十七条规定的经济补偿的月工资按照劳动者应得工资计算，包括计时工资或者计件工资以及奖金、津贴和补贴等货币性收入。劳动者在劳动合同解除或者终止前 12 个月的平均工资低于当地最低工资标准的，按照当地最低工资标准计算。劳动者工作不满 12 个月的，按照实际工作的月数计算平均工资。

◉ 条款解读

在劳动者没有过错的前提下，《劳动合同法》也规定了一些法定情形，当这些法定情形发生时，用人单位提前一个月通知劳动者，可以解除劳动合同，但应当向劳动者支付经济补偿金。此种解除一般称之为非过失性解除。

非过失性解除指解除劳动合同时劳动者并无主观过错，但基于某些外部环境或者劳动者自身的客观原因，用人单位可以解除劳动合同。

非过失性解除也有人称之为"N＋1"解除劳动合同。

所谓"N"就是员工在本公司的工作年限。经济补偿按劳动者在用人单位工作的年限，每满一年支付一个月工资的标准向劳动者支付。六个月以上不满一年的，按一年计算；不满六个月的，向劳动者支付半个月工资的经济补偿。以上月工资是指劳动者在劳动合同解除或者终止前十二个月的平均工资。劳动者月工资高于用人单位所在直辖市、设区的市级人民政府公布的本地区上年度职工月平均工资三倍的，向其支付经济补偿的标准按职工月平均工资三倍的数额支付，向其支付经济补偿的年限最高不超过十二年。

所谓"1"，就是提前一个月通知期的工资即"代通金"。用人单位依照《劳动合同法》第40条的规定，选择额外支付劳动者一个月工资解除劳动合同的，其额外支付的工资按照按照该劳动者上一个月的工资标准确定。

用人单位按照"N＋1"的标准支付完工资及补偿金后，劳动合同解除。

为了防止用人单位滥用解除权，随意与劳动者解除劳动合同，《劳动合同法》第40条对非过失性解除做了严格的规定，一共规定了三种可以"N＋1"解除劳动合同的情形。

一、劳动者身体健康不胜任

劳动者患病或者非因工负伤，在规定的医疗期满后不能从事原工作，也不能从事由用人单位另行安排的工作的，用人单位可以"N＋1"解除其劳动合同。

医疗期是指企业员工因患病或非因工受伤停止工作治病休息并不得解除或终止劳动合同的时限，而不是员工病伤治愈实际需要的医疗时间。医疗期一般为三个月到二十四个月，主要根据员工本人实际参加工作的年限和在本单位的工作年限等条件确定。

根据规定，员工在医疗期满后，即使不能从事原工作，用人单位也不能直接解除劳动合同，还需要另外给员工安排工作，如果另外安排的工作该员工还不能从事的话，用人单位才能解除劳动合同。此外，只有员工在患病或非因工负伤时才存在医疗期，职业病或者因工负伤时是不适用本条规定的。

　　用人单位应准确理解医疗期的含义，为患病的员工正确核算医疗期。切记，不能随意在员工的医疗期未满之前，解除劳动合同。如果员工在医疗期满后，不能从事原工作也不能从事由用人单位另行安排的工作时，用人单位可以解除劳动合同。但此时，应注意要提前三十日书面通知员工本人，并按规定向员工支付解除劳动合同的经济补偿金和医疗补助金。

　　对于此类员工的处理流程如下图：

劳动者身体健康不胜任的处理流程

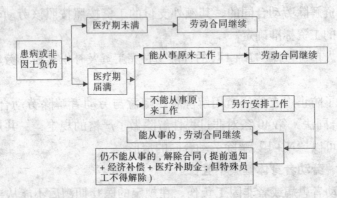

二、劳动者绩效不合格、工作能力不胜任

　　劳动者不能胜任工作，经过培训或者调整工作岗位，仍不能胜任工作的，用人单位可以"N＋1"解除其劳动合同。

　　不能胜任工作，是指有证据表明，劳动者不能按要求完成劳动合同中约定的工作任务或者同工种同岗位人员的工作量。这就要求企业在与劳动者签订劳动合同时，要明确员工的工作内容，特定行业的，还需要明确工作量。如果签订劳动合同时没有明确工作量的，只能参照同工种同岗位人员的工作量来确定，一般来讲，应参照平均的同工种同岗位人员的工作量，不能参照最高的同工种同岗位人员的工作量。

须提醒用人单位注意，在发现劳动者不能胜任工作后，还要经过培训或者调岗，如果仍然不能胜任工作的，才能解除劳动合同，而不是一旦发现劳动者不能胜任工作就直接解除劳动合同。这就是说，用人单位解除劳动合同有个程序：必须先培训，或者调岗，经以上后，还不能满足新的岗位的要求，则可以解除劳动合同。

需要指出的是，为防在解除劳动合同时发生举证不能的风险，企业需在劳动合同中或在岗位说明书中确定员工的工作量且在保存相应培训资料。

对于此类员工的处理流程如下图：

劳动者能力不胜任的处理流程

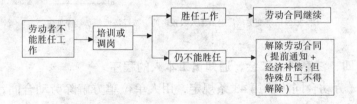

三、客观情况导致合同无法履行

劳动合同订立时所依据的客观情况发生重大变化，致使劳动合同无法履行，经用人单位与劳动者协商，未能就变更劳动合同内容达成协议的，用人单位可以"N+1"解除其劳动合同。

这是情势变更原则在劳动合同中的体现。何为"客观情况"，劳动法对此没有作出明确规定。从审判实践看，一般是指因不可抗力或企业条件发生变化等无法避免的情况，如自然条件、企业迁移、被兼并、分立、企业资产转移、生产结构重大调整、转产等，但绝不限于以上情况。新情况会不断出现，尚有待在审判实践中去摸索总结。

当出现"劳动合同订立时的客观情况发生重大变化，致使原劳动合同无法履行"的情况后，用人单位还须注意：（1）必须是当事人协商不能就变更劳动合同达成协议是；也就是说，如果经当事人协商能够就变更合同达成协议，用人单位就不能解除劳动合同；（2）必须提前三十日以书面形式通知员工本人；（3）必须按照规定给予员工一定经济补偿。

对于此类情形的处理流程如下图：

情事变更的处理流程

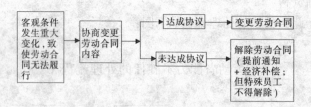

注：如因情事变更须辞退员工人数较多的，按经济性裁员程序处理。

四、注意通知工会、通知员工本人的程序

《劳动合同法》第 43 条规定，用人单位单方解除劳动合同，应当事先将理由通知工会。用人单位违反法律、行政法规规定或者劳动合同约定的，工会有权要求用人单位纠正。用人单位应当研究工会的意见，并将处理结果书面通知工会。另外，通知工会以后，还得通知员工本人。否则，就可能导致这个辞退永远没有结果，而且这个争议的诉讼时效开始时间也就可能会拖到很久。不论是依据以上三种情形中的任何一种情形解除劳动合同，用人单位均须注意以上法定程序。

"N＋1"辞退员工的模式必须依据法律规定来操作。超出了上面的情况滥用"N＋1"，会给用人单位带来非常大的法律风险，使

用人单位在劳动争议案件的处理过程中处于被动的地位。

◉ 典型案例

案例一："末位淘汰"败诉案

案情简介

某公司为了进一步提高销售业绩，经公司领导集体讨论，下发了《销售人员末位淘汰办法》，规定公司每月对各销售部销售人员的销售业绩进行统计排名，排名连续三个月最后者自然淘汰，公司将与其解除劳动合同关系。公司根据《办法》的规定，与员工签订劳动合同，约定业绩连续三个月排名末尾时劳动合同终止。后员工刘某被"末位淘汰"。

刘某不服，申请了劳动仲裁，称自己一直尽力地工作，被辞退前销售业绩不断上升，公司实行"末位淘汰"等于是变相单方解除合同，要求判令恢复劳动关系。

公司辩称，公司实行"末位淘汰制"是有规章制度做依据的，同时，公司也与员工在合同中将其约定为终止条件，公司终止与刘某的劳动合同是完全依规章制度及劳动合同办事，无任何不当之处。

点评

这是一起因"末位淘汰"导致解除劳动合同引发的劳动争议案。案件的焦点是用人单位建立的"末位淘汰"制度或者约定"末位淘汰"的合同终止条件，能否作为解除或终止员工劳动合同的依据。

用人单位为加强管理，促进绩效，建立相应的规章制度是必要的，但制定的规章制度应合法。该公司实行的"末位淘汰"制度，尽管也可能经该公司多数员工讨论通过，但以"末位淘汰"作为解除劳动合同的条件，却不符合《劳动法》及《劳动合同法》规定的解除合同的情形。"末位"仅仅是一种因为用人单位实行考核排名才会出现的情况，而"不能胜任"则是因为劳动者的技能不够导致的，二者是不一致的。在多名劳动者的竞争中，可能这些人都胜任工作，但肯定会有一个人处在"末位"。因此，"末位"不等于"不胜任"。

本案中，虽然公司的"末位淘汰"行为有公司规章制度作为依据，但是规章制度作为依据的前提是规章制度本身必须是合法有效的。通过前面的分析可以发现，本案中公司的规章制度中规定的"末位淘汰"制是没有法律依据的，是不合法的。

此外，《实施条例》明确规定了用人单位不得与劳动者约定劳动合同的终止条件。因此，双方约定"考核末位"合同终止的条款也是无效的。

案例二：百度公司"裁员门"事件①

案情简介

2006 年 7 月 10 日下午，百度企业软件事业部分布在北京、上海和深圳的员工突然接到辞退通知，百度企业软件事业部的员工被要求 4 小时内离开百度公司，被裁员工所持的剩余期权被收回，公司给予被裁员工"N＋1"的经济补偿，引发了所谓百度公司"裁员门"事件。而百度裁员的理由是一变再变，一开始是没有理由，后来说是经济性裁员，最后说是劳动合同订立时的客观情况发生了重大变化。被裁员工大部分认为百度赔偿方案偏低并且裁员程序不合法，有员工表示将寻求仲裁和法律途径。原属百度产品推广部门的穆某于 2006 年 5 月 12 日被裁，穆某认为百度裁员程序不适当，同时自己目前有 2000 多股约百万元人民币期权被取消，向北京市劳动局提请仲裁，要求撤销百度的裁员决定，与百度恢复劳动关系。

---

① 本案摘自魏浩征：《2006 年十大劳动争议案件点评》，载《法制日报》2007 年 2 月 12 日公司法务版。

2006 年 7 月 31 日，北京市劳动争议仲裁委员会在穆亦飞和百度劳动仲裁案中判决百度败诉。

点评

《劳动合同法》对用人单位单方解除劳动合同采取的是严格的法定主义，即用人单位必须符合法律规定的条件和程序，才可以不经劳动者同意单方解除劳动合同，而并非只要用人单位提前一个月通知、赔代通知金、经济补偿金等就可以解除。此外，如为经济性裁员，还需看是否符合经济性裁员的法定条件、工会意见及劳动局报批等手续。此次百度公司裁员，先是没有任何理由，显然是不合法的；后来百度主张属于经济性裁员，但又不符合经济性裁员的条件和程序；最后百度再以"情势变更无法履行原先劳动合同"为理由，总算找对了法律依据，但又违反了"经当事人协商不能就变更劳动合同达成协议的"才能解除劳动合同的程序规定。因此，可以说百度此次裁员是完全违反《劳动合同法》规定的。

● **关联法规**

《中华人民共和国劳动法》（1994 年 7 月 5 日）

第二十六条 有下列情形之一的，用人单位可以解除劳动合同，但是应当提前三十日以书面形式通知劳动者本人：

（一）劳动者患病或者非因工负伤，医疗期满后，不能从事原工作也不能从事由用人单位另行安排的工作的；

（二）劳动者不能胜任工作，经过培训或者调整工作岗位，仍不能胜任工作的；

（三）劳动合同订立时所依据的客观情况发生重大变化，致使原劳动合同无法履行，经当事人协商不能就变更劳动合同达成协议的。

《关于贯彻执行〈中华人民共和国劳动法〉若干问题的意见》（1995 年 8 月 4 日）

35. 请长病假的职工在医疗期满后，能从事原工作的，可以继续履行劳动合同；医疗期满后仍不能从事原工作也不能从事由单位另行安排的工作的，由劳动鉴定委员会参照工伤与职业病致残程度鉴定标准进行劳动能力鉴定。被鉴定为一至四级的，应当退出劳动岗位，解除劳动关系，办理因病或非因工负伤退休退职手续，享受相应的退休退职待遇；被鉴定为五至十级的，用人单位可以解除劳动合同，并按规定支付经济补偿金和医疗补助费。

《违反和解除劳动合同的经济补偿办法》（1994 年 12 月 3 日）

第二条　对劳动者的经济补偿金，由用人单位一次性发给。

第六条　劳动者患病或者非因工负伤，经劳动鉴定委员会确认不能从事原工作、也不能从事用人单位另行安排的工作而解除劳动合同的，用人单位应按其在本单位的工作年限，每满一年发给相当于一个月工资的经济补偿金，同时还应发给不低于六个月工资的医疗补助费。患重病和绝症的还应增加医疗补助费，患重病的增加部分不低于医疗补助费的百分之五十，患绝症的增加部分不低于医疗补助费的百分之百。

第七条　劳动者不能胜任工作，经过培训或者调整工作岗位仍不能胜任工作，由用人单位解除劳动合同的，用人单位应按其在本单位工作的年限，工作时间每满一年，发给相当于一个月工资的经济补偿金，最多不超过十二个月。

第八条　劳动合同订立时所依据的客观情况发生重大变化，致使原劳动合同无法履行，经当事人协商不能就变更劳动合同达成协议，由用人单位解除劳动合同的，用人单位按劳动者在本单位工作的年限，工作时间每满一年发给相当于一个月工资的经济补偿金。

第十条　用人单位解除劳动合同后，未按规定给予劳动者经济补偿的，除全额发给经济补偿金外，还须按该经济补偿金数额的百分之五十支付额外经济补偿金。

第十一条　本办法中经济补偿金的工资计算标准是指企业正常生产情况下劳动者解除合同前十二个月的月平均工资。

……

第二十二章

扩大经济性裁员的范围
及对裁员顺序的限制

◉ 原文链接

《中华人民共和国劳动合同法》

第四十一条 有下列情形之一，需要裁减人员二十人以上或者裁减不足二十人但占企业职工总数百分之十以上的，用人单位提前三十日向工会或者全体职工说明情况，听取工会或者职工的意见后，裁减人员方案经向劳动行政部门报告，可以裁减人员：

（一）依照企业破产法规定进行重整的；

（二）生产经营发生严重困难的；

（三）企业转产、重大技术革新或者经营方式调整，经变更劳动合同后，仍需裁减人员的；

（四）其他因劳动合同订立时所依据的客观经济情况发生重大变化，致使劳动合同无法履行的。

裁减人员时，应当优先留用下列人员：

（一）与本单位订立较长期限的固定期限劳动合同的；

（二）订立无固定期限劳动合同的；

（三）家庭无其他就业人员，有需要扶养的老人或者未成年人的。

用人单位依照本条第一款规定裁减人员，在六个月内重新招用人员的，应当通知被裁减的人员，并在同等条件下优先招用被裁减的人员。

第四十六条　有下列情形之一的，用人单位应当向劳动者支付经济补偿：

……（四）用人单位依照本法第四十一条第一款规定解除劳动合同的；……

◉ 条款解读

本条是关于经济性裁员的规定。

经济性裁员是用人单位行使解除劳动合同权的主要方式之一。

《劳动合同法》允许一定条件下企业进行经济性裁员，其原因是企业享有经营自主权，而企业的用人自主权是企业经营自主权的重要内容：企业可以根据实际需要招用人员，也可以裁减人员。

如果企业在生产经营困难等情形下无法裁减人员，那么企业的经营自主权就没有办法落实，也会使企业背上冗员的包袱，无法适应市场竞争。

所谓经济性裁员，是指用人单位濒临破产进行法定整顿或生产经营状况发生严重困难，为改善生产经营状况而辞退成批员工。经济性裁员是用人单位克服经营困难的内在需要的通常做法，法律予以允许。

但是，由于经济性裁员涉及劳动者的人数众多，社会影响广泛，因此在制定《劳动合同法》过程中，如何进一步规范经济性裁员受到了广泛的关注和讨论。特别是经济性裁员究竟要一次裁减多少人才是合适的一直是讨论的热点。《劳动合同法》草案曾规定，裁减人员五十人以上的构成经济性裁员，而批评性意见几乎呈一边倒，甚至有意见认为只要两人以上就构成经济性裁员，以保护劳动者的合法权益。

考虑到人数标准太低，用人单位容易利用解除条件较宽泛进行解除，反而对劳动者不利。同时，一次性解雇较多劳动者但不履行说明情况、听取意见、报告程序，将会给社会带来不稳定因素，因此，《劳动合同法》最终规定，一次性裁减人员二十人以上或者裁减不足二十人但占企业职工总数百分之十以上的，才是经济性裁员。

同时，为保障用人单位与劳动者双方合法权益的有效平衡，法律对用人单位经济性裁员的实体性条件和程序性条件做了严格的规定。

一、经济性裁员的实体性条件

1. 依照《企业破产法》规定进行重整。

在《企业破产法》规定的三种情形下，债务人或债权人可以向人民法院申请对债务人进行重整：一是企业法人不能清偿到期债务，并且资产不足以清偿全部债务；二是企业法人不能清偿到期债务，并且明显缺乏清偿能力的；三是企业法人不能清偿到期债务，并且有明显丧失清偿能力可能的。债权人申请对债务人进行破产清算的，在人民法院受理破产申请后、宣告债务人破产前，债务人或者出资额占债务人注册资本十分之一以上的出资人，可以向人民法院申请重整。在重整过程中，用人单位可根据实际经营情况，进行经济性裁员。

2. 生产经营发生严重困难。

市场经济中的企业随时面临着经营的风险，在用人单位的生产经营发生严重困难时，应允许用人单位通过各种方式进行自救，而不是进一步陷入破产、关闭的绝境。在用人单位的生产经营发生严重困难时，裁减人员、缩减员工规模是一项有效的缓减措施，从全局看，对用人单位的劳动者群体是有利的，但涉及部分特定劳动者的权益，应慎重处理。因此，劳动合同法在允许用人单位在生产经营发生困难时采取经济性裁员的措施，但同时要求用人单位要慎用该手段，在"困难"两字前面加了"严重"的限制。但何谓"生产经营发生严重困难"，虽然法律对裁员的这个条件没有给予规定，但是这个条件表明中国对裁员法律的立法思想是宽松的。

3. 企业转产、重大技术革新或者经营方式调整，经变更劳动合同后，仍需裁减人员。

在企业生产经营过程中，结构调整和整体功能优化，是生存之道，这些方式就包括了企业转产、重大技术革新和经营方式调整。企业转产、重大技术革新和经营方式调整并不必然导致用人单位进行经济性裁员，如企业转产的，从事原工作岗位的劳动者可以转到转产后的工作岗位。为了更好地保护劳动者合法权益，同时引导用人单位尽量不使用经济性裁员，劳动合同法要求企业转产、重大技术革新或者经营方式调整，只有在变更劳动合同后，仍需要裁减人员，才可进行经济性裁员。

4. 其他因劳动合同订立时所依据的客观经济情况发生重大变化，致使劳动合同无法履行的。

司法实践中，除了本条中列举的三类情形外，还有一些客观经济情况发生变化需要经济性裁员的情形，如，有些企业为了防治污染进行搬迁需要经济性裁员的，也应允许用人单位进行经济性裁员。当然，作为本条的兜底条款，对该规定应作严格解释。

二、经济性裁员的程序性条件

为了尽量缓减经济性裁员对劳动者和整个社会稳定的冲击，《劳动合同法》延续了《劳动法》关于经济性裁员的程序性规定，要求用人单位进行经济性裁员必须履行一套法定程序。

1. 需要裁减人员二十人以上或者裁减不足二十人但占企业职工总数百分之十以上的。

裁减人数有两个相对的标准：二十人以上或者不足二十人但占企业职工总数百分之十以上。同时，经济性裁员的时间标准就是一次性裁员。对于用人单位而言，经济性裁员是把"双刃剑"，用人单位如果裁减人员人数不足法定标准，就不能以经济性裁员的实体条件为由成批解除劳动合同，只能按照《劳动合同法》第36条、第39条、第40条的规定单个解除劳动合同，其中的权衡，决定了用人单位不会一味地规避经济性裁员。

2. 必须用人单位提前三十日向工会或者全体职工说明情况，听取工会或者职工的意见。

由于经济性裁员涉及较多劳动者的权益，为便于工会和劳动者了解裁减人员方案及裁减理由，获得工会和劳动者对经济性裁员行为的理解和认同，用人单位必须提前三十日向工会或者全体职工说明情况，并听取工会或者职工的意见。

在草案讨论中，有人提出，有些企业规模较大，为便于操作，建议将"全体职工"、"职工"修改为"职工代表"。考虑到经济性裁员中有些职工被裁减，有些则没有，如果是职工代表必然涉及职工代表的产生方法，比较复杂，难以保重公平性，不易操作。其实在操作中，听取职工意见可以有多种形式，如座谈会、设置意见箱、部门负责人收集意见等。如果是职工代表反映的，也是职工意见，因此听取职工意见不需要修改。

3. 裁减人员方案经向劳动行政部门报告。

经过用人单位向工会或者全体职工说明情况，听取工会或者职工的意见，对原裁减人员方案进行必要修改后，形成正式的裁减人员方案。该裁减人员方案需要向劳动行政部门报告，以使劳动行政部门了解裁减情况，必要时采取相应措施，防止出现意外情况，监督经济性裁员合法进行。这里的"报告"性质上属于事后告知，不是事前许可或者审批。当然，如果企业为保险期间，自愿提前与劳动行政部门报告协商，法律并不禁止。

4. 进行经济性裁员必须遵循社会福利原则。

根据实际情况，经济性裁员中裁减的人数不定，在裁减一部分劳动者时，就涉及裁减哪些劳动者的问题。在经济性裁员中，不能只考虑用人单位的需要，还要考虑社会因素，优先保护对用人单位贡献较大，再就业能力较差的劳动者。因此，劳动合同法规定经济性裁员中优先留用时，主要从劳动合同期限和保护社会弱势群体角度出发，规定了两大类优先留用人员：

（1）与本单位订立较长期限的固定期限劳动合同的、与本单位订立无固定期限劳动合同的，主要是考虑劳动者对劳动合同有较长期限的预期，法律应对这种预期予以相应保护；

（2）家庭无其他就业人员，有需要扶养的老人或者未成年人的，主要是考虑这类劳动者对工作依赖性非常强，一份工作关系到一个家庭的基本生活，不能将其随意推向社会，对这类社会弱势群体，法律应给予相应保护。

两大类优先留用的劳动者之间没有谁优先的顺序，用人单位可以根据实际需要予以留用。

5. 重新招用人员，被裁减人员具有优先就业权。

该条规定延续了《劳动法》第 27 条第 2 款的规定。所以赋予被裁减人员优先就业权，主要出于三方面考虑：一是被裁减人员并不是因为个人有违法违纪违规行为而被解除劳动合同的，只是单位经营困难，因此用人单位在生产经营正常后，重新招用人员时，应优先照顾被裁减的劳动者；二是裁减人员对用人单位比较熟悉，对用人单位而言是"熟手"；三是可以有效防止用人单位以经济性裁员为借口，随意裁减劳动者。

同时，为更好地保护被裁减人员的合法权益，劳动合同法增加规定了，用人单位有通知被裁减人员的义务，以使被裁减人员能慎重考虑，及时行使优先就业权。

对于经济性裁员可以裁减的人员，法律也有明确规定，出于对特殊人群的保护，以下人员是不得裁减的：（1）患职业病或者因工负伤并被确认丧失或者部分丧失劳动能力的；（2）患病或者负伤，在规定的医疗期内的；（3）女职工在孕期、产期、哺乳期内的；（4）法律、行政法规规定的其他情形。

此外，单位在进行经济性裁员的同时，必须支付被裁减员工经济补偿金，该补偿金的支付标准是员工在本单位工作每满一年支付一个月工资，满六个月不满一年的按一年计算。当企业在符合了上述规定，依法支付经济补偿金之后，其经济性裁员才能算合法有效，至此，用人单位与员工劳动合同关系正式解除。

根据现行《劳动法》的规定，经济性裁员仅限于用人单位濒临破产或生产经营状况发生严重困难两种情形。用人单位生产经营过程中，会遇到各种各样的困难，因此，《劳动合同法》增加规定了几种新的可以进行经济性裁员的情形，扩大了经济性裁员的范围，以适应现实的需要。

同时，《劳动合同法》也对经济性裁员应当优先留用谁的问题做了强制性规定。但这些强制性规定不尽合理。

企业实施经济性裁员的目的是减员增效，因此必然是留用能力强、绩效好的员工，淘汰能力相对较弱、绩效相对较差的员工。而能力高低、绩效好坏，并不以员工的合同期限为依据。强制规定经济性裁员须优先留用本单位订立较长或无固定期限劳动合同的员工，可能会减员不增效，达不到让企业起死回生的作用。因此，经济性裁员，用人单位优先留用谁，应该根据劳动者工作能力由用人单位自主决定。至于那些合同期限长或者属于无固定合同期限的被裁减的人员，应该通过完善国家的社会保障制度来保障其权利。

● **典型案例**

案例一：裁员后要求公司赔偿工资损失案

案情简介

根据某专业会计事务所审计，某公司自 2000 年成立后，连年亏损，累计达 8000 万元，经营状况发生严重困难。为此，公司于 2003 年 10 月 16 日制定关于经济性裁减部分员工（203 人）的实施方案，并根据有关规定向被解除劳动合同的人员给予了一次性经济补偿金。随后，该公司于 10 月 30 日将裁减方案提交工会征求意见。在收到征求意见后，作出一定的修改，其后 11 月 9 日，该裁减方案在取得政府劳动主管部门的认可实施后上报市劳动和社会保障局并得到认可。

甲某、乙某、丙某等 112 名某公司原职工，在 11 月 9 日至 12

月 14 日在该公司领取了经济补偿金，在减员职工去向选择表上签字并办理失业手续。但 12 月 23 日，甲某等 121 名职工向市劳动争议仲裁委员会申请仲裁，要求某公司支付 2003 年 12 月 15 日，至 121 名职工劳动合同届满的工资损失及 25% 的赔偿金。

点评

本案系因用人单位大量裁员而产生的劳动争议，解决本案争议的关键是用人单位裁减人员的行为是否合法。

依据我国相关法律法规规定，用人单位裁员的合法性问题应当从程序和实体两个方面进行考察。

从程序方面，在本案中，依据法院查明的事实：某公司于 2003 年 10 月 16 日制定关于经济性裁减部分员工的实施方案，并根据有关规定向被解除劳动合同的人员给予了一次性经济补偿金。随后，该公司于 10 月 30 日将裁减方案提交工会征求意见，其后该裁减方案在取得政府劳动主管部门的认可实施后上报市劳动和社会保障局并得到认可。根据《劳动法》第 27 条、第 41 条的规定，用人单位的裁员行为在程序上不存在违法性。而对此，劳动者提出异议，认为公司裁员时没有召开职代会且没有经过职工同意，而且劳动者是在被逼迫的情况下在职工去向选择表上签字的。但是劳动者均没有举出充分的证据用以证明自己所主张事实。所以，依据法院查明的事实，用人单位裁员的行为程序合法。

从实质性要件考察，本案中，某公司裁减人员依据的条件是公司生产经营发生严重困难，符合企业经济性裁员的相关规定，并提供相关证明（某会计事务所对该公司至今的经营成果所进行的审计表明，某公司连年亏损，经营状况发生严重困难）。审计结果的成立与否决定了公司是否符合经济性裁员的规定，如果劳动者对此有异议必须要另外专业机构进行审计，如果能够在实质上推翻上述审计结果，证明公司不存在生产经营困难，则公司不得单方裁员、解除劳动者的劳动合同，劳动者可以恢复劳动关系；反之公司的裁员行为符合我国《劳动法》以及本法等有关规定，在实体上也是合法的。

综上，在本案中，劳动者因为没有相关有力证据推翻相关事实的情况下，用人单位裁减人员的行为在程序和实体上均符合法律规定。因此，121 名劳动者的请求是不会得到支持的。

案例二：经济性裁员程序违法致败诉案

案情简介

2001 年，杨某应聘某网络公司，成为该公司的技术工程师并与之签订了为期 3 年的劳动合同，期限至 2004 年 12 月 31 日止。2003年上半年，每况愈下的公司经营发生严重困难。因此，公司决定采取裁员措施。不久，公司制定并颁布了《公司裁员规定》。该《规定》要求各部门主管对本部门员工进行业务考核，以考核结果为参考按原有员工数的 40% 上报裁员名单。《规定》称，"在公司经营状况发生严重困难时，公司可以裁减人员，但应提前 30 日通知被裁员工，并按照有关法律规定发给相应的经济补偿金。"7 月份该规定正式出台后，各部门均裁掉了 40% 的员工，杨某便是本部门中的一员。HR 找杨某谈话，解释裁员是迫于公司的经济状况，属于经济性裁员。他告知杨某，30 天后双方解除劳动关系，公司会按有关法律规定发放相应的经济补偿金。杨某心有不甘。他记得曾有做 HR 的朋友说过，HR 其实很怕裁员，因为不但员工情绪大，而且申请裁员的程序很复杂，得报到相关部门，不像自己公司这样说裁就裁。就此，杨某向劳动争议仲裁委员会提出仲裁申请。

仲裁委员会经审查认为，杨某公司的裁员虽符合法律规定的经济性裁员的条件，但公司的裁员程序却不合法。该行为属于任意裁员，因此杨某所在公司应当撤销其裁员决定，继续履行与杨某的劳动合同。

点评

经济性裁员不但实体内容要合法，同时，裁员的程序也要合法。根据《劳动合同法》的规定，进行经济性裁员时，用人单位必须提前三十日向工会或者全体职工说明情况，听取工会或者职工的意见；之后，裁减人员方案还须向劳动行政部门报告。

本案中，公司已经具备了经济性裁员的实体性条件，但在操作时，程序不合法，导致裁员因违法而无效，公司败诉。

◉ 关联法规

《中华人民共和国劳动法》（1994 年 7 月 5 日）

第二十七条 用人单位濒临破产进行法定整顿期间或者生产经营状况发生严重困难，确需裁减人员的，应当提前三十日向工会或者全体职工说明情况，听取工会或者职工的意见，经向劳动行政部门报告后，可以裁减人员。

用人单位依据本条规定裁减人员，在六个月内录用人员的，应当优先录用被裁减的人员。

《关于〈劳动法〉若干条文的说明》（1994 年 9 月 5 日）

第 27 条的说明。

本条中的"法定整顿期间"指依据《中华人民共和国破产法》和《民事诉讼法》的破产程序进行的整顿期间。"生产经营状况发生严重困难"可以根据地方政府规定的困难企业标准来界定。"报告"仅指说明情况，无批准含义。"优先录用"指同等条件下优先录用。

《企业经济性裁减人员规定》（1994 年 11 月 14 日）

第四条 用人单位确需裁减人员，应按下列程序进行：

（一）提前三十日向工会或者全体职工说明情况，并提供有关生产经营状况的资料；

（二）提出裁减人员方案，内容包括：被裁减人员名单，裁减时间及实施步骤，符合法律、法规规定和集体合同约定的被裁减人员经济补偿办法；

（三）将裁减人员方案征求工会或者全体职工的意见，并对方案进行修改和完善；

（四）向当地劳动行政部门报告裁减人员方案以及工会或者全体职工的意见，并听取劳动行政部门的意见；

（五）由用人单位正式公布裁减人员方案，与被裁减人员办理解除劳动合同手续，按照有关规定向被裁减人员本人支付经济补偿金，出具裁减人员证明书。

第五条 用人单位不得裁减下列人员：

（一）患职业病或者因工负伤并被确认丧失或者部分丧失劳动能力的；

（二）患病或者负伤，在规定的医疗期内的；

（三）女职工在孕期、产期、哺乳期内的；

（四）法律、行政法规规定的其他情形。

《违反和解除劳动合同的经济补偿办法》（1994 年 12 月 3 日）

第二条 对劳动者的经济补偿金，由用人单位一次性发给。

第九条 用人单位濒临破产进行法定整顿期间或者生产经营状况发生严重困难，必须裁减人员的，用人单位按被裁减人员在本单位工作的年限支付经济补偿金。在本单位工作的时间每满一年，发给相当于一个月工资的经济补偿金。

第十一条 本办法中经济补偿金的工资计算标准是指企业正常生产情况下劳动者解除合同前十二个月的月平均工资。

用人单位依据本办法第六条、第八条、第九条解除劳动合同时，劳动者的月平均工资低于企业月平均工资的，按企业月平均工资的标准支付。

第二十三章

劳动合同终止：法定主义

◉ **原文链接**

《中华人民共和国劳动合同法》

第四十四条　有下列情形之一的，劳动合同终止：

（一）劳动合同期满的；

（二）劳动者已开始依法享受基本养老保险待遇的；

（三）劳动者死亡，或者被人民法院宣告死亡或者宣告失踪的；

（四）用人单位被依法宣告破产的；

（五）用人单位被吊销营业执照、责令关闭、撤销或者用人单位决定提前解散的；

（六）法律、行政法规规定的其他情形。

第四十五条　劳动合同期满，有本法第四十二条规定情形之一的，劳动合同应当续延至相应的情形消失时终止。但是，本法第四十二条第二项规定丧失或者部分丧失劳动能力劳动者的劳动合同的终止，按照国家有关工伤保险的规定执行。

第四十六条　有下列情形之一的，用人单位应当向劳动者支付经济补偿：

……（五）除用人单位维持或者提高劳动合同约定条件续订劳动合同，劳动者不同意续订的情形外，依照本法第四十四条第一项规定终止固定期限劳动合同的；

（六）依照本法第四十四条第四项、第五项规定终止劳动合同
的；……

《中华人民共和国劳动合同法实施条例》

第十三条　用人单位与劳动者不得在劳动合同法第四十四条规定的劳动合同终止情形之外约定其他的劳动合同终止条件。

第二十一条　劳动者达到法定退休年龄的，劳动合同终止。

第二十二条　以完成一定工作任务为期限的劳动合同因任务完成而终止的，用人单位应当依照劳动合同法第四十七条的规定向劳动者支付经济补偿。

第二十三条　用人单位依法终止工伤职工的劳动合同的，除依照劳动合同法第四十七条的规定支付经济补偿外，还应当依照国家有关工伤保险的规定支付一次性工伤医疗补助金和伤残就业补助金。

◉　条款解读

本条是关于劳动合同终止的规定。

所谓劳动合同终止，是指由于一定法律事实的出现，劳动合同的法律效力被依法终止。劳动合同终止是员工离职的重要情形之一，也是用人单位用来结束与员工之间劳动关系的一种重要的手段。

劳动合同的终止应有法律依据。

《劳动合同法》规定了六种终止的法定情形，《实施条例》在此基础上增加规定了两种终止的法定情形，同时，《实施条例》明确规定在此之外用人单位与劳动者不得约定其他的劳动合同终止条件。因此，中国的劳动合同终止完全是法定终止。

归纳起来，有以下法定情形之一发生时，劳动合同终止：

一、劳动合同期限届满以及以完成一定工作任务为期限的劳动合同任务完成的

劳动合同期满是劳动合同终止的最主要的一种法定形式。

依据《劳动合同法》的规定，劳动合同分为固定期限、无固定

期限和以完成一定工作任务为期限三种。

所谓固定期限劳动合同，是指用人单位与劳动者约定合同终止时间的劳动合同。由于双方当事人在订立劳动合同时已经预先约定了劳动关系终结的时间，所以一旦约定的期限届满，劳动合同通常都自然终止。

所谓无固定期限劳动合同，是指用人单位与劳动者约定无确定终止时间的劳动合同。无固定期限劳动合同不会发生劳动合同期满的情形。

所谓以完成一定工作任务为期限的劳动合同，是指订立劳动合同的目的就是为了完成约定的工作任务，随着约定的工作任务的完成，劳动合同也自然终止。

劳动合同期满终止主要适用于固定期限劳动合同和以完成一定工作任务为期限的劳动合同两种情形。合同期限届满，或者约定的工作任务完成，劳动合同自然终止。

但以下情形之一出现时，劳动合同应当续延至相应的情形消失时终止：1. 从事接触职业病危害作业的劳动者未进行离岗前职业健康检查，或者疑似职业病病人在诊断或者医学观察期间的；2. 在本单位患职业病或者因工负伤并被确认丧失或者部分丧失劳动能力的；3. 患病或者非因工负伤，在规定的医疗期内的；4. 女职工在孕期、产期、哺乳期的；5. 在本单位连续工作满十五年，且距法定退休年龄不足五年的；6. 法律、行政法规规定的其他情形。

根据劳动部的规定，劳动合同的终止时间，应当以劳动合同期限最后一日的二十四时为准。

以上终止情形中，除用人单位维持或者提高劳动合同约定条件续订劳动合同，劳动者不同意续订的情形外，劳动合同期满终止劳动合同的，用人单位应当向劳动者支付经济补偿金。经济补偿按劳动者在用人单位工作的年限，每满一年支付一个月工资的标准向劳动者支付。六个月以上不满一年的，按一年计算；不满六个月的，向劳动者支付半个月工资的经济补偿。以上月工资是指劳动者在劳动合同解除或者终止前十二个月的平均工资。劳动者月工资高于用人单位所在直辖市、设区的市级人民政府公布的本地区上年度职工月平均工资三倍的，向其支付经济补偿的标准按职工月平均工资三倍的数额支付，向其支付经济补偿的年限最高不超过十二年。

二、劳动者开始依法享受基本养老保险待遇或者劳动者达到法定退休年龄的

养老保险是社会保障制度的重要组成部分，其目的是保障劳动者退出劳动力市场后的基本生活。由于退出劳动力市场的劳动者的基本生活已经通过养老保险制度得到保障，劳动者不再具备劳动合同法意义上的主体资格，因此，劳动合同自然终止。

目前，我国的养老保险制度尚在完善过程中。机关、事业单位、社会团体和企业职工的养老保险制度还存在差异。同在《劳动合同法》适用范围之内，职工的养老保险制度和养老保险待遇享受条件不尽相同。并且，我国的养老保险体系正在向多层次方向发展，除了基本养老保险之外，还鼓励企业年金和个人储蓄性养老保险。对于劳动合同终止来说，只要劳动者依法享受了基本养老保险待遇即可。

按照现行规定，我国企业职工享受基本养老保险待遇必须具备三个条件：

1. 达到国家法定的退休年龄。

目前，我国企业职工的法定正常退休年龄为男职工 60 周岁，从事管理和科研工作的女职工 55 周岁，从事生产和工勤辅助工作的女职工 50 周岁。但在四种情形下，职工可以提前退休，即从事井下、高空、高温、特别繁重的体力劳动或其他有害身体健康的工作（即特殊工种）的，以及因病或非因公致残，由医院证明并经劳动鉴定委员会确认完全丧失劳动能力的，退休年龄提前 5 年；国务院确定的 111 个"优化资本结构"试点城市国有工业破产企业职工，可以提前 5 年退休；为切实做好纺织行业压锭减员分流安置工作，规定有压锭任务的纺织企业中纺织、织布两种工种的挡车工，工龄满 20

年的可办理提前退休；资源枯竭矿山关闭破产的国有企业职工提前5年退休，其中从事经原劳动部和有关行业主管部门比准的静侠、高温、特别繁重的体力劳动和其他有害健康的特殊工种职工可提前10年（男50周岁，女40周岁）退休。

2. 所在单位和职工个人依法参加了养老保险并履行养老保险缴费义务。

3. 个人缴费年限或视同缴费年限至少满15年。

提醒用人单位注意的是，《实施条例》明确规定，劳动者达到法定退休年龄的，劳动合同也可以终止，事实上修正了《劳动合同法》中关于依法享受基本养老保险待遇的退休人员才能终止的规定。

依法享受基本养老保险待遇致劳动合同终止的，用人单位不须向劳动者支付经济补偿金；达到法定退休年龄但未能享受基本养老保险待遇致劳动合同终止的，用人单位是否需要向劳动者支付经济补偿金，目前法律没有明确。

三、劳动者死亡，或者被人民法院宣告死亡或者宣告失踪的

死亡，意味着劳动者作为自然人从主体上的消灭。宣告死亡，是公民下落不明达到法定期限，经利害关系人申请，由人民法院宣告该公民死亡的民事法律制度。在民事领域中，公民死亡、被人民法院宣告死亡或者宣告失踪的，将丧失民事权利能力和民事行为能力。在劳动领域，公民死亡、被人民法院宣告死亡或者宣告失踪的，劳动合同签订一方主体资格消灭，客观上丧失劳动能力，之前签订的劳动合同因为缺乏一方主体而归于消灭。

《民法通则》中规定，公民下落不明满四年的，为宣告死亡的法定期限；因意外事故下落不明，从事故发生之日起满二年的，为宣告死亡的法定期限；战争期间下落不明的，下落不明的时间从战争结束之日起计算，亦适用四年的法定期限。宣告失踪，是公民下落不明满法定期限，经利害关系人申请，由法院宣告其失踪并对其财产实行代管的法律制度。《民事诉讼法》第166条规定，人民法

院宣告公民失踪，必须具备三个条件：必须有公民下落不明满二年的事实；必须是与下落不明的公民有利害关系的人向人民法院提出申请；必须采用书面形式提出申请。

当劳动者因死亡、下落不明被人民法院宣告失踪或者宣告死亡后，作为民事主体和劳动关系当事人，客观上没有提供劳动的可能，无法再享受权利和承担义务，自然也不能继续履行劳动合同，劳动合同必然终止。

此种情形下的终止，用人单位不须向员工支付经济补偿金。

四、用人单位被依法宣告破产、被吊销营业执照、责令关闭、撤销的

破产，即指当用人单位的全部资产不足以清偿到期债务时，债权人通过一定程序将用人单位的全部资产供其平均受偿，从而使用人单位免除不能清偿的其他债务，并由法官宣告破产解散。在法律意义上，破产是指处理经济上破产是债务如何清偿的一种法律制度，即在用人单位不能清偿债务时，由法院强制执行其全部财产、公平清偿全体债权人的法律制度。

营业执照，是工商行政管理机关发给工商企业、个体经营者的准许从事某项生产经营活动的凭证，格式由国家工商行政管理局统一规定，其内容包括企业名称、地址、负责人姓名、筹建或开业日期、经营性质、生产经营范围、生产经营方式等。吊销营业执照是登记主管机关依照法律法规的规定，对企业法人违反规定的行为实施的一种行政处罚，对企业法人而言，吊销营业执照就意味着其法人资格被强行剥夺，法人资格也就随之消亡。

用人单位被责令关闭，是指合法建立的企业在存续过程中，未能一贯严格遵守有关法律法规，被有关政府部门依法查处。

用人单位被撤销是指用人单位未经合法程序成立，或者形式合法但不符合相关法律法规的实体规定，被政府部门发现后受到查处。

按照《民法通则》、《公司法》以及《企业破产法》的规定，在劳动合同履行过程中，用人单位被依法宣告破产、被吊销营业执照、责令关闭或被撤销，意味着用人单位的法人资格已被剥夺，表明用人单位此时已无法按照劳动合同履行其权利和义务，只能终止劳动合同。

此种情形下终止劳动合同的，用人单位应当向劳动者支付经济补偿金。经济补偿按劳动者在用人单位工作的年限，每满一年支付一个月工资的标准向劳动者支付。六个月以上不满一年的，按一年计算；不满六个月的，向劳动者支付半个月工资的经济补偿。以上月工资是指劳动者在劳动合同解除或者终止前十二个月的平均工资。劳动者月工资高于用人单位所在直辖市、设区的市级人民政府公布的本地区上年度职工月平均工资三倍的，向其支付经济补偿的标准按职工月平均工资三倍的数额支付，向其支付经济补偿的年限最高不超过十二年。

五、用人单位决定提前解散的

根据我国现行法律的规定，因公司章程规定的其他解散事由出现、股东会或者股东大会决议、公司合并或者分立，用人单位提前解散的，其独立人格便不复存在，必须终止一切经营和与经营业务有关的活动，原有的债权债务关系包括原用人单位与劳动者的劳动合同关系，也随主体资格的消亡而消亡。

值得注意的是，《公司法》还规定了司法解散的情形。按照《公司法》第 181 条第（五）项规定，"人民法院依照本法第一百八十三条的规定予以解散"，即当公司出现法律规定的不得不解散的情形时，法院基于股东解散公司的诉讼请求，剥夺公司的法人资格，判决公司强制解散以保护股东的利益。这种情况下，原用人单位与劳动者之间的劳动合同关系自然终止。

此种情形下终止劳动合同的，用人单位应当向劳动者支付经济补偿金。经济补偿按劳动者在用人单位工作的年限，每满一年支付一个月工资的标准向劳动者支付。六个月以上不满一年的，按一年计算；不满六个月的，向劳动者支付半个月工资的经济补偿。以上月工资是指劳动者在劳动合同解除或者终止前十二个月的平均工资。

劳动者月工资高于用人单位所在直辖市、设区的市级人民政府公布的本地区上年度职工月平均工资三倍的，向其支付经济补偿的标准按职工月平均工资三倍的数额支付，向其支付经济补偿的年限最高不超过十二年。

六、法律、行政法规规定的其他情形

法律规定不可能穷尽现实生活中出现的种种现象，因此，《劳动合同法》将法律、行政法规规定的其他情形引起的劳动合同终止，作为兜底条款。

考虑到整个劳动合同终止制度的统一性和劳动合同终止并没有地方独特性等情况，劳动合同法并没有授权地方法规创设劳动合同终止制度。

● **操作提示**

一、合同到期，及时终止或续签，避免形成事实劳动关系

终止劳动合同的程序一般有以下几个方面：

1. 注意终止合同的法定条件何时出现；

2. 须依法或依约决定是否提前、提前多长时间将终止合同的意向书面通知员工；

3. 合同期满或终止合同的条件出现时，即行办理终止合同手续，包括为员工出具终止合同证明书；

4. 违法或违约未提前通知员工的，依法、依约承担相应责任。

企业运用终止这种辞退员工的方式，应特别注意在合同期满前或终止合同条件出现时，向员工书面表达终止合同的意向，万万不可在合同期满后，或终止合同条件已不复存在的情况下提出终止合同的意向。这样容易形成事实劳动关系或引发劳动争议，给辞退员工带来许多麻烦，自然也会增大离职成本。

二、注意不得终止劳动合同的法定情形

《劳动法》、《劳动合同法》对于特殊情形、需要特别保护的员工一般会有一个强大的倾斜保护，体现在劳动合同终止环节，如果

出现这些特殊情形，劳动合同不能终止，否则须承担相应法律责任。

《劳动合同法》第42条明确规定，以下情形之一出现时，劳动合同期满，用人单位也不能终止合同，劳动合同应当续延至相应的情形消失时终止：

1. 从事接触职业病危害作业的劳动者未进行离岗前职业健康检查，或者疑似职业病病人在诊断或者医学观察期间的；

2. 在本单位患职业病或者因工负伤并被确认丧失或者部分丧失劳动能力的；

3. 患病或者非因工负伤，在规定的医疗期内的；

4. 女职工在孕期、产期、哺乳期的；

5. 在本单位连续工作满十五年，且距法定退休年龄不足五年的；

6. 法律、行政法规规定的其他情形。

用人单位在终止劳动合同时，对于上述情形，须格外注意。

◉ 典型案例

案例一：劳动合同终止是否有经济补偿

案情简介

甲某原系某物流公司的职工，2002年与该单位签订了无固定期限的劳动合同。2005年2月，甲某与该物流公司协商解除劳动合同。后甲某进入了一家速递公司工作，签订的劳动合同约定，劳动合同自2005年3月1日起至2007年6月30日止；某速递公司承认甲某在原物流公司的连续工龄，当其与甲某解除该劳动合同时，将根据甲某的连续工龄进行经济补偿。

2007年6月30日，劳动合同期满，某速递公司向甲某发出续签的劳动合同，但甲某未与某速递公司续签劳动合同，甲某也未再去速递公司上班，而是另外找了一个新的工作单位。2007年7月25日，该速递公司向甲某送达了退工通知单，并于同年8月18日为甲某办理了退档手续。

收到退工通知单后，甲某因经济补偿金以及迟延退工损失等问题与某速递公司发生了争议。于 2007 年 8 月 27 日向某区劳动争议仲裁委员会申请仲裁，要求速递公司按其连续工龄支付经济补偿金，并赔偿因速递公司未及时退工而造成的损失。某速递公司则坚决认为，劳动合同期满终止，其无须支付经济补偿金。

点评

本案中，主要涉及的是双方当事人即用人单位和劳动者对劳动合同中双方约定事项的不同理解。甲某认为，某速递公司解除劳动合同应当按其连续工龄支付经济补偿金；某速递公司认为，双方劳动合同期满终止，其无须支付甲某经济补偿金。由此可见，本案中主要解决的问题是劳动合同解除与劳动合同终止的区别。

劳动合同的解除是指劳动合同有效成立之后，尚未履行或未完全履行之前，因一定法律事实的出现，合同当事人双方或一方依据其意思表示而提前使劳动合同的效力归于消灭的法律行为。而劳动合同的终止是指劳动合同依法生效后，因出现法定情形而使劳动合同所确定的法律关系依法归于消灭的情形。从法律行为产生的结果来看，劳动合同的解除和劳动合同的终止都将导致双方所确定的法律关系消灭。劳动合同解除是劳动合同关系的提前消灭，而劳动合同的终止通常属于劳动合同关系的正常结束。

在本案中，甲某与某速递公司签订的劳动合同期满，双方没有再续签劳动合同，也不再存在事实上的劳动关系，双方原来的劳动关系因期限届满而自然终结，这属于劳动合同的终止，而不是劳动合同的解除。在此基础上可以据此来确定本案中相关的法律后果。根据劳动法规定，劳动合同期间届满而导致劳动关系终止时，用人单位无须支付经济补偿金（《劳动合同法》修改了这一旧规定，2008 年 1 月 1 日后，除用人单位维持或者提高劳动合同约定条件续订劳动合同，劳动者不同意续订的情形外，劳动合同期满用人单位终止固定期限劳动合同的应当支付经济补偿）。此外，该行为也不符合劳动合同中"当某速递公司与甲某解除本合同时将对其经济补偿"的约定，因此用人单位无须向劳动者支付经济补偿。

因为用人单位终止劳动合同，应当履行为劳动者办理档案等义务，对于用人单位没有及时办理而造成劳动者损失的应当予以赔偿。

案例二：工伤后能不能终止劳动关系

案情简介

甲某是某食品公司的合同制司机，负责运送糕点，合同期限为2005年10月18日至2007年12月30日止。2007年11月12日，甲某驾驶食品运输车运送食品过程，途经某高速公路路段时，被违章行使的客车撞伤。2008年1月，由交通部门主持，经双方协商达成协议，由肇事方承担甲某相关治疗期间的费用，并给予一定补助。

2008年3月，该食品公司因甲某伤后不再上班，终止了与甲某的劳动关系，停发工资、补贴等。同年7月2日，该食品公司向甲某发出书面通知，将其医疗终结时间确定为2008年6月30日。甲某以受伤处需继续治疗为由，向劳动仲裁委员会申请仲裁，要求与某食品公司续订劳动合同，并由该食品公司补发从2008年3月起的工资、奖金等。该会受理后，委托劳动签订委员会对甲某的医疗终结问题作了鉴定，得出结论"目前暂不适宜医疗终结"。

点评

在本案中，主要涉及劳动者受伤性质的认定，以及劳动合同应否延续。

根据《劳动合同法》以及相关法规、规章的规定，劳动者因工负伤和非因工负伤是作为两种不同的情况区别对待的，两者产生的法律效果也是不同的。因此，在本案中，首先需要明确劳动者受伤是属于因工负伤还是非因工负伤。

所谓因工负伤是指在因工伤亡事故中负伤，或者因属于劳动法规规定范围内的其他原因造成的负伤。根据《工伤保险条例》的规定，在工作时间和工作场所内，因履行工作职责受到暴力等意外伤害的，属于因工负伤。在本案中，劳动者甲某是某食品公司的合同制司机，负责运送糕点，他在驾驶食品运输车运送食品过程中受伤，属于在其履行职责中受伤。因此，根据上述法规规定，甲某的受伤属于因工负伤。甲某应到劳动部门做工伤认定申请。

在确定了劳动者受伤性质之后，其次要明确的问题是，劳动者在劳动合同存续期间因工负伤，且当劳动合同期间届满时劳动者伤势尚未治愈，该情形下用人单位能否终止劳动关系。

根据《工伤保险条例》的规定，在劳动者治疗工伤的停工留薪期内，用人单位不得解除或终止其劳动关系，工资待遇等照发；在工伤停工留薪期满后，是否能解除或终止劳动关系，以及解除或终止劳动关系相关的赔偿标准等，视劳动者的伤残等级而定。

综上，双方劳动关系应延续至劳动者工伤停工留薪期终结时止，并补发这段时间内的工资等待遇；其他待遇及停工留薪期满后能否解除或终止劳动合同关系，应根据伤残等级鉴定的不同结果而定。

◉ **关联法规**

《中华人民共和国劳动法》（1994 年 7 月 5 日）

第二十三条 劳动合同期满或者当事人约定的劳动合同终止条件出现，劳动合同即行终止。

《关于贯彻执行〈中华人民共和国劳动法〉若干问题的意见》（1995 年 8 月 4 日）

38. 劳动合同期满或者当事人约定的劳动合同终止条件出现，劳动合同即行终止，用人单位可以不支付劳动者经济补偿金。国家另有规定的，可以从其规定。

42. 职工在接近退休年龄（按有关规定一般为五年以内）时因劳动合同到期终止劳动合同的，如果符合退休、退职条件，可以办理退休、退职手续；不符合退休、退职条件的，在终止劳动合同后按规定领取失业救济金。享受失业救济金的期限届满后仍未就业，符合社会救济条件的，可以按规定领取社会救济金，达到退休年龄时办离退休手续，领取养老保险金。

《劳动部关于实行劳动合同制度若干问题的通知》（1996 年 10 月 31 日）

14. 有固定期限的劳动合同期满后，因用人单位方面的原因未办理终止或续订手续而形成事实劳动关系的，视为续订劳动合同。用人单位应及时与劳动者协商合同期限，办理续订手续。由此给劳动者造成损失的，该用人单位应当依法承担赔偿责任。

22. 劳动者患病或者非因工负伤，合同期满终止劳动合同的，用人单位应当支付不低于六个月工资的医疗补助费；对患重病或绝症的，还应适当增加医疗补助费。

《劳动部办公厅关于对劳部发〔1996〕354 号文件有关问题解释的通知》（1997 年 2 月 5 日）

第二条 "劳动者患病或者非因工负伤，合同期满终止劳动合同的，用人单位应当支付不低于六个月工资的医疗补助费"是指合同期满的劳动者终止劳动合同时，医疗期满或者医疗终结被劳动鉴定委员会鉴定为 5 - 10 级的，用人单位应当支付不低于六个月工资的医疗补助费。鉴定为 1 - 4 级的，应当办理退休、退职手续，享受退休、退职待遇。

《关于〈国营企业实行劳动合同制度暂行规定〉废止后有关终止劳动合同支付生活补助费问题的复函》（2001 年 12 月 26 日）

一、《国营企业实行劳动合同制度暂行规定》（国发〔1986〕77 号）（以下简称《规定》）废止后，国有企业职工劳动合同期满与企业终止劳动关系后有关生活补助费的支付问题，地方有规定的，可以按地方规定执行。地方没有规定的，以《规定》废止时间为准，对在《规定》废止前企业录用的职工，劳动合同期满后与企业终止劳动关系时，应计发劳动者至《规定》废止前工作年限的生活补助费，最多不超过 12 个月；对在《规定》废止后企业录用的职工，劳动合同期满终止劳动关系时，可以不支付生活补助费。

《中华人民共和国工伤保险条例》（2003 年 4 月 27 日）

第三十三条 职工因工致残被鉴定为一级至四级伤残的，保留劳动关系，退出工作岗位，享受以下待遇：

（一）从工伤保险基金按伤残等级支付一次性伤残补助金，标准为：一级伤残为 24 个月的本人工资，二级伤残为 22 个月的本人工资，三级伤残为 20 个月的本人工资，四级伤残为 18 个月的本人工资；

（二）从工伤保险基金按月支付伤残津贴，标准为：一级伤残为本人工资的 90%，二级伤残为本人工资的 85%，三级伤残为本人工资的 80%，四级伤残为本人工资的 75%。伤残津贴实际金额低于当地最低工资标准的，由工伤保险基金补足差额；

（三）工伤职工达到退休年龄并办理退休手续后，停发伤残津贴，享受基本养老保险待遇。基本养老保险待遇低于伤残津贴的，由工伤保险基金补足差额。

职工因工致残被鉴定为一级至四级伤残的，由用人单位和职工个人以伤残津贴为基数，缴纳基本医疗保险费。

第三十四条 职工因工致残被鉴定为五级、六级伤残的，享受以下待遇：

（一）从工伤保险基金按伤残等级支付一次性伤残补助金，标准为：五级伤残为 16 个月的本人工资，六级伤残为 14 个月的本人工资；

（二）保留与用人单位的劳动关系，由用人单位安排适当工作。难以安排工作的，由用人单位按月发给伤残津贴，标准为：五级伤残为本人工资的 70%，六级伤残为本人工资的 60%，并由用人单位按照规定为其缴纳应缴纳的各项社会保险费。伤残津贴实际金额低于当地最低工资标准的，由用人单位补足差额。

经工伤职工本人提出，该职工可以与用人单位解除或者终止劳动关系，由用人单位支付一次性工伤医疗补助金和伤残就业补助金。具体标准由省、自治区、直辖市人民政府规定。

第三十五条　职工因工致残被鉴定为七级至十级伤残的，享受以下待遇：

（一）从工伤保险基金按伤残等级支付一次性伤残补助金，标准为：七级伤残为 12 个月的本人工资，八级伤残为 10 个月的本人工资，九级伤残为 8 个月的本人工资，十级伤残为 6 个月的本人工资；

（二）劳动合同期满终止，或者职工本人提出解除劳动合同的，由用人单位支付一次性工伤医疗补助金和伤残就业补助金。具体标准由省、自治区、直辖市人民政府规定。

第二十四章

对特殊劳动者的特殊法律保护

◉ **原文链接**

《中华人民共和国劳动合同法》

第四十二条 劳动者有下列情形之一的，用人单位不得依照本法第四十条、第四十一条的规定解除劳动合同：

（一）从事接触职业病危害作业的劳动者未进行离岗前职业健康检查，或者疑似职业病病人在诊断或者医学观察期间的；

（二）在本单位患职业病或者因工负伤并被确认丧失或者部分丧失劳动能力的；

（三）患病或者非因工负伤，在规定的医疗期内的；

（四）女职工在孕期、产期、哺乳期的；

（五）在本单位连续工作满十五年，且距法定退休年龄不足五年的；

（六）法律、行政法规规定的其他情形。

第四十五条 劳动合同期满，有本法第四十二条规定情形之一的，劳动合同应当续延至相应的情形消失时终止。但是，本法第四十二条第二项规定丧失或者部分丧失劳动能力劳动者的劳动合同的终止，按照国家有关工伤保险的规定执行。

《中华人民共和国劳动合同法实施条例》

第二十三条　用人单位依法终止工伤职工的劳动合同的，除依照劳动合同法第四十七条的规定支付经济补偿外，还应当依照国家有关工伤保险的规定支付一次性工伤医疗补助金和伤残就业补助金。

● 条款解读

员工具备一定法定情形的（如职业病隐患、医疗期、工伤、女职工"三期"、担任工会主席等），《劳动合同法》原则上禁止用人单位单方解除或终止其劳动合同。为保护一些弱势员工群体，对用人单位劳动合同解除、终止权加以限制是各国通行的做法。

根据《劳动合同法》第39条、第40条、第41条的规定，出现法定情形时，用人单位有权单方解除劳动合同。但《劳动合同法》第42条对用人单位的上述解雇权做了限制，规定在以下六类法定情形下，禁止用人单位根据《劳动合同法》第40条、第41条解除员工劳动合同，劳动合同期满，用人单位也不能终止合同，劳动合同应当续延至相应的情形消失时终止：

（一）从事接触职业病危害作业的劳动者未进行离岗前职业健康检查，或者疑似职业病病人在诊断或者医学观察期间的

受到职业病威胁的劳动者以及职业病人是社会弱势群体，非常需要国家的关怀和法律的保障，因此根据职业病防治法的规定，对未进行离岗前职业健康检查的劳动者不得解除或者终止与其订立的劳动合同；用人单位在疑似职业病病人诊断或者医学观察期间，不得解除或者终止与其订立的劳动合同。疑似职业病病人在诊断或者医学观察期间结束，劳动合同期满的，必须等到排除了职业病、确认了职业病或者医学观察期间结束，劳动合同才能终止。

（二）在本单位患职业病或者因工负伤并被确认丧失或者部分丧失劳动能力的

无论是职业病还是因工负伤，都与用人单位有关工作条件、安全制度或者劳动保护制度不尽完善有关，发生职业病或者因工负伤，用人单位作为用工组织和直接受益者理应承担相应责任。同时，一

旦发生职业病或者因工负伤，都可能造成劳动者丧失或者部分丧失劳动能力，如果此时允许用人单位解除劳动合同，将会给劳动者的医疗、生活等带来困难。因此，《劳动合同法》规定在本单位患职业病或者因工负伤并被确认丧失或者部分丧失劳动能力的，用人单位不得解除劳动合同。

职业病需要根据《职业病防治法》的有关规定，由专门医疗机构认定。丧失或部分丧失劳动能力，根据有关伤残标准分，符合评残标准一级至四级为完全丧失劳动能力，五级至六级为大部分丧失劳动能力，七级至十级为部分丧失劳动能力。

职工因工致残被鉴定为一级至四级伤残的，保留劳动关系，退出工作岗位。职工因工致残被鉴定为五级、六级伤残的，保留与用人单位的劳动关系，由用人单位安排适当工作。难以安排工作的，由用人单位按月发给伤残津贴。经工伤职工本人提出，该职工可以与用人单位解除或者终止劳动关系，由用人单位支付一次性工伤医疗补助金和伤残就业补助金。职工因工致残被鉴定为七级至十级伤残的，劳动合同期满终止，或者职工本人提出解除劳动合同的，由用人单位支付一次性工伤医疗补助金和伤残就业补助金。

（三）患病或者非因工负伤，在规定的医疗期内的

医疗期是企业职工因患病或非因工负伤停止工作，治病休息不得解除劳动合同的时限。医疗期一般为三个月到二十四个月，以劳动者本人实际参加工作年限和在本单位工作年限为标准计算具体医疗期。几类标准为：实际工作年限十年以下的，在本单位工作年限五年以下的为三个月，五年以上的为六个月；实际工作年限十年以上的，在本单位工作年限五年以下的为六个月，五年以上十年以下的为九个月，十年以上十五年以下的为十二个月，十五年以上二十年以下的为十八个月，二十年以上的为二十四个月。（注意：上海有关医疗期的计算与上述劳动部的规定有较大区别。）

患病或者非因工负伤在医疗期内，劳动合同期满的，必须等到医疗期满后才能终止劳动合同。

（四）女职工在孕期、产期、哺乳期的

所谓孕期，是指妇女怀孕期间。产期是指妇女生育期间，产假一般为九十天。哺乳期，是指从婴儿出生到一周岁之间的期间。女职工孕期、产期、哺乳期满后，劳动合同才可以解除或终止。

（五）在本单位连续工作满十五年，且距法定退休年龄不足五年的

考虑到老职工对于企业的贡献较大，再就业能力较低，政府和社会为保护这部分弱势群体，因此劳动合同法加强了对老职工的保护，包括规定用人单位初次实行劳动合同制度或者国有企业改制重新订立劳动合同时，劳动者在该用人单位连续工作满十年且距法定退休年龄不足十年的，应订立无固定期限劳动合同等。在本单位连续工作满十五年，且距法定退休年龄不足五年的，如果劳动合同期满，由于这种工作年限的情况不可能消失，因此就不能解除或终止劳动合同。

（六）法律、行政法规规定的其他情形

考虑到有些法律、行政法规中也有不得解除劳动合同的规定，同时为了便于与以后颁布的法律相衔接，本条规定了这个兜底条款，这有利于对劳动者的保护。

目前，《工会法》第 18 条规定，基层工会专职主席、副主席或者委员自任职之日起，其劳动合同期限自动延长，延长期限相当于其任职期间；非专职主席、副主席或者委员自任职之日起，其尚未履行的劳动合同期限短于任期的，劳动合同期限自动延长至任期期满。但是，任职期间个人严重过失或者达到法定退休年龄的除外。

◉ 操作提示

1. 本条禁止的是用人单位单方解除劳动合同，并没有禁止劳动者与用人单位协商一致解除劳动合同，也没有禁止劳动者单方提出解除劳动合同。

2. 本条并未禁止用人单位根据《劳动合同法》第 39 条的规定

解除劳动合同。

案例一：员工怀孕期间可否终止事实劳动关系

案情简介

甲某于 2007 年 6 月 5 日应聘于某公司工作，双方不曾签订劳动合同，该公司也没有为甲某办理社会保险。甲某负责该公司的营销工作。同年 11 月 2 日，公司为甲某出具了准生证证明。12 月 30 日止，甲某已经怀孕十五周。12 月 21 日某公司以甲某不适合公司工作为由将其辞退。甲某对该决定不服，以其怀孕期间公司不得辞退为由，向劳动争议仲裁委员会申请仲裁，要求恢复工作，补发至今的工资，并且补办至今的社会保险。

点评

本案系因用人单位在员工怀孕期间终止劳动关系而引起的劳动纠纷。

依据查明的事实，甲某于 2007 年 6 月 5 日与某公司形成劳动关系，同年 12 月 21 日某公司以甲某不适合公司工作为由将其辞退，甲某在该公司工作了六个多月。在此期间，双方虽不曾签订劳动合同，但双方已形成事实上的劳动关系，该劳动关系亦受法律保护。根据《劳动法意见》第 17 条规定，用人单位与劳动者之间形成事实劳动关系，而用人单位故意拖延不订立劳动合同，劳动行政表明应予以纠正。用人单位因此给劳动者造成损害的，应按《违反〈劳动法〉有关劳动合同规定的赔偿办法》的规定进行赔偿。因此，在本案中，某公司应当补签劳动合同并补办社会保险，甲某因此造成损害的，某公司应依法赔偿。（注：本案事实如果发生在 2008 年 1 月 1 日《劳动合同法》施行后，员工有权主张双倍工资的赔偿。）

此外，根据法院查明的事实：该公司辞退甲某时，甲某已怀孕十几周。依据《劳动法》以及《劳动合同法》对于此类弱势员工群体特殊保护的原则及相关规定，女职工在孕期、产期、哺乳期内的，除非劳动者有严重违纪等重大过失，用人单位一般不得单方解除劳动合同，也不得终止劳动关系。因此，该案中，用人单位单方解除或终止劳动关系的决定不符合法律规定，应予撤销。

在本案审理中，某公司提出甲某的行为违反了《劳动法》第25条及《劳动合同法》第39条的规定，用人单位可以解除劳动合同，但是没有能够提供充分的证据证实其理由，因此，用人单位的该项理由不构成其单方解除劳动合同的正当理由。

根据上述分析，用人单位单方解除或终止劳动关系的决定不符合法律规定，应予撤销。

案例二：十二个月医疗期纠纷

案情简介

李先生1996年参加工作，进入某高科技公司，2007年6月因患脑溢血住院治疗。因未缴纳社会保险，公司为其支付了半年的医疗费用后，拒绝继续支付，并提出李先生非因工患病，已经长达半年不能参加工作，无法履行劳动合同规定的义务，致使劳动合同已经失去意义，因此应予以解除。李先生不服，认为自己虽然不是工伤，但应享受职工患病期间的医疗待遇，根据《劳动法》和劳动部《企业职工患病或非因工负伤医疗期规定》，自己应享有至少一年的医疗期，在此期间内，公司不但不能解除劳动合同，还应支付医疗费用并发放病假工资等待遇。双方诉至劳动争议仲裁委员会。劳动争议仲裁委员会审理后裁决：公司不得与李先生解除劳动合同，并应依法支付李先生的医疗费和病假工资。

点评

职工患病不能继续履行劳动合同规定的义务，是否能导致劳动合同的解除，是一个比较常见的问题。本案中，公司一方从单纯的民事合同角度出发，认为一方已经无法继续履行，合同就应该解除。这种理解忽视了劳动合同的特殊性，从而与有关法律规定发生了矛盾。根据《企业职工患病或非因工负伤医疗期的规定》第 3 条的规定，李先生在该公司已经工作满十年，应享受十二个月的医疗期待遇。在十二个月以内，公司是不能解除劳动合同的，按照上述规定，还应继续支付李先生的医疗费用和病假工资。

案例三：工会主席维权案①

案情简介

彭先生于 2002 年 7 月进入某实业有限公司工作，担任品管部经理。2004 年 12 月，经公司职代会选举并经上级工会批准，担任公司工会主席，任期 3 年。2005 年 6 月至 9 月间，因母亲生病，彭先生曾两次请假回老家照料。其间，公司总经理刘某宣布免去彭部门经理职务，降为化验员，并取消其经理级员工的补贴待遇，停发 4 个月工资。彭遂向上级工会反映。后彭某身体不适，住院治疗两个月。公司以彭先生连续旷工 74 天、严重违纪为由，作出辞退决定，并于 2005 年 11 月 30 日与其解除了劳动合同。彭先生认为，自己所受的遭遇，是因为在担任工会主席期间，积极为员工争取权利和福利，结果被新任公司领导有意排挤、刁难所致。2005 年 12 月，彭先生就此事提请劳动仲裁。要求撤销公司做出的免职决定和辞退决定，依法补签劳动合同至 2007 年 12 月（即工会主席一届任职期满），补发工资，并赔偿彭先生维权所造成的 1.6 万元经济损失。2006 年 2 月底，区劳动争议仲裁委员会做出仲裁决定，要求公司补足彭先生工资差额和病假工资差额共 5000 余元，驳回彭的其他仲裁请求。

---

① 本案摘自魏浩征：《2006 年十大劳动争议案件点评》，载《法制日报》2007 年 2 月 12 日公司法务版。

彭先生不服，向法院提起诉讼。进入法院一审阶段后，彭先生的代理律师认为，公司未经本级工会和上级工会的同意，擅自免除彭先生的职务，随意调动工作，变更劳动合同，以致最后无事实依据将其辞退，违反了《工会法》、《劳动法》有关规定，也违反了劳动合同约定。原告彭先生认为，自己所受的遭遇，是因为在担任工会主席期间，积极为员工争取权利和福利，结果被新任公司领导"难看"，有意排挤所致。彭先生的维权行为，不仅是个人维权，也是履行工会的职责，维护《工会法》的正确实施。公司的代理律师则认为，彭先生所说的请年休假、住院、上访维权等情况，均没有按照企业规定办理相关请假手续，属于连续旷工，时间累计长达74天，严重违反了公司纪律。公司免除彭的部门经理职务，是因为他工作不称职，属于正常的企业内部人事调整。将彭某免职以及最后解除劳动合同关系，都是事出有因，公司本级以及北仑区上级工会对此也没有异议。彭先生不能因为有工会主席的身份，就有违反公司劳动纪律的特权。为此，被告方除同意支付病假工资外，要求法院驳回原告的其他全部诉讼请求。2006年4月26日，经过长达4小时的庭审，应原、被告的要求，法官宣布休庭，择日进行法庭调解。后经法院主持，原被告双方达成和解协议，协议内容未对外公布。

点评

该案中，由于涉及企业劳动人事管理实践当中的三大难点问题而尤为引人关注：1. 工会主席等特殊身份的员工的劳动关系处理问题；2. 员工病假、事假等假期管理问题；3. 调岗调薪问题。

按照《工会法》等法律法规规定，基层工会主席、副主席任期未满时，不得随意调动其工作。因工作需要调动时，应当征得本级工会委员会和上一级工会的同意。企业、事业单位调动工会主席、副主席、委员以及工会筹建负责人的劳动（聘用）合同，或者擅自变更、解除工会主席、副主席、委员劳动（聘用）合同的，工会或当事人有权要求企业、事业单位及时纠正，或者要求有关部门处理。但同时，虽为工会主席，同样必须严格遵守企业规章制度，如果严重违反企业的规章制度，企业照样可以按照《劳动法》第25条的规定解除其劳动合同。就本案而言，企业最终胜诉与否，主要看彭某是否旷工构成严重违纪，而认定彭某旷工是否符合事实，又取决于彭某请事、病假是否符合企业的制度规定。同时，解除工会主席等特殊身份的员工的劳动合同，还须注意履行相关的程序规定。

● 关联法规

《中华人民共和国劳动法》（1994年7月5日）

第二十九条　劳动者有下列情形之一的，用人单位不得依据本法第二十六条、第二十七条的规定解除劳动合同：

（一）患职业病或者因工负伤并被确认丧失或者部分丧失劳动能力的；

（二）患病或者负伤，在规定的医疗期内的；

（三）女职工在孕期、产期、哺乳期内的；

（四）法律、行政法规规定的其他情形。

《关于贯彻执行〈中华人民共和国劳动法〉若干问题的意见》（1995年8月4日）

34. 除劳动法第二十五条规定的情形外，劳动者在医疗期、孕期、产期和哺乳期内，劳动合同期限届满时，用人单位不得终止劳动合同。劳动合同的期限应自动延续至医疗期、孕期、产期和哺乳期期满为止。

42. 职工在接近退休年龄（按有关规定一般为五年以内）时因劳动合同到期终止劳动合同的，如果符合退休、退职条件的，可以办理退休、退职手续；不符合退休、退职条件的，在终止劳动合同后按规定领取失业救济金。享受失业救济金的期限届满后仍未就业，符合社会救济条件的，可以按规定领取社会救济金，达到退休年龄时办离退休手续，领取养老保险金。

《中华人民共和国工会法》（2001 年 10 月 27 日修正）

第十八条　基层工会专职主席、副主席或者委员自任职之日起，其劳动合同期限自动延长，延长期限相当于其任职期间；非专职主席、副主席或者委员自任职之日起，其尚未履行的劳动合同期限短于任期的，劳动合同期限自动延长至任期期满。但是，任职期间个人严重过失或者达到法定退休年龄的除外。

《中华人民共和国工伤保险条例》（2003 年 4 月 27 日）

第三十三条　职工因工致残被鉴定为一级至四级伤残的，保留劳动关系，退出工作岗位，享受以下待遇：

（一）从工伤保险基金按伤残等级支付一次性伤残补助金，标准为：一级伤残为 24 个月的本人工资，二级伤残为 22 个月的本人工资，三级伤残为 20 个月的本人工资，四级伤残为 18 个月的本人工资；

（二）从工伤保险基金按月支付伤残津贴，标准为：一级伤残为本人工资的 90%，二级伤残为本人工资的 85%，三级伤残为本人工资的 80%，四级伤残为本人工资的 75%。伤残津贴实际金额低于当地最低工资标准的，由工伤保险基金补足差额；

（三）工伤职工达到退休年龄并办理退休手续后，停发伤残津贴，享受基本养老保险待遇。基本养老保险待遇低于伤残津贴的，由工伤保险基金补足差额。

职工因工致残被鉴定为一级至四级伤残的，由用人单位和职工个人以伤残津贴为基数，缴纳基本医疗保险费。

第三十四条　职工因工致残被鉴定为五级、六级伤残的，享受以下待遇：

（一）从工伤保险基金按伤残等级支付一次性伤残补助金，标准为：五级伤残为 16 个月的本人工资，六级伤残为 14 个月的本人工资；

（二）保留与用人单位的劳动关系，由用人单位安排适当工作。难以安排工作的，由用人单位按月发给伤残津贴，标准为：五级伤残为本人工资的70%，六级伤残为本人工资的60%，并由用人单位按照规定为其缴纳应缴纳的各项社会保险费。伤残津贴实际金额低于当地最低工资标准的，由用人单位补足差额。

经工伤职工本人提出，该职工可以与用人单位解除或者终止劳动关系，由用人单位支付一次性工伤医疗补助金和伤残就业补助金。具体标准由省、自治区、直辖市人民政府规定。

第三十五条 职工因工致残被鉴定为七级至十级伤残的，享受以下待遇：

（一）从工伤保险基金按伤残等级支付一次性伤残补助金，标准为：七级伤残为12个月的本人工资，八级伤残为10个月的本人工资，九级伤残为8个月的本人工资，十级伤残为6个月的本人工资；

（二）劳动合同期满终止，或者职工本人提出解除劳动合同的，由用人单位支付一次性工伤医疗补助金和伤残就业补助金。具体标准由省、自治区、直辖市人民政府规定。

第二十五章

经济补偿金 VS. 赔偿金

◉ **原文链接**

《中华人民共和国劳动合同法》

第四十六条 有下列情形之一的，用人单位应当向劳动者支付经济补偿：

（一）劳动者依照本法第三十八条规定解除劳动合同的；

（二）用人单位依照本法第三十六条规定向劳动者提出解除劳动合同并与劳动者协商一致解除劳动合同的；

（三）用人单位依照本法第四十条规定解除劳动合同的；

（四）用人单位依照本法第四十一条第一款规定解除劳动合同的；

（五）除用人单位维持或者提高劳动合同约定条件续订劳动合同，劳动者不同意续订的情形外，依照本法第四十四条第一项规定终止固定期限劳动合同的；

（六）依照本法第四十四条第四项、第五项规定终止劳动合同的；

（七）法律、行政法规规定的其他情形。

第四十七条 经济补偿按劳动者在本单位工作的年限，每满一年支付一个月工资的标准向劳动者支付。六个月以上不满一年的，按一年计算；不满六个月的，向劳动者支付半个月工资的经济补偿。

劳动者月工资高于用人单位所在直辖市、设区的市级人民政府公布的本地区上年度职工月平均工资三倍的，向其支付经济补偿的标准按职工月平均工资三倍的数额支付，向其支付经济补偿的年限最高不超过十二年。

本条所称月工资是指劳动者在劳动合同解除或者终止前十二个月的平均工资。

第四十八条 用人单位违反本法规定解除或者终止劳动合同，劳动者要求继续履行劳动合同的，用人单位应当继续履行；劳动者不要求继续履行劳动合同或者劳动合同已经不能继续履行的，用人单位应当依照本法第八十七条规定支付赔偿金。

第八十七条 用人单位违反本法规定解除或者终止劳动合同的，应当依照本法第四十七条规定的经济补偿标准的二倍向劳动者支付赔偿金。

第八十三条 用人单位违反本法规定与劳动者约定试用期的，由劳动行政部门责令改正；违法约定的试用期已经履行的，由用人单位以劳动者试用期满月工资为标准，按已经履行的超过法定试用期的期间向劳动者支付赔偿金。

第八十五条 用人单位有下列情形之一的，由劳动行政部门责令限期支付劳动报酬、加班费或者经济补偿；劳动报酬低于当地最低工资标准的，应当支付其差额部分；逾期不支付的，责令用人单位按应付金额百分之五十以上百分之一百以下的标准向劳动者加付赔偿金：

（一）未按照劳动合同的约定或者国家规定及时足额支付劳动者劳动报酬的；

（二）低于当地最低工资标准支付劳动者工资的；

（三）安排加班不支付加班费的；

（四）解除或者终止劳动合同，未依照本法规定向劳动者支付经济补偿的。

第九十七条 ……本法施行之日存续的劳动合同在本法施行后

解除或者终止，依照本法第四十六条规定应当支付经济补偿的，经济补偿年限自本法施行之日起计算；本法施行前按照当时有关规定，用人单位应当向劳动者支付经济补偿的，按照当时有关规定执行。

《中华人民共和国劳动合同法实施条例》

第二十条　用人单位依照劳动合同法第四十条的规定，选择额外支付劳动者一个月工资解除劳动合同的，其额外支付的工资应当按照该劳动者上一个月的工资标准确定。

第二十二条　以完成一定工作任务为期限的劳动合同因任务完成而终止的，用人单位应当依照劳动合同法第四十七条的规定向劳动者支付经济补偿。

第二十三条　用人单位依法终止工伤职工的劳动合同的，除依照劳动合同法第四十七条的规定支付经济补偿外，还应当依照国家有关工伤保险的规定支付一次性工伤医疗补助金和伤残就业补助金。

第二十五条　用人单位违反劳动合同法的规定解除或者终止劳动合同，依照劳动合同法第八十七条的规定支付了赔偿金的，不再支付经济补偿。赔偿金的计算年限自用工之日起计算。

第二十七条　劳动合同法第四十七条规定的经济补偿的月工资按照劳动者应得工资计算，包括计时工资或者计件工资以及奖金、津贴和补贴等货币性收入。劳动者在劳动合同解除或者终止前12个月的平均工资低于当地最低工资标准的，按照当地最低工资标准计算。劳动者工作不满12个月的，按照实际工作的月数计算平均工资。

第三十四条　用人单位依照劳动合同法的规定应当向劳动者每月支付两倍的工资或者应当向劳动者支付赔偿金而未支付的，劳动行政部门应当责令用人单位支付。

◉ **条款解读**

一、经济补偿金的应用情形

经济补偿金是指用人单位依据劳动法律法规的规定在解除、终止劳动合同时向劳动者支付的相关费用。

经济补偿金是国家调节劳动关系的一种经济手段，引导用人单位长期使用劳动者，慎重行使劳动合同解除权利和终止权利。《劳动法》规定，用人单位单方解除劳动合同，依法支付经济补偿金。《劳动合同法》基本延续了《劳动法》关于用人单位单方解除劳动合同支付经济补偿的规定，同时增加规定劳动合同期满，用人单位依法支付经济补偿。

经济补偿也是一种企业承担社会责任的重要方式之一，在我国失业保险制度建立健全过程中，经济补偿可以有效缓减失业者的焦虑情绪和生活实际困难，维护社会稳定。

当有以下情形之一时，用人单位须向劳动者支付经济补偿金：

（一）单位解约型经济补偿金

单位解约型的经济补偿金是指用人单位根据《劳动合同法》第40条、第41条的规定依法单方提前解除劳动合同时需向劳动者支付的经济补偿金，包括用人单位以下列情形为由与劳动者解除劳动合同：

1. 劳动者患病或者非因工负伤，在规定的医疗期满后不能从事原工作，也不能从事由用人单位另行安排的工作的；

2. 劳动者不能胜任工作，经过培训或者调整工作岗位，仍不能胜任工作的；

3. 劳动合同订立时所依据的客观情况发生重大变化，致使劳动合同无法履行，经用人单位与劳动者协商，未能就变更劳动合同内容达成协议的。

4. 用人单位因依照企业破产法规定进行重整、生产经营发生严重困难、企业转产、企业重大技术革新、企业经营方式调整或者其他因劳动合同订立时所依据的客观经济情况发生重大变化，致使劳动合同无法履行等情形，导致用人单位实施经济性裁员的。

（二）员工解约型经济补偿金

劳动者依据《劳动合同法》第 38 条规定单方提出解除劳动合同，用人单位需向劳动者支付的经济补偿金，包括下列法定情形：

1. 用人单位未按照劳动合同约定提供劳动保护或者劳动条件的；

2. 用人单位未及时足额支付劳动报酬的；

3. 用人单位未依法为劳动者缴纳社会保险费的；

4. 用人单位的规章制度违反法律、法规的规定，损害劳动者权益的；

5. 用人单位因以欺诈、胁迫的手段或者乘人之危，使劳动者在违背真实意思的情况下订立或者变更劳动合同的情形致使劳动合同无效的；

6. 用人单位以暴力、威胁或者非法限制人身自由的手段强迫劳动者劳动的，或者用人单位违章指挥、强令冒险作业危及劳动者人身安全的；

7. 法律、行政法规规定劳动者可以解除劳动合同的其他情形。

（三）协商解约型经济补偿金

用人单位与劳动者协商一致，可以解除劳动合同。协商解除劳动合同的动议如果是用人单位提出的，则应支付经济补偿金；协商解除劳动合同的动议如果是员工提出的，则用人单位不须支付经济补偿金。

（四）劳动合同终止型经济补偿金

由于劳动合同终止，用人单位须向劳动者支付的经济补偿金，包括下列情形：

1. 除用人单位维持或者提高劳动合同约定条件续订劳动合同，劳动者不同意续订的情形外，劳动合同期满终止固定期限劳动合同的。

本项规定是《劳动合同法》新增的规定。劳动合同期满时，用人单位同意续订劳动合同，且维持或者提高劳动合同约定条件，劳动者不同意续订的，劳动合同终止，用人单位不支付经济补偿；如果用人单位同意续订劳动合同，但降低劳动合同约定条件，劳动者不同意续订的，劳动合同终止，用人单位应当支付经济补偿；如果用人单位不同意续订，无论劳动者是否同意续订，劳动合同终止，用人单位应当支付经济补偿。

2. 以完成一定工作任务为期限的劳动合同因工作任务完成而终止的。

3. 由于用人单位被依法宣告破产导致劳动合同终止的。

根据《企业破产法》规定，破产清偿顺序中第一项为破产人所欠职工的工资和医疗、伤残补助、抚恤费用，所欠的应当划入职工个人帐户的基本养老保险、基本医疗保险费用，以及法律、行政法规规定应当支付给职工的补偿金。

4. 由于用人单位被吊销营业执照、责令关闭、撤销或者用人单位决定提前解散导致劳动合同终止的。

二、经济补偿金的计算标准

计算经济补偿金的模式是：工作年限乘以每工作一年应得的经济补偿金。

1. 工作年限的计算

劳动者在用人单位的工作年限，应从用人单位用工，即劳动者向该用人单位提供劳动之日起计算。在这里，工作年限，不能理解为连续几个劳动合同的最后一个合同期限，也不能理解为签订书面劳动合同后的工作年限，原则上应包括所有用工期间的连续工龄。

另外，根据《劳动合同法》第 97 条的规定，双方劳动关系跨越 2008 年 1 月 1 日前后的，在劳动合同法施行前（即 2008 年 1 月 1 日前）的工作年限，是否支付经济补偿金，按照 2008 年 1 月 1 日之前的法律规定执行；2008 年 1 月 1 日以后的工作年限，是否支付经济补偿金，按照《劳动合同法》执行。

2. 经济补偿金标准的计算

劳动合同法延续了以往的标准：经济补偿金按劳动者在用人单位工作的年限，每满一年支付一个月工资的标准向劳动者支付。六个月以上不满一年的，按一年计算；不满六个月的，向劳动者支付半个月工资的经济补偿。这里值得注意的是，《劳动合同法》改变了以往规定中，工作时间不满一年的按一年的标准计算。

3. 工资标准的计算

计算经济补偿金时的月工资是指劳动者在劳动合同解除或者终止前十二个月的平均工资。月工资按照劳动者应得工资计算，包括计时工资或者计件工资以及奖金、津贴和补贴等货币性收入。

劳动者在劳动合同解除或者终止前十二个月的平均工资低于当地最低工资标准的，按照当地最低工资标准计算。劳动者工作不满十二个月的，按照实际工作的月数计算平均工资。

劳动者月工资高于用人单位所在直辖市、设区的市级人民政府公布的本地区上年度职工月平均工资三倍的，向其支付经济补偿的标准按职工月平均工资三倍的数额支付，向其支付经济补偿的年限最高不超过十二年。

三、赔偿金的应用情形与计算标准

赔偿金是指用人单位或者员工因违反法律规定或者违反合同约定，造成对方经济损失而向对方支付的赔偿。

一方须向另一方支付赔偿金的法定情形主要有以下四种情形：

（一）用人单位违反《劳动合同法》规定解除或者终止劳动合同，此时，区分两种情况处理：

1. 劳动者要求继续履行劳动合同的，用人单位应当继续履行，并向劳动者赔偿因违法解除或终止劳动合同的经济损失；

2. 劳动者不要求继续履行劳动合同或者劳动合同已经不能继续履行的，用人单位应当依照《劳动合同法》规定经济补偿金标准的二倍向劳动者支付赔偿金。

（二）用人单位违反《劳动合同法》规定与劳动者约定试用期的，由劳动行政部门责令改正；违法约定的试用期已经履行的，由用人单位以劳动者试用期满月工资为标准，按已经履行的超过法定试用期的期间向劳动者支付赔偿金。

（三）用人单位有下列违法情形之一的，由劳动行政部门责令限期支付劳动报酬、加班费或者经济补偿；劳动报酬低于当地最低工资标准的，应当支付其差额部分；逾期不支付的，责令用人单位按应付金额百分之五十以上百分之一百以下的标准向劳动者加付赔偿金：

1. 未按照劳动合同的约定或者国家规定及时足额支付劳动者劳动报酬的；

2. 低于当地最低工资标准支付劳动者工资的；

3. 安排加班不支付加班费的；

4. 解除或者终止劳动合同，未依照本法规定向劳动者支付经济补偿的。

（四）劳动合同订立、履行、变更、解除或终止过程中，用人单位与员工双方任何一方违法或违约给对方造成经济损失，都可以要求对方赔偿经济损失，赔偿金的支付标准除以上法律的明确规定外，其他情形下一般为给对方造成的直接经济损失，须由权利人承担举证责任。

四、经济补偿金与赔偿金的关系

经济补偿金是指用人单位在依法解除或终止劳动合同时按照法律规定向劳动者支付的一种补偿。

赔偿金是指用人单位在违法解除或终止劳动合同以及有其他违法用工情形时按照法律规定向劳动者支付的一种赔偿。

按照《实施条例》第 25 条的规定，用人单位违反劳动合同法的规定解除或者终止劳动合同，依照《劳动合同法》第 87 条的规定支付了双倍工龄补偿的赔偿金的，不再支付经济补偿金。

其他情形下，经济补偿金与赔偿金不会发生竞合，各自独立适用。

● **关联法规**

《中华人民共和国劳动法》（1994 年 7 月 5 日）

第二十八条　用人单位依据本法第二十四条、第二十六条、第二十七条的规定解除劳动合同的，应当依照国家有关规定给予经济补偿。

第八十九条　用人单位制定的劳动规章制度违反法律、法规规定的，由劳动行政部门给予警告，责令改正；对劳动者造成损害的，应当承担赔偿责任。

第九十五条　用人单位违反本法对女职工和未成年工的保护规定，侵害其合法权益的，由劳动行政部门责令改正，处以罚款；对女职工或者未成年工造成损害的，应当承担赔偿责任。

第九十七条　由于用人单位的原因订立的无效合同，对劳动者造成损害的，应当承担赔偿责任。

第九十八条　用人单位违反本法规定的条件解除劳动合同或者故意拖延不订立劳动合同的，由劳动行政部门责令改正；对劳动者造成损害的，应当承担赔偿责任。

第九十九条　用人单位招用尚未解除劳动合同的劳动者，对原用人单位造成经济损失的，该用人单位应当依法承担连带赔偿责任。

第一百零二条　劳动者违反本法规定的条件解除劳动合同或者违反劳动合同中约定的保密事项，对用人单位造成经济损失的，应当依法承担赔偿责任。

《违反〈劳动法〉有关劳动合同规定的赔偿办法》（1995 年 5 月 10 日）

第二条　用人单位有下列情形之一，对劳动者造成损害的，应赔偿劳动者损失：

（一）用人单位故意拖延不订立劳动合同，即招用后故意不按规定订立劳动合同以及劳动合同到期后故意不及时续订劳动合同的；

（二）由于用人单位的原因订立无效劳动合同，或订立部分无效劳动合同的；

（三）用人单位违反规定或劳动合同的约定侵害女职工或未成年工合法权益的；

（四）用人单位违反规定或劳动合同的约定解除劳动合同的。

第三条　本办法第二条规定的赔偿，按下列规定执行：

（一）造成劳动者工资收入损失的，按劳动者本人应得工资收入支付给劳动者，并加付应得工资收入25%的赔偿费用；

（二）造成劳动者劳动保护待遇损失的，应按国家规定补足劳动者的劳动保护津贴和用品；

（三）造成劳动者工伤、医疗待遇损失的，除按国家规定为劳动者提供工伤、医疗待遇外，还应支付劳动者相当于医疗费用25%的赔偿费用。

（四）造成女职工和未成年工身体健康损害的，除按国家规定提供治疗期间的医疗待遇外，还应支付相当于其医疗费用25%的赔偿费用；

（五）劳动合同约定的其他赔偿费用。

《违反和解除劳动合同的经济补偿办法》（1994年12月3日）

第五条　经劳动合同当事人协商一致，由用人单位解除劳动合同的，用人单位应根据劳动者在本单位工作年限，每满一年发给相当于一个月工资的经济补偿金，最多不超过十二个月。工作时间不满一年的按一年的标准发给经济补偿金。

第十一条　本办法中经济补偿金的工资计算标准是指企业正常生产情况下劳动者解除合同前十二个月的月平均工资。

用人单位依据本办法第六条、第八条、第九条解除劳动合同时，劳动者的月平均工资低于企业月平均工资的，按企业月平均工资的标准支付。

《违反〈中华人民共和国劳动法〉行政处罚办法》（1994年12月26日）

第十六条　用人单位未按《劳动法》规定的条件解除劳动合同或者故意拖延不订立劳动合同的，应责令限期改正；逾期不改的，应给予通报批评。

《中华人民共和国民法通则》（1986 年 4 月 12 日）

第一百一十一条　当事人一方不履行合同义务或者履行合同义务不符合约定条件的，另一方有权要求履行或者采取补救措施，并有权要求赔偿损失。

《中华人民共和国合同法》（1999 年 3 月 15 日）

第一百零七条　当事人一方不履行合同义务或者履行合同义务不符合约定的，应当承担继续履行、采取补救措施或者赔偿损失等违约责任。

第二十六章

退工手续 VS. 工作交接

● 原文链接

《中华人民共和国劳动合同法》

第五十条 用人单位应当在解除或者终止劳动合同时出具解除或者终止劳动合同的证明，并在十五日内为劳动者办理档案和社会保险关系转移手续。

劳动者应当按照双方约定，办理工作交接。用人单位依照本法有关规定应当向劳动者支付经济补偿的，在办结工作交接时支付。

用人单位对已经解除或者终止的劳动合同的文本，至少保存二年备查。

第八十四条 ……用人单位违反本法规定，以担保或者其他名义向劳动者收取财物的，由劳动行政部门责令限期退还劳动者本人，并以每人五百元以上二千元以下的标准处以罚款；给劳动者造成损害的，应当承担赔偿责任。

劳动者依法解除或者终止劳动合同，用人单位扣押劳动者档案或者其他物品的，依照前款规定处罚。

第八十五条 用人单位有下列情形之一的，由劳动行政部门责令限期支付劳动报酬、加班费或者经济补偿；……逾期不支付的，责令用人单位按应付金额百分之五十以上百分之一百以下的标准向劳动者加付赔偿金：……（四）解除或者终止劳动合同，未依照本法规定向劳动者支付经济补偿的。

第八十九条　用人单位违反本法规定未向劳动者出具解除或者终止劳动合同的书面证明，由劳动行政部门责令改正；给劳动者造成损害的，应当承担赔偿责任。

《中华人民共和国劳动合同法实施条例》

第二十四条　用人单位出具的解除、终止劳动合同的证明，应当写明劳动合同期限、解除或者终止劳动合同的日期、工作岗位、在本单位的工作年限。

● 条款解读

本条是关于劳动合同解除或者终止后双方义务的规定。

对于用人单位而言，在双方劳动合同解除或终止后主要承担以下四项法律义务：

（一）用人单位有出具解除或者终止劳动合同证明的义务

根据《劳动合同法》及有关法律法规的规定，双方依法解除或者终止劳动合同时，用人单位必须向劳动者出具解除或者终止劳动合同的证明，这包括：用人单位依法解除劳动合同、劳动者依法解除劳动合同、用人单位和劳动者依法终止劳动合同、在用人单位违法解除或者终止劳动合同后依法责令用人单位解除或者终止劳动合同等情形。

用人单位出具证明的时间是：在依法解除或者终止劳动合同的同时。

用人单位出具的解除、终止劳动合同的证明，应当写明劳动合同期限、解除或者终止劳动合同的日期、工作岗位、劳动者在本单位的工作年限等。

规定用人单位有出具解除或者终止劳动合同证明的义务，主要是考虑便于劳动者办理失业登记及再就业。根据《失业保险条例》，用人单位违反本法规定未向劳动者出具解除或者终止劳动合同的书面证明，由劳动行政部门责令改正；给劳动者造成损失的，用人单位应当承担赔偿责任。

（二）用人单位有在十五日内为劳动者办理档案和社会保险关系转移手续的义务

双方劳动合同解除或终止后，用人单位为劳动者办理档案和社会保险关系转移手续是其法定义务，用人单位必须依法履行。同时，档案和社会保险关系转移手续应当在解除或者终止劳动合同之日起十五日内办理完毕。用人单位扣押劳动者档案或者其他物品的，由劳动行政部门责令限期退还劳动者本人，按每一名劳动者五百元以上二千元以下的标准处以罚款；给劳动者造成损害的，用人单位应当承担赔偿责任。

（三）在劳动者办结工作交接时，用人单位有依照本法有关规定向劳动者支付经济补偿金的义务

在劳动者办结交接手续时，用人单位有向劳动者支付经济补偿金义务的，应当依照《劳动合同法》有关规定及时支付经济补偿金。对劳动者的经济补偿金，由用人单位一次性发给。

如果用人单位不及时发给经济补偿的，《劳动合同法》第85条规定了法律责任：解除或者终止劳动合同，未依照本法规定向劳动者支付经济补偿的，由劳动行政部门责令限期支付经济补偿；逾期不支付的，责令用人单位按应付金额百分之五十以上百分之一百以下的标准向劳动者加付赔偿金。

（四）用人单位对已经解除或者终止的劳动合同的文本，有至少保存二年备查的义务

实践中，发生在劳动合同解除或者终止之后的一些劳动争议，往往因为时过境迁，劳动合同文本灭失，导致劳动合同的约定内容无从查证，法院难以判明事实，有时对劳动者极为不利。考虑到劳动合同文本是记载劳动合同双方权利义务的基本文件，用人单位有保留相关档案的义务，因此《劳动合同法》规定了用人单位对已经解除或者终止的劳动文本至少保存二年备查的义务。

这提醒用人单位，《劳动合同法》明确了用人单位保存劳动合同文本的义务，加重其在以后争议中的举证责任。如果不注重此项新增义务，那么很可能在以后的争议中，用人单位会因无法提供被查劳动合同文本，处于不利的地位。

对于劳动者而言，在双方劳动合同解除或终止后主要承担以下两项法律义务：

（一）劳动者有按照双方约定，办理工作交接的义务

劳动者在劳动合同解除或者终止时，不能一走了之，还必须履行相应的法律义务，即按照双方约定，遵循诚实信用的原则办理工作交接的义务。

之所以规定劳动者有办理工作交接的义务，主要时考虑到用人单位的实际情况，为了保持用人单位相关工作的有序、顺利进行，不至于因为劳动者换人后有关工作前后衔接不上，影响正常的生产经营。

工作交接主要包括公司财产物品的返还、资料的交接、工作内容的交接等，双方有约定的从双方约定。

（二）劳动者有按照双方约定或法律规定的保密义务

双方劳动合同解除或终止后，员工仍应按照在职期间的约定或者按照相关法律规定，履行保守企业商业秘密、知识产权的义务。有竞业禁止约定的，履行竞业禁止义务。

须提醒用人单位注意的是，除了用人单位支付经济补偿金的时间与劳动者办结工作交接的时间有关外，在双方劳动合同解除或终止时，劳动者的工作交接与用人单位的退工手续分属劳动者与用人单位各自独立的义务，二者并无必然联系，更没有先后履行之分。因此，用人单位不能因为劳动者未履行工作交接办理义务而免除用人单位办理退工手续的义务。

◉ 操作提示

《劳动合同法》规定，劳动者应该按照双方约定办理工作交接。

因此，要想利用制度规定来规范员工的离职工作交接，就需要在劳动合同中约定类似"员工离职时应严格按照公司的规章制度办理交接手续"这样的约定，才能使操作合法有据。

在确保了这一前提的条件下，在设计工作交接相关制度的时候，建议用人单位还要注意以下几点：

第一、工作交接的时间和内容。

一般情况下，劳动者和用人单位之间的工作交接在双方的劳动关系续存时操作，一般为劳动者提出离职后的 30 天内或者在劳动合同即将终止的 30 天内进行，这里需要提醒用人单位的是，劳动者的工作交接应当尽量在劳动关系结束前做完，否则容易造成事实劳动关系。

此外，在规定工作交接步骤的时候，应当规定好具体交接事项，最好做一张交接明细单，同时明确交接负责人，这样既方便操作，发生争议时用人单位又容易举证。

第二、工作交接不能和支付劳动者工资的时间挂钩。

很多用人单位在制度中规定，劳动者的劳动报酬、经济补偿金在工作交接完毕之日支付，也就是说，如果劳动者不做工作交接就无法拿到工资。殊不知，这样的操作也存在风险。因为根据法律规定，经济补偿金应当在"办结工作交接时支付"，即什么时候办完工作交接什么时候支付。但是劳动者的原本的劳动报酬呢？如果这笔费用因为工作交接没有办结而迟迟不予支付，到时造成的后果就是"拖欠工资"，面临的是 50% 到 100% 的赔偿金。

第三、用人单位办理档案和社会关系转移的义务。

用人单位需在 15 日内为劳动者办理档案和社会关系转移手续。

第四、工作交接和奖惩制度相结合。

劳动者不配合用人单位办理工作交接，用人单位既不能扣工资又不能扣档案，那么用人单位该如何依法维护自己的合法权益呢？

奖惩制度是规章制度在用人单位强有力运行的保障。用人单位只要将"劳动者拒不配合进行工作交接"归入严重违纪的行为中，只要一发生拒不交接的情况，就以严重违纪为由解除劳动合同。这样一来，首先，对于原本有经济补偿金的劳动者，少了经济补偿金是他们所不愿看到的，其次，对于自动提出离职的劳动者，虽然原本就没有经济补偿金，但是现在转变成被公司因严重违纪而解除劳动合同，对于以后的再就业也会造成不小的影响，这自然也不是他们所期望的结果。

同时，法律赋予企业的权利企业也可以在规章制度中再次明确，即：若因劳动者不按约定办理工作交接，给企业造成经济损失的，劳动者应承担相应的赔偿责任。

◉ **典型案例**

案例：员工非法离职不做工作交接，公司如何应对[①]

案情简介

王先生为某公司研发部主管，与公司签订期限为 2006 年 9 月至 2008 年 9 月的劳动合同。2008 年 6 月 12 日，王先生提出辞职，但有些客户资料和技术图纸一直没有交还给公司。公司要求王先生办理工作交接，并拒绝在王先生将这些客户资料交还公司之前为其办理退工手续。2008 年 6 月 15 日，王先生即自行离职，不来公司上班。8 月 10 日，王先生提起劳动仲裁，要求公司为其办理退工手续。公司提起反诉，认为王先生未提前一个月通知公司即自行离职，同时，王先生未工作交接，属于违法辞职，要求王先生交还相关图纸资料，作工作交接，并赔偿因此给公司带来的经济损失。

点评

类似的案例，在企业中经常发生。公司是否能胜诉，主要取决

---

① 魏浩征著：《劳动合同法下的离职员工管理》，中国法制出版社 2007 年 11 月第 1 版，第 148、149 页。

于公司的举证。

员工没有提前一个月通知用人单位就离职，确实违法，但这种违法行为给用人单位造成了什么经济损失，需要用人单位来举证；要求离职的员工返还客户名单、技术图纸等重要资料，也需要用人单位证明这些原属于公司所有的图纸资料确实在员工手中。如果无法拿出充分的证据，公司基本得败诉。

输掉这类案子的公司经常抱怨说现在用人单位是"弱者"，劳动法不保护用人单位这个"弱者"，其实仔细想想，事实并非如此。

我们来反思这个案例。《劳动法》和《劳动合同法》均明确规定员工要跳槽，必须提前一个月书面通知用人单位；在这一个月里，必须做好工作交接。在该案中，这个员工没有做，员工明显违法了，但公司还没法追究他相关的法律责任，问题到底在哪？是在于《劳动法》没有明确规定此种情形下的赔偿金标准，还是在于用人单位自身的相关管理工作没有做到位？主要问题其实还是出在用人单位自身。

从劳动合同法的角度说，它不可能针对劳动者这个经济实力上的弱者去规定此类的赔偿金，即使规定了，用人单位仍然也需要证明员工到底有哪些工作交接是必须做而没有做的。用人单位在无法举证说明员工要做哪些工作交接义务时，不妨想一想，为什么员工领用办公用品都要签收，但是领用技术图纸、客户资料时却没有做签收的工作？为什么重要的会议不做会议纪要并让参会者签字？为什么做重要的工作安排时，不与员工书面确认工作责任确认书？为什么通知员工参与重要的项目研发时不与员工签订书面的项目保密协议？为什么对于重要岗位的员工不让其做定期的书面工作报告？这些管理工作做到位了，当员工离职，用人单位还能没法举证员工的工作交接责任吗？

对于用人单位来说，你打劳动争议官司是要比员工承担更大的举证责任，索赔赔偿金更是如此。因此，不必怨天尤人，进一步加强管理水平，提高管理能力，注重管理工作的流程化、细节化、规范化，这样才能真正维护好用人单位的合法权益。

◉ 关联法规

《企业职工档案管理工作规定》（1992 年 6 月 9 日）

第十八条　企业职工调动、辞职、解除劳动合同或被开除、辞退等，应由职工所在单位在 1 个月内将其档案转交其新的工作单位或其户口所在地的街道劳动（组织人事）部门，职工被劳教、劳改，原所在单位今后还准备录用的，其档案由原所在单位保管。

《劳动部办公厅关于通过新闻媒介通知职工回单位并对逾期不归者按自动离职或矿工处理问题的复函》（1995 年 7 月 31 日）

吉林省劳动厅：

你厅《关于通过新闻媒介通知职工回单位并对逾期不归者按自动离职或矿工处理问题的请示》（吉劳仲字［1995］5 号）收悉。经研究，答复如下：

按照《企业职工奖惩条例》（国发［1982］59 号）第十八条规定精神，企业对有矿工行为的职工做除名处理，必须符合规定的条件并履行相应的程序。因此，企业通知请假、放长假、长期病休职工在规定时间内回单位报到或办理有关手续，应遵循对职工负责的原则，以书面形式直接送达职工本人；本人不在的，交其同住成年亲属签收。直接送达有困难的可以邮寄送达，以挂号查询回执上注明的收件日期为送达日期。只有在受送达职工下落不明，或者用上述送达方式无法送达的情况下，方可公告送达，即张贴公告或通过新闻媒介通知。自发出公告之日起，经过三十日，即视为送达。在此基础上，企业方可对矿工和违反规定的职工按上述法规做除名处理。能用直接送达或邮寄送达而未用，直接采用公告方式送达，视为无效。

企业因故通知停薪留职期限未满的职工在规定时间内回单位报到或办理有关手续，也应按照上述规定的方式通知本人，在此基础上，企业方可按照有关规定及停薪留职协议对其做除名或自动离职处理。企业对停薪留职期满后逾期不归的职工，可按照劳动人事部、国家经济委员会《关于企业职工要求"停薪留职"问题的通知》（劳人计〔1983〕61号）第六条和劳动部《关于自动离职与职工除名如何界定的复函》（劳办发〔1994〕48号）的规定做自动离职处理。

《关于实行劳动合同制度若干问题的通知》 （1996年10月31日）

15. 在劳动者履行了有关义务终止、解除劳动合同时，用人单位应当出具终止、解除劳动合同证明书，作为该劳动者按规定享受失业保险待遇和失业登记、求职登记的凭证。

证明书应写明劳动合同期限、终止或解除的日期、所担任的工作。如果劳动者要求，用人单位可在证明中客观地说明解除劳动合同的原因。

第二十七章

工会监督与集体合同管理

● **原文链接**

《中华人民共和国劳动合同法》

第四条 ……用人单位在制定、修改或者决定有关劳动报酬、工作时间、休息休假、劳动安全卫生、保险福利、职工培训、劳动纪律以及劳动定额管理等直接涉及劳动者切身利益的规章制度或者重大事项时，应当经职工代表大会或者全体职工讨论，提出方案和意见，与工会或者职工代表平等协商确定。

在规章制度和重大事项决定实施过程中，工会或者职工认为不适当的，有权向用人单位提出，通过协商予以修改完善。……

第五条 县级以上人民政府劳动行政部门会同工会和企业方面代表，建立健全协调劳动关系三方机制，共同研究解决有关劳动关系的重大问题。

第六条 工会应当帮助、指导劳动者与用人单位依法订立和履行劳动合同，并与用人单位建立集体协商机制，维护劳动者的合法权益。

第四十一条 有下列情形之一，需要裁减人员二十人以上或者裁减不足二十人但占企业职工总数百分之十以上的，用人单位提前三十日向工会或者全体职工说明情况，听取工会或者职工的意见后，裁减人员方案经向劳动行政部门报告，可以裁减人员……

260

第四十三条 用人单位单方解除劳动合同，应当事先将理由通知工会。用人单位违反法律、行政法规规定或者劳动合同约定的，工会有权要求用人单位纠正。用人单位应当研究工会的意见，并将处理结果书面通知工会。

第五十一条 企业职工一方与用人单位通过平等协商，可以就劳动报酬、工作时间、休息休假、劳动安全卫生、保险福利等事项订立集体合同。集体合同草案应当提交职工代表大会或者全体职工讨论通过。

集体合同由工会代表企业职工一方与用人单位订立；尚未建立工会的用人单位，由上级工会指导劳动者推举的代表与用人单位订立。

第五十二条 企业职工一方与用人单位可以订立劳动安全卫生、女职工权益保护、工资调整机制等专项集体合同。

第五十三条 在县级以下区域内，建筑业、采矿业、餐饮服务业等行业可以由工会与企业方面代表订立行业性集体合同，或者订立区域性集体合同。

第五十四条 集体合同订立后，应当报送劳动行政部门；劳动行政部门自收到集体合同文本之日起十五日内未提出异议的，集体合同即行生效。

依法订立的集体合同对用人单位和劳动者具有约束力。行业性、区域性集体合同对当地本行业、本区域的用人单位和劳动者具有约束力。

第五十五条 集体合同中劳动报酬和劳动条件等标准应当高于当地人民政府规定的最低标准；用人单位与劳动者订立的劳动合同中劳动报酬和劳动条件等标准不得低于集体合同规定的标准。

第五十六条 用人单位违反集体合同，侵犯职工劳动权益的，工会可以依法要求用人单位承担责任；因履行集体合同发生争议，经协商解决不成的，工会可以依法申请仲裁、提起诉讼。

第七十三条 国务院劳动行政部门负责全国劳动合同制度实施

的监督管理。

县级以上地方人民政府劳动行政部门负责本行政区域内劳动合同制度实施的监督管理。

县级以上各级人民政府劳动行政部门在劳动合同制度实施的监督管理工作中，应当听取工会、企业方面代表以及有关行业主管部门的意见。

第七十八条 工会依法维护劳动者的合法权益，对用人单位履行劳动合同、集体合同的情况进行监督。用人单位违反劳动法律、法规和劳动合同、集体合同的，工会有权提出意见或者要求纠正；劳动者申请仲裁、提起诉讼的，工会依法给予支持和帮助。

● 条款解读

一、工会监督的权利与义务

由于用人单位和劳动者存在着管理与被管理、隶属与被隶属的关系，劳动者个体实际上缺乏与用人单位进行平等协商的能力，劳动者的个体维权行为事实上存在着较大的困难。因此劳动者成立组织团体与用人单位就劳动权益进行集体协商、对违法行为进行集体维权有利于保障劳动者合法权益。工会作为劳动者自愿结合的群众组织，在代表职工与企业进行集体协商发挥着重要作用。

（一）工会享有直接涉及劳动者切身利益的规章制度或者重大事项的共决权。

所谓共决权，指直接涉及劳动者切身利益的规章制度或者重大事项，由用人单位和工会共同决定；工会不同意的，用人单位不能单方决定；用人单位不同意的，工会也不能单方决定。

（二）工会成为协调劳动关系三方机制中最重要的一方。

三方机制是国际社会在处理劳动争议纠纷时通用的一种方法。根据国际劳工组织 1976 年 144 号《三方协商促进国际劳工标准公约》规定，三方机制是指政府（通常以劳动部门为代表）、雇主和工人之间，就制定和实施经济与社会政策而进行的所有交往和活动。

即由政府、雇主组织和工会通过一定的组织机构和运作机制共同处理所有涉及劳动关系的问题，如劳动立法、经济与社会政策地制订、就业与劳动条件、工资水平、劳动标准、职业培训、社会保障、职业安全与卫生、劳动争议处理以及对产业行为地规范与防范等。

《劳动合同法》将"三方机制"引入劳动法律关系中，就是为了使劳动者在工作生产过程中，能够获得安全保障，预防大规模集体劳动争议的发生。

目前我国正积极建立符合本国国情的政府、工会和企业三方协调机制。这种协调机制，由各级政府劳动和社会保障部门、工会组织、企业组织派出代表，组成协调机构，对涉及劳动关系的重大问题进行沟通和协商，对拟订有关劳动和社会保障法规以及涉及三方利益调整的重大改革方案和政策措施提出建议。

（三）工会应当帮助、指导劳动者与用人单位依法订立和履行劳动合同，并与用人单位建立集体协商机制，维护劳动者的合法权益。

（四）工会代表职工的利益，维护职工的合法利益是工会的基本职责。用人单位违反劳动法律、法规和劳动合同、集体合同的，工会可以提出意见或要求纠正；企业违反集体合同，侵犯职工劳动权益的，工会可以依法要求企业承担责任；因履行集体合同发生争议，经协商解决不成的，工会可以向劳动争议仲裁机构提请仲裁，仲裁机构不予受理或者对仲裁裁决不服的，可以向人民法院提起诉讼。

（五）工会享有对用人单位解除劳动合同的监督权。

用人单位单方解除劳动合同时，必须提前三十日向工会或者全体职工说明情况，听取工会的意见。工会认为企业违反法律、法规和有关合同，要求重新研究处理时，企业应当研究工会的意见，并将处理结果书面通知工会。

（六）工会享有集体合同签订权。

订立集体合同是一种法律行为，订立集体合同的主体、内容、程序以至于格式都必须符合国家法律、法规和政策的规定。在主体方面，订立集体合同的一方当事人必须是工会或者职工代表，另一方当事人必须是用人单位。尚未建立工会的用人单位，由上级工会指导劳动者推举的代表与用人单位订立集体合同。

（七）工会享有行业性、区域性集体合同的订立权。

行业性集体合同主要是指在一定行业内，由行业性工会联合会与相应行业内各企业，就劳动报酬、工作时间、休息休假、劳动安全卫生、保险福利等事项进行平等协商，所签订的集体合同。

区域性集体合同是指在一定区域内（指镇、区、街道、村、行业），由区域性工会联合会与相应经济组织或区域内企业，就劳动报酬、工作时间、休息休假、劳动安全卫生、保险福利等事项进行平等协商，所签订的集体合同。

二、集体合同的内容和订立原则

目前我国在集体合同立法中存在的主要问题在于：（1）法律规定过于分散，缺乏可操作性；（2）主要依据是劳动和社会保障部制定的《集体合同规定》，规章的立法层次低，缺乏法律的权威性；（3）对企业不进行集体协商、不签订集体合同的责任没有规定。

我国劳动关系领域出现的矛盾，本质在于劳动者与用人单位的力量和地位相差悬殊，依靠双方自主调整只能使情况进一步恶化。因此，需要建立多层次的法律调整机制。在这一多层次的法律调整机制中，由于法律只能规定最低标准，普通劳动合同更多体现用人单位单方意志，集体合同制度无疑成为协调劳动关系至关重要的法律制度。

集体合同的具体内容，可能涉及劳动关系的各个方面，也可能只涉及劳动关系的某个方面。因此，企业职工一方与用人单位可以就劳动报酬、工作时间、休息休假、劳动安全卫生、保险福利等事项中的一项或者数项订立集体合同。

一般而言，集体合同的内容比相关法律规定更具体、更专业，但是比单个劳动合同更原则，更具有一般性。单个劳动者在签订劳动合同同时可以依据法律法规和参照集体合同的相关规定，来约定更有利于自己的条款。

集体合同涉及的事项可以包括下列内容：（1）劳动报酬；（2）工作时间；（3）休息休假；（4）劳动安全与卫生；（5）补充保险和福利；（6）女职工和未成年工特殊保护；（7）职业技能培训；（8）劳动合同管理；（9）奖惩；（10）裁员；（11）集体合同期限；（12）变更、解除集体合同的程序；（13）履行集体合同发生争议时的协商处理办法；（14）违反集体合同的责任；（15）双方认为应当协商的其他内容。

随着社会经济的发展，各方面的问题也逐渐展现，想要一劳永逸在一个集体合同中解决所有问题越来越不可能。为了减少协商谈判所需要的社会成本，也为了更有针对性、更有效地解决劳动关系某一个方面的问题，工会在推进集体合同制度的实践中订立专项集体合同，像劳动安全、女职工权益保护、工资调整机制等社会关注较多的方面已经签订了不少专项集体合同。所谓专项集体合同，是指用人单位与劳动者根据法律、法规、规章的规定，就集体协商的某项内容签订的专项书面协议。

订立集体合同时，应遵循以下原则：

第一、平等协商原则。集体合同双方当事人在签订协议的过程中，处于平等的法律地位，不考虑工会或者职工代表与企业之间在行政上的隶属关系。双方都可以平等地提出自己的主张和要求，本着合作的态度讨论和解决问题，任何一方都不得以任何方式压制或者威胁对方。

第二、民主参与原则。集体合同草案应当提交职工代表大会或者全体职工讨论通过。在签订集体合同的过程中，应当充分发挥职工代表大会的民主管理作用，保障劳动者的知情权和参与权，这样才能更有效地维护劳动者的合法权益，也更有利于推进企业和职工双方积极履行集体合同。

三、集体合同的生效

由劳动行政部门对集体合同进行审查，不仅是订立集体合同的必经程序，也是集体合同的生效条件。

根据《劳动合同法》规定，劳动行政部门自收到集体合同文本之日起十五日内未提出异议的，集体合同即行生效；劳动行政部门自收到集体合同文本之日起十五日内提出异议的，例如集体合同的约定的内容违反法律法规的规定，或者集体合同的双方主体不合法等，集体合同不能即行生效。

依法订立的集体合同对用人单位和劳动者具有约束力，任何一方不得擅自变更或解除集体合同，如果集体合同的当事人违反集体合同的规定，就要承担相应的法律责任。

行业性、区域性集体合同对当地本行业、本区域的用人单位和劳动者具有约束力。同一区域的所有劳动者和用人单位都要平等履行区域性集体合同，同一行业的所有劳动者和用人单位都要平等履行行业性集体合同，而不局限于约束协商谈判、签订该项具体合同的双方代表。

四、集体合同争议处理

《劳动合同法》对于如何处理集体合同争议，强调发挥工会的积极作用。

用人单位违反集体合同，侵犯职工劳动权益的，首先应由劳动者、工会和用人单位协商解决。由工会出面代表劳动者与用人单位协商，可以避免单个劳动者的弱势地位，能够与用人单位更平等、更有效地进行协商。工会依法要求用人单位履行集体合同的，用人单位应当继续履行，并对之前违反集体合同的行为承担法律责任。

因履行集体合同发生争议，协商解决不成的，工会可以代表全体职工，将履行集体合同的争议依法申请仲裁、提起诉讼。

◉ **典型案例**

案例一：工会对用人单位单方解除劳动合同的监督权

案情简介

甲某系某机电公司的职工，某日，因小孩突然生病急送医院，迟到了一个多小时，被巡视的副总经理发现，受到了批评。此后不多日，甲某因为连日照顾小孩身体疲惫，在上班过程中路遇车祸，为了送受伤的对方去医院又迟到了两个小时，恰好又被副总遇到。该副总对此非常不满，斥责一通以后，将此事告知人事主管。当日下午，公司即以甲某无视企业规章、连续违纪为由做出了解除与甲某劳动合同的决定。

甲某为此向人事主管解释，人事主管表示，这是公司决定，其无权改变。后甲某想到了区总工会，便前去寻求帮助。区总工会的接待人员听完甲某讲述，找到了该公司的工会主席了解了情况。之后，区工会又派法律工作者来到公司，对该公司单方解除劳动合同的行为进行了法律解释，使企业认识到了其单方解除劳动合同的行为在程序上存在问题：用人单位单方解除劳动合同，应该事先将解除的理由通知工会。另一方面，对甲某的迟到行为进行了辩解，协调双方的劳动关系。

经商谈调解，该企业最终采纳了总工会的意见，取消了其单方解除与甲某劳动合同的行为。

点评

本案例是劳动者借助工会的权力以维护自身合法权利的典型案例。

为了维护用人单位的用人自主权，用人单位有权依据法律规定单方解除劳动合同，但是，用人单位在单方解除劳动合同时，必须依法进行。所谓依法，既包括用人单位单方解除劳动合同的内容和条件合法，也包括用人单位处理程序的合法。

工会是职工自愿结合的个人阶级的群众组织，应当充分发挥其作用维护职工的合法权益，同时，工会也是用人单位与劳动者沟通的良好中介，用人单位可以借助工会妥善处理好与职工之间的问题。根据我国《劳动法》、《工会法》以及本法的相关规定，用人单位单方解除劳动合同，应该事先将解除的理由通知工会。企业、事业单位处分职工，工会认为不适当的，有权提出意见。工会认为企业违反法律法规和有关合同，要求重新研究处理时，企业应当研究工会的意见，并将处理结果书面通知工会。

而在本案中，该企业在未事先通知工会的情况下，就单方解除甲某劳动合同的行为，侵犯了工会对用人单位单方解除劳动合同的监督权。工会对该解除劳动合同一事有权发表意见，并要求企业重新研究对甲某解除劳动合同的决定。而对此，企业也应当认真研究工会的意见，并将处理结果书面通知工会。

案例二：集体合同与劳动合同不一致时怎么处理

案情简介

甲某与乙公司签订有为期 3 年的劳动合同，合同中约定，甲某工资根据公司盈利状况浮动，具体的浮动幅度并未约定。

在合同签订后，公司工会与公司经协商订立了一份集体合同，该份集体合同中约定，公司所有员工的工资根据公司的盈利状况浮动，公司年盈利 600 万元的，提高 8% 以上，公司年盈利 800 万元的，提高 10% 以上。公司年终核算，盈利了 700 万元。公司依据与甲某之间的劳动合同对其工资提高了 5%，甲某与公司协商要求提高 8%。

协商未果后，甲某求助与乙公司的工会，工会与公司协商要求对甲某的工资提升适用集体合同的规定，在遭到公司拒绝的情况下，工会向当地劳动仲裁委员会申请仲裁。仲裁委员会以该公司工会不是具体争议当事人为由驳回了工会的申请。

点评

本案中，甲某与乙公司之间的劳动合同仅仅约定其工资根据公司盈利状况浮动，具体的浮动幅度并未约定。双方就具体浮动幅度发生争议，属于《劳动合同法》第 18 条规定的情形，劳动合同对劳动报酬和劳动条件等标准约定不明确，引发争议的，用人单位与劳动者可以重新协商；协商不成的，适用集体合同规定；没有集体合同或者集体合同未规定劳动报酬的，实行同工同酬；没有集体合同或者集体合同未规定劳动条件等标准的，适用国家有关规定。

因此，协商不成的，应当适用集体合同规定，即公司应当按照集体合同的约定处理。该公司盈利达 700 万元，所有员工的工资提高 8% 以上，所以甲某的工资应提高 8% 以上。

本案中另一争议的焦点在于，公司是否应该在双方协商未果的情况下，就提升甲某工资的问题适用集体合同、并履行集体合同所规定的义务。这一争议应定性为因履行集体合同发生的争议。根据《劳动合同法》第 56 条规定，因履行集体合同发生争议，经协商不成的，工会可以依法申请仲裁或者提起诉讼。

因此，在该项争议的解决中，工会可以在协商不成的情形下申请仲裁，而仲裁机构以该公司工会不是具体争议当事人为由驳回其申请的做法违反了这一规定，是不妥的。

案例三：集体合同签订过程违法

案情简介

甲公司在签订集体合同时，面临一个问题，即该企业没有设立工会。由此，企业认为应当选取了解企业经营状况的职工参与，于是企业方自己提出了 12 名职工代表名单供职工表决通过。职工认为集体合同中的职工代表应当由全体职工选出，于是有许多工人拒绝参与表决。但是，这个名单最终还是获得了参与表决的工人的半数同意，于是这 12 名职工代表与企业代表 12 人开始进行谈判。

为了防止出现反对和赞成等票情况的出现，企业决定由企业方的一名代表作为谈判的总决定人，在出现等票时行使决定票。谈判中，企业将预先拟定的议案交与讨论，职工代表一致反对，但企业以解雇相威胁，最后集体合同草案获得通过。随即全体代表签订了集体合同，并交当地劳动保障行政部门审查。

点评

本案主要涉及的是集体合同签订过程中存在众多的违法行为。

1. 职工代表的推举。

根据《劳动法》以及《劳动合同法》第51条的规定，集体合同由工会代表企业职工一方与用人单位订立；尚未建立工会的用人单位，由上级工会指导劳动者推举的代表与用人单位订立。因此，本案中，甲公司在签订集体合同时，如果该企业中没有工会，则应当由上级工会指导职工推举的代表与企业签订集体合同，而不应当由企业自己推举职工代表，因此企业的行为不符合法律规定。

2. 职工代表的产生。

根据《集体合同规定》的规定，用人单位未建立工会的，职工代表由本单位职工民主推荐，并经本单位半数以上职工同意。而在本案中，由于劳动者代表不是由职工推举，所以很多工人不参与表决，但是当企业推举的名单获得了参与表决的工人的半数同意后，所谓的职工代表即代表职工又与企业开始进行谈判，该行为不符合法律规定。

3. 代表的兼任。

根据《集体合同规定》的规定，用人单位协商代表与职工协商代表不得相互兼任。而在本案中，企业为了防止出现反对和赞成同等票数的情况，而决定由企业方一名代表作为谈判的总决定人，在难以达成一致意见时行使决定票，事实上违反了法律的规定。

4. 集体合同草案的拟定和通过。

根据我国相关法律规定，集体合同草案应当在职工代表和单位代表双方协商一致基础上提交职工代表大会或者全体职工讨论。职工代表大会或者全体职工讨论集体合同草案，应当有三分之二以上职工代表或者职工出席，且须经全体职工代表半数以上或者全体职工半数以上同意，集体合同草案或专项集体合同草案方获通过。

在本案例中，集体合同草案由企业预先拟定的且当职工代表反对时，企业还对职工代表进行威胁，上述行为均违反法律规定。此外，本案中集体合同草案经全体代表通过，应由双方首席代表签字，然后十日内，交当地劳动保障行政部门审查，审查登记后进行备案。经劳动保障行政部门审查登记生效后的集体合同，双方应及时以适当的形式向各自代表的全体成员公布。

案例四：专项集体合同争议

案情简介

某甲针织品有限公司是一家大型企业，该公司工会成立后积极推动职工在劳动报酬、工作时间、休息休假、劳动安全与卫生等各方面权益的保护，并向公司行政方发出了订立集体合同的要约。行政方受到要约后答应双方各自准备相关内容，择日进行集体协商。

工会按照民主程序推选出职工代表，并组织专门的业务培训，然后由职工代表分头听取职工意见和要求，并在此基础上提出了集体合同协商的主要条款。在具体协商过程中，双方就劳动报酬、工作时间、休息休假等许多方面难以达成一致，致使谈判时断时续，双方意识到要在这段协商过程中解决所有问题困难太大，于是，双方决定先就工资分配形式、工资收入水平及工资调整协商，经过双方的努力和妥协，协商订立了《工资集体协议》，其中规定，"最低工资标准930元/月"，"公司按法定形式支付工资"等多项内容。该合同经劳动行政部门审查通过。

第二年，公司因为效益不佳，提出新方案要降低部分岗位的工资，从而使得部分岗位工资降至870元/月，或者不降低工资，但对职工，以公司生产的毛巾被每条作价100元作为工资补贴，工会依据《工资集体协议》提出反对。

点评

本案主要涉及的是专项集体合同的订立、效力和工资支付形式等问题。

1. 该专项集体合同的订立

在本案中,工会与企业方在难以达成综合性集体合同的情况下,只针对工资问题达成协议进行谈判,最终形成的《工资集体协议》就是符合《劳动合同法》第 54 条规定的专项集体合同。这一专项集体合同及时地维护了职工的主要利益,体现了专项集体合同的特殊作用和价值。本法对专项集体合同的规定比较简略,专项集体合同的签订适用《集体合同规定》的相关规定。该合同协商内容、代表选任、协商程序、审查程序等方面都符合《集体合同规定》的规定,应为有效的专项集体合同。

2. 该专项集体合同的效力

本案例中的《工资集体协议》是合法有效的专项集体合同。根据《集体合同规定》第 6 条规定,符合本规定的集体合同或专项集体合同,对用人单位和本单位的全体职工具有法律约束力。所以,该合同中"最低工资标准 930 元/月"对全体职工有效,该公司提出的降低工资从而使得部分岗位工资降至 870 元/月的要求违反了合同义务。

3. 工资支付的形式

《劳动法》第 50 条确定规定,工资应当以货币形式按月支付给劳动者本人,不得克扣或者无故拖欠劳动者的工资。而且本案中合法有效的《工资集体协议》也明确约定"公司按法定形式支付工资"。所以该公司提出的对职工,以公司生产的毛巾被每条作价 100 元作为补贴,违反了《劳动法》和《工资集体协议》的内容,没有合理根据。

综上,该公司提出的工资调整要求没有合理根据,工会依据

《工资集体协议》提出反对，是维护职工的合法权益，具有法律依据。

案例五：行业性集体合同的效力及于业内所有公司吗

案情简介

某县是中国著名的"眼镜之乡"，眼镜产业发达，但是，最近由于市场竞争激烈，厂家为了压缩成本，降低了工人的各种待遇。由于工人频频跳槽，导致生产不稳定，甚至阻碍了眼镜产业的健康发展。

该县的行业性工会——县眼镜行业工会，在了解这情况时，向县眼镜行业协会提出了集体协商出相关对策的要求。双方分别组织在眼镜行业企业的不同层次企业中选举出集体协商代表，并由这些代表征求各层次企业的劳动者和企业主的意见。双方就劳动报酬、社会保险与福利、休息休假、劳动安全与卫生、劳动争议等几方面进行协商。在协商一致基础上形成了《眼镜行业集体合同》，并由双方代表签字。在这份合同中有一项，企业应为职工提供免费食宿，并规定了食宿的最低标准。

甲某系该县乙公司职工，在行业性集体合同订立之前与乙公司所订立的劳动合同中，并未涉及这些福利。当甲某得知这个《眼镜行业集体合同》生效后，要求乙公司增加有关的待遇。乙公司认为劳动合同中没有约定的，其不需要向甲某提供，且乙公司的负责人也没有在《眼镜行业集体合同》签字，对本公司是无效的。

点评

本案中主要涉及的是行业性集体合同的审查生效和对人效力问题。

1. 该县《眼镜行业集体合同》的审查生效

根据《劳动合同法》第 53 条的规定，在县级以下区域内，建筑业、采矿业、餐饮服务业等行业可以由工会与企业方面代表订立行业性集体合同。本案中的《眼镜行业集体合同》是在县区以内，同时由县眼镜行业工会代表劳动者一方，与代表企业方面的县眼镜行业协会及相关企业主代表进行协商、签字，符合法律规定的相关条件，应认定为行业性集体合同。

2. 本案中该县《眼镜行业集体合同》的审查生效

《劳动合同法》作为全国性法律，首次对行业性集体合同予以确认，是行业性集体合同的重要法律依据。同时，行业性集体合同也是集体合同的一种，在法律没有特别规定时，应适用集体合同的相关规定。所以，其审查生效应参照《劳动合同法》第54条规定，报送劳动行政部门，劳动行政部门自收到集体合同文本之日起十五日内未提出异议的，集体合同即行生效。

在本案中，县眼镜行业协会在订立合同的次日将该合同报送县劳动保障行政部门，县劳动保障行政部门在收到文本后的十五日内没有提出异议。所以，该《眼镜行业集体合同》已经通过审查并生效。

3. 该《眼镜行业集体合同》对甲某所在公司是否有效

该县的《眼镜行业集体合同》是法定主体之间经过法定的程序订立的合法有效的行业性集体合同。行业性集体合同对当地本行业、本区域的用人单位和劳动者具有约束力。由此可见，本案中的《眼镜行业集体合同》对甲某和其所在企业具有约束力。

综上，本案中的《眼镜行业集体合同》是合法有效的行业性集体合同，对原被告双方具有法律效力，乙公司应当根据甲某的请求履行合同所确定的"提供免费食宿"的义务。

案例六：未经审查的集体合同无效

案情简介

甲某与乙公司依法签订了劳动合同，某日甲某因故4日不上班，同时没有履行请假手续。乙公司根据本单位集体合同中规定的条款，

"劳动者连续旷工 2 日以上者，用人单位可以不经提起通知而即时解除劳动合同"，于旷工 7 天后通知甲某，其与公司的劳动合同已被解除。

甲某不服，认为集体合同是无效合同。虽然用人单位根据劳动法制定了集体合同草案，该草案经职代会讨论通过，并由用人单位法定代表人与工会主席签字，对于解除条款，也确有如上条款，但是，该集体合同未报送当地劳动行政部门。

因此，乙公司不能据此与甲某解除劳动合同，甲某要求用人单位继续履行原劳动合同。

点评

本案中重要涉及的是用人单位以无效集体合同作为解除职工劳动合同依据引发劳动纠纷，劳动争议仲裁委员会应裁决撤销用人单位的解除劳动合同的决定。

用人单位的集体合同未按照有关规定报送劳动行政部门并审查通过，从程序上来讲并未生效。根据《劳动合同法》第 34 条、第 52 条第 1 款规定，集体合同订立后，应当报送劳动行政部门；劳动行政部门自收到集体合同文本之日起十五日内未提出异议的，集体合同即行生效。在本案中，用人单位订立集体合同后并未履行这一法定程序，所订立的集体合同并未生效。

用人单位以无效的集体合同对劳动者进行处罚，没有合法的根据，是违法的行为。用人单位解除劳动合同必须具有合法的根据，但在本案中，其所依据的集体合同并未生效。所以该违法行为应当予以撤销。

案例七：先签的劳动合同可否对抗后签的集体合同

案情简介

甲某被乙公司雇用，依法订立了劳动合同。合同中有约定，期限为两年，工资为每月 800 元。在劳动合同履行的第二年，该公司工会代表全体职工与该公司订立了集体合同。集体合同中对多项内容规定了具体标准。其中，关于劳动报酬规定"职工的工资最低不得低于 1000 元／月"。

在集体合同生效后，甲某发现公司仍然按原标准即 800 元发放工资，于是向公司提出异议，要求按照集体合同的规定发放工资。乙公司则认为，公司在之前订立的劳动合同中已经明确约定了工资水平，应当按照这一约定履行。

点评

本案主要涉及集体合同对于生效之前已有的劳动合同的效力问题。

在本案中，集体合同与原本有效的劳动合同内容冲突，即劳动合同在集体合同订立之前已经有效存在。那么集体合同与劳动合同的哪个具有更高的效力层级呢？

根据《劳动合同法》的规定，用人单位与劳动者订立的劳动合同中劳动报酬和劳动条件等标准不得低于集体合同规定的标准。因此，集体合同的效力高于劳动合同，所以，在集体合同订立、生效之前，甲某与乙公司之间的劳动合同不存在与集体合同产生冲突的问题，所以有效。而在该集体合同生效之后，甲某与乙公司之间的原来的劳动合同关于工资的约定由于低于集体合同规定的标准，两者产生了冲突。此时，应当认为集体合同的效力更高，在冲突内容的范围内，应当适用集体合同。

综上，本案中的集体合同对甲某有效，而且其效力高于甲某与乙公司之间的劳动合同。乙公司在集体合同订立后，应当按照集体合同规定的工资标准给甲某发放工资。

◉ **关联法规**

《中华人民共和国劳动法》（1994 年 7 月 5 日）

第七条　劳动者有权依法参加和组织工会。工会代表和维护劳动者的合法权益，依法独立自主地开展活动。

第八条　劳动者依照法律规定，通过职工大会、职工代表大会或者其他形式，参与民主管理或者就保护劳动者合法权益与用人单位进行平等协商。

第三十条　用人单位解除劳动合同，工会认为不适当的，有权提出意见。如果用人单位违反法律、法规或者劳动合同，工会有权要求重新处理；劳动者申请仲裁或者提起诉讼的，工会应当依法给予支持和帮助。

第三十三条　企业职工一方与企业可以就劳动报酬、工作时间、休息休假、劳动安全卫生、保险福利等事项，签订集体合同。集体合同草案应当提交职工代表大会或者全体职工讨论通过。

集体合同由工会代表职工与企业签订；没有建立工会的企业，由职工推举的代表与企业签订。

第三十五条　依法签订的集体合同对企业和企业全体职工具有约束力。职工个人与企业订立的劳动合同中劳动条件和劳动报酬等标准不得低于集体合同的规定。

第八十四条　因签订集体合同发生争议，当事人协商解决不成的，当地人民政府劳动行政部门可以组织有关各方协调处理。因履行集体合同发生争议，当事人协商解决不成的，可以向劳动争议仲裁委员会申请仲裁；对仲裁裁决不服的，可以自收到仲裁裁决书之日起十五日内向人民法院提起诉讼。

第八十八条　各级工会依法维护劳动者的合法权益，对用人单位遵守劳动法律、法规的情况进行监督。任何组织和个人对于违反劳动法律、法规的行为有权检举和控告。

《中华人民共和国工会法》（2001 年 10 月 27 日修正）

第六条　维护职工合法权益是工会的基本职责。工会在维护全国人民总体利益的同时，代表和维护职工的合法权益。

工会通过平等协商和集体合同制度，协调劳动关系，维护企业职工劳动权益。

工会依照法律规定通过职工代表大会或者其他形式，组织职工参与本单位的民主决策、民主管理和民主监督。

工会必须密切联系职工，听取和反映职工的意见和要求，关心职工的生活，帮助职工解决困难，全心全意为职工服务。

第二十条 工会帮助、指导职工与企业以及实行企业化管理的事业单位签订劳动合同。

工会代表职工与企业以及实行企业化管理的事业单位进行平等协商，签订集体合同。集体合同草案应当提交职工代表大会或者全体职工讨论通过。

工会签订集体合同，上级工会应当给予支持和帮助。

企业违反集体合同，侵犯职工劳动权益的，工会可以依法要求企业承担责任；因履行集体合同发生争议，经协商解决不成的，工会可以向劳动争议仲裁机构提请仲裁，仲裁机构不予受理或者对仲裁裁决不服的，可以向人民法院提起诉讼。

第二十一条 企业、事业单位处分职工，工会认为不适当的，有权提出意见。

企业单方面解除职工劳动合同时，应当事先将理由通知工会，工会认为企业违反法律、法规和有关合同，要求重新研究处理时，企业应当研究工会的意见，并将处理结果书面通知工会。

职工认为企业侵犯其劳动权益而申请劳动争议仲裁或者向人民法院提起诉讼的，工会应当给予支持和帮助。

第二十二条 企业、事业单位违反劳动法律、法规规定，有下列侵犯职工劳动权益情形，工会应当代表职工与企业、事业单位交涉，要求企业、事业单位采取措施予以改正；企业、事业单位应当予以研究处理，并向工会作出答复；企业、事业单位拒不改正的，工会可以请求当地人民政府依法作出处理：

（一）克扣职工工资的；

（二）不提供劳动安全卫生条件的；

（三）随意延长劳动时间的；

（四）侵犯女职工和未成年工特殊权益的；

（五）其他严重侵犯职工劳动权益的。

《工资集体协商试行办法》（2001 年 11 月 8 日）

第五条　职工个人与企业订立的劳动合同中关于工资报酬的标准，不得低于工资协议规定的最低标准。

《集体合同规定》（2004 年 1 月 20 日）

第三条　本规定所称集体合同，是指用人单位与本单位职工根据法律、法规、规章的规定，就劳动报酬、工作时间、休息休假、劳动安全卫生、职业培训、保险福利等事项，通过集体协商签订的书面协议；所称专项集体合同，是指用人单位与本单位职工根据法律、法规、规章的规定，就集体协商的某项内容签订的专项书面协议。

第六条　符合本规定的集体合同或专项集体合同，对用人单位和本单位的全体职工具有法律约束力。用人单位与职工个人签订的劳动合同约定的劳动条件和劳动报酬等标准，不得低于集体合同或专项集体合同的规定。

第二十条　职工一方的协商代表由本单位工会选派。未建立工会的，由本单位职工民主推荐，并经本单位半数以上职工同意。

职工一方的首席代表由本单位工会主席担任。工会主席可以书面委托其他协商代表代理首席代表。工会主席空缺的，首席代表由工会主要负责人担任。未建立工会的，职工一方的首席代表从协商代表中民主推举产生。

第二十一条　用人单位一方的协商代表，由用人单位法定代表人指派，首席代表由单位法定代表人担任或由其书面委托的其他管理人员担任。

第二十三条　第二款 首席代表不得由非本单位人员代理。

第四十二条　集体合同或专项集体合同签订或变更后，应当自双方首席代表签字之日起 10 日内，由用人单位一方将文本一式三份报送劳动保障行政部门审查。

劳动保障行政部门对报送的集体合同或专项集体合同应当办理登记手续。

第四十七条 劳动保障行政部门自收到文本之日起 15 日内未提出异议的，集体合同或专项集体合同即行生效。

第四十八条 生效的集体合同或专项集体合同，应当自其生效之日起由协商代表及时以适当的形式向本方全体人员公布。

第四十九条 集体协商过程中发生争议，双方当事人不能协商解决的，当事人一方或双方可以书面向劳动保障行政部门提出协调处理申请；未提出申请的，劳动保障行政部门认为必要时也可以进行协调处理。

第五十条 劳动保障行政部门应当组织同级工会和企业组织等三方面的人员，共同协调处理集体协商争议。

第五十一条 集体协商争议处理实行属地管辖，具体管辖范围由省级劳动保障行政部门规定。

中央管辖的企业以及跨省、自治区、直辖市用人单位因集体协商发生的争议，由劳动保障部指定的省级劳动保障行政部门组织同级工会和企业组织等三方面的人员协调处理，必要时，劳动保障部也可以组织有关方面协调处理。

第五十二条 协调处理集体协商争议，应当自受理协调处理申请之日起 30 日内结束协调处理工作。期满未结束的，可以适当延长协调期限，但延长期限不得超过 15 日。

第五十三条 协调处理集体协商争议应当按照以下程序进行：

（一）受理协调处理申请；

（二）调查了解争议的情况；

（三）研究制定协调处理争议的方案；

（四）对争议进行协调处理；

（五）制作《协调处理协议书》。

第五十四条 《协调处理协议书》应当载明协调处理申请、争议的事实和协调结果，双方当事人就某些协商事项不能达成一致的，应将继续协商的有关事项予以载明。《协调处理协议书》由集体协商争议协调处理人员和争议双方首席代表签字盖章后生效。争议双方均应遵守生效后的《协调处理协议书》。

《劳动保障监察条例》（2004年11月1日）

第七条 各级工会依法维护劳动者的合法权益，对用人单位遵守劳动保障法律、法规和规章的情况进行监督。

劳动保障行政部门在劳动保障监察工作中应当注意听取工会组织的意见和建议。

第二十八章

对劳务派遣的规范与限制

● **原文链接**

《中华人民共和国劳动合同法》

第五十七条 劳务派遣单位应当依照公司法的有关规定设立，注册资本不得少于五十万元。

第五十八条 劳务派遣单位是本法所称用人单位，应当履行用人单位对劳动者的义务。劳务派遣单位与被派遣劳动者订立的劳动合同，除应当载明本法第十七条规定的事项外，还应当载明被派遣劳动者的用工单位以及派遣期限、工作岗位等情况。

劳务派遣单位应当与被派遣劳动者订立二年以上的固定期限劳动合同，按月支付劳动报酬；被派遣劳动者在无工作期间，劳务派遣单位应当按照所在地人民政府规定的最低工资标准，向其按月支付报酬。

第五十九条 劳务派遣单位派遣劳动者应当与接受以劳务派遣形式用工的单位（以下称用工单位）订立劳务派遣协议。劳务派遣协议应当约定派遣岗位和人员数量、派遣期限、劳动报酬和社会保险费的数额与支付方式以及违反协议的责任。

用工单位应当根据工作岗位的实际需要与劳务派遣单位确定派遣期限，不得将连续用工期限分割订立数个短期劳务派遣协议。

第六十条 劳务派遣单位应当将劳务派遣协议的内容告知被派

遣劳动者。

劳务派遣单位不得克扣用工单位按照劳务派遣协议支付给被派遣劳动者的劳动报酬。

劳务派遣单位和用工单位不得向被派遣劳动者收取费用。

第六十一条 劳务派遣单位跨地区派遣劳动者的，被派遣劳动者享有的劳动报酬和劳动条件，按照用工单位所在地的标准执行。

第六十二条 用工单位应当履行下列义务：

（一）执行国家劳动标准，提供相应的劳动条件和劳动保护；

（二）告知被派遣劳动者的工作要求和劳动报酬；

（三）支付加班费、绩效奖金，提供与工作岗位相关的福利待遇；

（四）对在岗被派遣劳动者进行工作岗位所必需的培训；

（五）连续用工的，实行正常的工资调整机制。

用工单位不得将被派遣劳动者再派遣到其他用人单位。

第六十三条 被派遣劳动者享有与用工单位的劳动者同工同酬的权利。用工单位无同类岗位劳动者的，参照用工单位所在地相同或者相近岗位劳动者的劳动报酬确定。

第六十四条 被派遣劳动者有权在劳务派遣单位或者用工单位依法参加或者组织工会，维护自身的合法权益。

第六十五条 被派遣劳动者可以依照本法第三十六条、第三十八条的规定与劳务派遣单位解除劳动合同。

被派遣劳动者有本法第三十九条和第四十条第一项、第二项规定情形的，用工单位可以将劳动者退回劳务派遣单位，劳务派遣单位依照本法有关规定，可以与劳动者解除劳动合同。

第六十六条 劳务派遣一般在临时性、辅助性或者替代性的工作岗位上实施。

第六十七条 用人单位不得设立劳务派遣单位向本单位或者所属单位派遣劳动者。

第九十二条 劳务派遣单位违反本法规定的，由劳动行政部门和其他有关主管部门责令改正；情节严重的，以每人一千元以上五千元以下的标准处以罚款，并由工商行政管理部门吊销营业执照；给被派遣劳动者造成损害的，劳务派遣单位与用工单位承担连带赔偿责任。

《中华人民共和国劳动合同法实施条例》

第二十八条　用人单位或者其所属单位出资或者合伙设立的劳务派遣单位，向本单位或者所属单位派遣劳动者的，属于劳动合同法第六十七条规定的不得设立的劳务派遣单位。

第二十九条　用工单位应当履行劳动合同法第六十二条规定的义务，维护被派遣劳动者的合法权益。

第三十条　劳务派遣单位不得以非全日制用工形式招用被派遣劳动者。

第三十一条　劳务派遣单位或者被派遣劳动者依法解除、终止劳动合同的经济补偿，依照劳动合同法第四十六条、第四十七条的规定执行。

第三十二条　劳务派遣单位违法解除或者终止被派遣劳动者的劳动合同的，依照劳动合同法第四十八条的规定执行。

第三十五条　用工单位违反劳动合同法和本条例有关劳务派遣规定的，由劳动行政部门和其他有关主管部门责令改正；情节严重的，以每位被派遣劳动者1000元以上5000元以下的标准处以罚款；给被派遣劳动者造成损害的，劳务派遣单位和用工单位承担连带赔偿责任。

● 条款解读

劳务派遣，在人力资源界一般称之为人力派遣或租赁，也有称之为劳动派遣。通常指，劳务派遣公司与派遣劳工签订劳动合同，在得到派遣劳工同意后，使其在被派企业指挥监督下提供劳动。劳务派遣最大特点是劳动力雇佣与劳动力使用相分离，被派遣劳动者不与被派企业签订劳动合同，发生劳动关系，而是与派遣公司存在劳动关系，但却被派遣至要派企业劳动，形成"有关系没劳动，有劳动没关系"的特殊形态。

劳务派遣业务起源于上个世纪五、六十年代的美国，当时由于经济结构调整，产业结构和用工形式发生了巨大变革。企业为谋求生存、发展不得不大规模地裁员，被裁减员工中有一技之长者成了人才派遣的对象，人才派遣业务应运而生。

派遣业务产生之后，在日本、美国、欧洲等国家或地区发展非常迅猛。据美国的奈斯比特在《企业革命》一书中介绍，美国 1983 年被"派遣"的人尚不到 4 千人，但 1984 年就达到 5 至 6 万人。于是有人说，今后十年中被"派遣"的人数将达到一千万人。事实上，美国人才（劳务）派遣的速度与奈斯比特预见相比要快很多。美国最大的一家企业就是一个人才派遣公司，现有员工 600 万。日本从事人才派遣的企业有 4000 多个，最大一个有 20 多万员工，营业额达到了几千亿日元。

上世纪 90 年代末劳务派遣业务从日本、欧美进入中国，现已出现了一些规模影响大、专业水平高、市场化程度强的企业。

劳务派遣作为一种新型的用工方式，在国内市场上一直倍受争议。目前规范劳务派遣的法律规定极少，基本上是立法的空白点，因此，新法在第五章中整整用了第二节共十一个条款来规范劳务派遣。

有关劳务派遣的条款，也一直是《劳动合同法》立法过程中最大的争议焦点之一。此次劳务派遣新的规定中对用人单位影响较大的变化主要集中在以下几个方面：1. 劳务派遣单位应与被派遣劳动者订立二年以上的固定期限劳动合同；2. 被派遣劳动者享有与用工单位的劳动者同工同酬的权利；3. 劳务派遣一般在临时性、辅助性或者替代性的工作岗位上实施等。

从这些新规定的趋势看，用人单位使用劳务派遣用工的预期利益与以前相比，将大为降低，劳务派遣用工的市场规模也将缩小。

《劳动合同法》主要从以下几个方面对劳务派遣进行了规范与限制：

一、为劳务派遣单位设置了准入门槛

必须依照《公司法》依法设立，明确规定注册资金不得低于五十万元。因此，事实上，劳务派遣公司的主体资格要严于一般用工单位的主体资格。

二、明确规定了劳务派遣单位应当履行《劳动合同法》规定的用人单位对劳动者的义务

劳务派遣单位与劳动者形成《劳动合同法》规定的正式劳动关系。劳务派遣单位要承担用人单位的全部权利和义务。如，派遣单位承担依法招用劳动者、签订劳动合同以及解除劳动合同时支付经济补偿金、支付工资、参加社会保险并依法缴费等义务。

三、劳务派遣单位应承担比一般直接用工单位更多的法律义务

劳务派遣单位与被派遣劳动者订立的劳动合同除了要有《劳动合同法》第 17 条规定一般劳动合同的必备条款外，还要明确约定被派遣劳动者的用工单位以及派遣期限、工作岗位等情况。

劳务派遣单位与被派遣劳动者应当订立二年以上的固定期限劳动合同，而一般的劳动合同并没有最低期限的规定。同时，被派遣劳动者在无工作期间，劳务派遣单位应当按照所在地人民政府规定的最低工资标准，向其按月支付报酬。

四、强制规定劳务派遣单位应当与用人单位签订劳务派遣协议

在该劳务派遣协议中，应当明确派遣岗位和人员数量、派遣期限、劳动报酬和社会保险费的数额与支付方式以及违反协议的责任等内容。这里，派遣岗位是指被被派遣劳动者在用工单位中将被安排的工作性质、职位；派遣期限是指被派遣劳动者依派遣协议的派遣用工单位指挥、管理的时间。在劳务派遣协议中明确劳动报酬和社会保险费的数额与支付方式以及违反协议的责任等内容，将有利于明确派遣单位与用工单位的权利义务，从而避免发生争议时派遣单位与用工单位相互推诿的出现，有利于劳动者合法劳动权益的保护。

五、劳务派遣单位应当将劳务派遣协议的内容告知被派遣劳动者

劳务派遣协议中关于派遣岗位、派遣期限、劳动报酬和社会保险费的数额与支付方式等多项内容都与被派遣劳动者的利益密切相关，劳务派遣单位一般依据劳务派遣协议的相关内容与劳动者订立劳动合同，因此有必要让被派遣劳动者及时全面地了解劳务派遣协议的相关内容。劳务派遣单位的告知义务使得劳务派遣单位和用工单位对被派遣劳动者所负有的义务和责任的分配等内容劳动者具有更大的透明性，从制度上减小了劳务派遣协议双方相互串通危害被派遣劳动者利益的可能。

六、禁止劳务派遣单位克扣被派遣劳动者的劳动报酬

在劳务派遣过程中，一般由劳务派遣单位与用工单位订立劳务派遣协议，并约定采取如下形式发放劳动者的工资：用工单位按月管理和考核被派遣劳动者情况，确定劳动者应发放工资总额、社保经费、加班费、个人所得税等，按月支付给劳务派遣单位，劳务派遣单位代发全部被派遣劳动者的工资、代扣代缴个人所得税、代扣代交社会保险金等。实践中，由于劳动者对劳务派遣单位来说处于弱势，对用工单位按照劳务派遣协议支付给被派遣劳动者的劳动报酬并不直接控制，从而受制于派遣单位，容易造成劳务派遣单位克扣被派遣劳动者劳动报酬的问题。本条对此情形予以明确禁止，有利于保障劳动者获得自己为用工单位提供相应劳动所应得的报酬。

七、禁止劳务派遣单位和用工单位向被派遣劳动者收取任何费用

在劳务派遣的过程中，劳务派遣单位向社会招用劳动者并订立劳动合同，对劳动者进行派遣、并行使对劳动者的处分权、辞退权等人事管理权。同时，由劳务派遣单位作为用人单位承担其对劳动者的劳动报酬和保险福利等由劳动合同法律法规规定的义务。双方之间是用人单位和劳动者的关系，劳务派遣单位为劳动者提供工作岗位是其应当履行的法律责任和劳动合同责任，因此不得对劳动者收取费用。劳务派遣单位与用工单位之间订立劳务派遣协议，从而形成劳务派遣关系，为用工单位提供劳务人员，并根据劳务派遣协议从用工单位获得报酬及管理费等。

用工单位与劳务派遣单位之间订立劳务派遣协议从而形成劳务派遣关系，劳务派遣单位根据劳务派遣协议为用工单位提供劳务人员。所以劳动者根据与劳务派遣单位的劳动合同而向用工单位提供劳务，双方之间形成劳务服务关系。用工单位对劳动者负有管理职责，所以，用工单位亦不应当向劳动者收取费用。

八、劳务派遣单位跨地区派遣劳动者的，被派遣劳动者享有的劳动报酬和劳动条件，按照用工单位所在地的标准执行

劳务派遣往往是由经济较落后而劳动力相对过剩的地区向经济较为发达但劳动力相对短缺的地区进行劳务派遣，也就是说，用工单位所在地区的劳动条件和劳动报酬条件一般要优于劳务派遣单位所在地区。实践中，这种劳动条件和劳动报酬的差距往往成为用工单位和劳务派遣单位剥夺劳动者正当权益的缘由，劳动者的合法权益往往因此受到侵害，仅仅可以拿到劳务派遣单位所在地标准的工资，甚至可能成为劳务派遣的"吸引力所在"。基于此，法律对于派遣用工的法律标准适用地作了明确规定。

九、明确规定了用工单位的义务

1. 执行国家劳动标准，提供相应的劳动条件和劳动保护；

2. 告知被派遣劳动者的工作要求和劳动报酬；

3. 支付加班费、绩效奖金，提供与工作岗位相关的福利待遇；

由于用工单位在生产经营过程中，可能会出现加班加点的情况，而加班费的支付与数额不可能在劳务派遣协议中与劳务派遣单位事先约定。绩效奖金是一个时期或者一项任务的完成而按照劳动者劳动绩效而计算、发放的奖金，也不能事先约定。提供与工作岗位相关的福利待遇体现劳务工与用工单位其他职工同工同酬，因此，加班加点工资报酬的加班费、绩效奖金、与工作岗位相关的福利待遇等都应当在劳务派遣单位支付的工资之外，由用工单位向被派遣劳动者支付。

4. 对在岗被派遣劳动者进行工作岗位所必需的培训；

劳务派遣单位应当按照用工单位的要求派遣符合后者要求的劳动者。但如果用工单位在接受被派遣劳动者后认为按照本单位的岗位需要须进一步对劳动者进行培训的，则由用工单位自己负责对在岗被派遣劳动者进行工作岗位所必需的培训，该费用由用工单位承担。

5. 连续用工的，实行正常的工资调整机制。

6. 禁止用工单位将被派遣劳动者再派遣到其他用人单位。

十、被派遣劳动者与用工单位的劳动者享有同工同酬的权利

同工同酬是指用人单位对于从事相同工作，付出等量劳动且取得相同劳绩的劳动者，应支付同等的劳动报酬。

同工同酬的实行存在比照标准的问题，根据劳务派遣的特点，被派遣劳动者与用工单位不存在劳动合同关系，所以容易被适用歧视性待遇，而与用工单位订立劳动合同的劳动者则不易存在此类问题，所以《劳动合同法》明确规定，被派遣劳动者同工同酬的比照标准是与用工单位存在劳动关系的用工单位的劳动者。

在用工单位无同类岗位劳动者的情况下，很难确定对被派遣劳动者同工同酬的具体标准，难免为歧视性待遇留下缺口。为了更好地贯彻同工同酬的原则，《劳动合同法》规定了在用工单位无同类岗位劳动者时，参照用工单位所在地相同或者相近岗位劳动者的劳动报酬确定劳动报酬的技术性措施。

十一、被派遣劳动者无论是在劳务派遣单位，还是在用工单位都可以依法参加和组织工会

实践中，劳务派遣工参加工会的情况比较特殊，劳务派遣单位由于将职工都派遣出去了，职工很分散，所处的环境又不同，因此很少有组建工会的，即使组建了，工会工作也很难开展，同时劳务派遣工尽管在用工单位工作，但不是用工单位的职工，因此劳务派遣工一般也不被允许参加用工单位的工会。正是考虑到这些特殊情况，《劳动合同法》规定了劳务派遣工组织和参加工会的权利，以维护自身的合法权益。至于是参加劳务派遣单位的工会，还是参加用工单位的工会，可以根据实际情况定。

十二、被派遣劳动者可以依照《劳动合同法》的规定，与劳务派遣单位解除劳动合同；劳务派遣单位可以按照《劳动合同法》的规定，与劳动者解除或终止劳动合同。劳动合同解除或终止，相关经济补偿、赔偿金标准按《劳动合同法》规定执行

十三、用工单位可依据派遣协议的约定将劳动者退回劳务派遣单位，当被派遣劳动者有《劳动合同法》第 39 条和第 40 条第（一）项、第（二）项规定情形的，用工单位也可以将劳动者直接退回劳务派遣单位

十四、劳务派遣一般仅适用于临时性、辅助性或者替代性的工作岗位

从一些国外和地区的规定看，大多数国家在劳务派遣初期都对其实行了严格的管制，对工作岗位都做了一定的限制，都经历了由管制到逐步放开的一个过程。从目前来看，劳务派遣是全世界范围用工的发展方向。

对于劳务派遣要规范和管制，但又不能约束得太死，因此，《劳动合同法》规定了劳务派遣一般仅适用于临时性、辅助性或者替代性的工作岗位，但对于何谓"临时性、辅助性或者替代性的工作岗位"则没有做出明确界定。

十五、禁止用人单位设立劳务派遣单位向本单位或者所属单位派遣劳动者，同时也禁止用人单位或者其所属单位出资或者合伙设立的劳务派遣单位，向本单位或者所属单位派遣劳动者

十六、劳务派遣单位不得以非全日制用工形式招用被派遣劳动者

劳务派遣单位违反《劳动合同法》规定的，由劳动行政部门和其他有关主管部门责令改正；情节严重的，以每人 1000 元以上 5000 元以下的标准处以罚款，并由工商行政管理部门吊销营业执照。

用工单位违反《劳动合同法》有关劳务派遣规定的，由劳动行

政部门和其他有关主管部门责令改正；情节严重的，以每位被派遣劳动者 1000 元以上 5000 元以下的标准处以罚款。

不论是劳务派遣单位还是用工的违法行为给被派遣劳动者造成损害的，都由劳务派遣单位与用工单位承担连带赔偿责任。

● 操作提示

1. 用人单位在选择派遣单位时，应该注意劳务派遣单位的资质，确保其有用工权。否则，用人单位和劳动者的关系将转化为劳动关系。

2. 用工单位在派遣用工中须承担连带赔偿责任，这一点决定了劳务派遣中找好派遣公司的重要性。因此，要遴选一家规范、有实力、良好声誉并且懂劳动法的派遣公司。

3. 对派遣公司合法、规范用工要加强监督。

4. 劳务派遣合同及派遣公司与劳动者订立的劳动合同要合法、全面、精确、科学设计条款。

5. 对派遣员工加强日常管理，及时沟通，适时信息披露，减少信息不对等造成的纠纷。

6. 重要岗位、核心岗位、涉密岗位、出资培训的岗位，不建议使用劳务派遣。

● 典型案例

案例一：派遣不出去期间，派遣公司应支付最低工资

案情简介

某劳务派遣公司是依法注册成立的劳务派遣单位，长期从事劳务派遣业务，在业界有较好的名声。甲某应聘该单位，订立了为期两年的劳动合同，合同约定由某劳务派遣公司将甲某派遣至某工厂作后勤人员，派遣期限为一年。派遣期满后的两个月，甲某没有合适的工作岗位，某劳务派遣公司也未给他发放工资。

甲某依据当地最低工资标准向公司索要工资，公司以劳动合同中没有约定为由，拒绝予以支付。甲某于是向当地劳动与社会保障部门反映，要求补发所拖欠的工资。

点评

本案中主要涉及到以劳务派遣形式用工的劳动合同与被派遣劳动者在无工作期间的待遇问题。

一、关于以劳务派遣形式用工的劳动合同

《劳动合同法》第58条规定，劳务派遣单位与用工单位订立的劳动合同，除了要有本法第17条规定一般劳动合同的必备条款外，还要明确约定被派遣劳动者的用工单位以及派遣期限、工作岗位等情况。在本案中，某公司与甲某订立的劳动合同中明确约定了法定的相关内容，是合法有效的劳动合同。其中没有约定用工单位在无工作期间的工资待遇问题，并不影响该劳动合同的效力。

二、关于被派遣劳动者在无工作期间的待遇

对于这个没有在某公司与甲某订立的劳动合同中涉及的问题，根据《劳动合同法》第58条第2款规定，劳务派遣单位应当与被派遣劳动者订立二年以上的固定期限劳动合同，按月支付劳动报酬；被派遣劳动者在无工作期间，劳务派遣单位应当按照所在地人民政府规定的最低工资标准，向其按月支付报酬。所以，在本案中，甲某在无工作的两个月期间，该公司给予他的劳动报酬在劳动合同没有约定的情况下，不得低于当地最低工资标准。

综上，甲某依据当地最低工资标准向公司所要工资的要求是合理的，公司应当按照当地最低工资标准向甲某补发所拖欠的两个月工资。

<u>**案例二：劳务派遣中的同工同酬问题**</u>

案情简介

依法登记设立的劳务派遣单位甲公司与某从事零售服务业的乙

公司订立劳务派遣协议，约定由甲公司向乙公司派遣员工5人，从事超市柜台的导购工作，初始工资为每月1000元，之后工资的增减按照公司工资制度浮动，派遣期限为1年。

丙某等5人与甲公司订立劳动者后，即被派遣至乙公司从事柜台导购工作。但是在2个月后，同时在乙公司从事柜台导购工作的丁某等人工资上调至每月1200元，而丙某等5人则只上调为每月1100元。丙某等向甲公司抗议，合同约定工资的增减按照公司工资制度浮动，而实际上甲公司并未能兑现。

抗议协商未果后，丙某等人向当地劳动争议仲裁委员会提起仲裁，要求对自己实行与乙公司同等岗位员工相同的工资浮动制度，并将每月工资加为每月1200元。

点评

本案中，主要涉及的是劳务派遣中劳动者同工同酬的权利。

同工同酬是指用人单位对于从事相同工作，付出等量劳动且取得相同劳绩的劳动者，应支付同等的劳动报酬。该原则体现了提供同等价值的劳动者享受同等的劳动报酬的工资分配制度。根据《劳动法》第46条规定，工资分配应当遵循按劳分配原则，实行同工同酬。同时，根据《劳动合同法》第63条的规定，被派遣劳动者享有与用工单位的劳动者同工同酬的权利。

本案中，丙某等五位被派遣至乙公司的员工，与丁某等人从事同样的展台营销工作，按照《劳动合同法》中关于被派遣劳动者同工同酬权利的规定，应当适用于丁某等人相同的工资待遇，这是本法的强制性规定，乙公司不得以公司内部的规定而对抗本法的这一规定。

综上，丙某等人向当地劳动争议仲裁委员会提出的请求具有法律依据，应当依法予以支持。

● 关联法规

《关于审理劳动争议案件适用法律若干问题的解释（二）》

（2006 年 8 月 14 日）

第十条　劳动者因履行劳动力派遣合同产生劳动争议而起诉，以派遣单位为被告；争议内容涉及接受单位的，以派遣单位和接受单位为共同被告。

《中华人民共和国劳动争议调解仲裁法》（2007 年 12 月 29 日）

第二十二条　发生劳动争议的劳动者和用人单位为劳动争议仲裁案件的双方当事人。

劳务派遣单位或者用工单位与劳动者发生劳动争议的，劳务派遣单位和用工单位为共同当事人。

第二十九章

促进非全日制用工

● **原文链接**

《中华人民共和国劳动合同法》

第六十八条 非全日制用工，是指以小时计酬为主，劳动者在同一用人单位一般平均每日工作时间不超过四小时，每周工作时间累计不超过二十四小时的用工形式。

第六十九条 非全日制用工双方当事人可以订立口头协议。

从事非全日制用工的劳动者可以与一个或者一个以上用人单位订立劳动合同；但是，后订立的劳动合同不得影响先订立的劳动合同的履行。

第七十条 非全日制用工双方当事人不得约定试用期。

第八十三条 用人单位违反本法规定与劳动者约定试用期的，由劳动行政部门责令改正；违法约定的试用期已经履行的，由用人单位以劳动者试用期满月工资为标准，按已经履行的超过法定试用期的期间向劳动者支付赔偿金。

第七十一条 非全日制用工双方当事人任何一方都可以随时通知对方终止用工。终止用工，用人单位不向劳动者支付经济补偿。

第七十二条 非全日制用工小时计酬标准不得低于用人单位所在地人民政府规定的最低小时工资标准。

非全日制用工劳动报酬结算支付周期最长不得超过十五日。

《中华人民共和国劳动合同法实施条例》

第三十条　劳务派遣单位不得以非全日制用工形式招用被派遣劳动者。

● 条款解读

《劳动法》主要是以全日制劳动关系为模式进行设计和规范的，对非全日制劳动关系没有涉及。2001 年上海率先以地方性法规的形式在《上海市劳动合同条例》中专章规定了非全日制用工，劳动部也在 2003 年出台了《关于非全日制用工若干问题的意见》，随后，各地相继出台地方规定对非全日制用工进行立法。此次《劳动合同法》在地方立法的基础上，对非全日制用工单列一节进行规定，是立法的一个突破。

非全日制劳动是灵活就业的一种重要形式，近年来，我国非全日制劳动用工形式呈现迅速发展的趋势，特别是在餐饮、超市、社区服务等领域，用人单位使用的非全日制用工形式越来越多。促进非全日制用工的意义有以下几方面：

一是适应企业降低人工成本、推进灵活用工的客观需要。在市场经济条件下，企业用工需求取决于生产经营的客观需要，同时，企业为追求利润的最大化，也要尽可能降低人工成本。而非全日制用工的人工成本明显低于全日制用工。

二是促进下岗职工和失业人员再就业。在劳动力市场供过于求的矛盾十分尖锐、下岗职工和失业人员的就业竞争力较差的情况下，非全日制劳动在促进下岗职工和失业人员再就业方面发挥着重要的作用。

三是有利于缓解劳动力市场供求失衡的矛盾，减少失业现象。在劳动力大量过剩、劳动力供求关系严重失衡、就业机会短缺的背景下，企业实行非全日制用工制度，可以使企业在对人力资源的客观需求总体不变的条件下，招用非全日制职工，给广大劳动者提供更多的就业机会。

非全日制用工属于劳动关系，因此，用人单位和劳动者的主体要求上与普通全日制劳动关系没有区别。在《劳动合同法》中非全日制用工只限于用人单位用工，而不包括个人用工形式。个人用工属于民事雇佣关系，应受民事法律关系调整。

劳动者在同一用人单位一般平均每日工作时间不超过四小时，每周工作时间累计不超过二十四小时。超过这个最高工作时间，则不能使用非全日制用工。

非全日制用工既可以订立书面协议，也可以订立口头协议。

从事非全日制用工的劳动者可以与一个或者一个以上用人单位订立劳动合同，即允许从事非全日制用工的劳动者建立双重或多重劳动关系，这就突破了原劳动法禁止建立多重劳动关系的限制。但是，订立一个以上劳动的，后订立的劳动合同不得影响先订立的劳动合同的履行，不得侵害到先订立的劳动合同。

非全日制用工的计酬方式灵活多样，以小时计酬为主，但不局限于以小时计酬。除了以小时计酬的形式以外，常见的计酬方式还有以日、周为单位来计酬或按件计酬。但是，非全日制用工劳动报酬结算周期最长不得超过十五日。

针对非全日制用工形式灵活、劳动关系多元化、主要按小时计酬等特点，劳动部制定并实施了与之相适应的小时最低工资标准来保障非全日制劳动者的收入。用人单位应当按时足额支付非全日制劳动者的工资。用人单位支付非全日制劳动者的小时工资，计酬标准不得低于用人单位所在地人民政府规定的最低小时工资标准。

非全日制用工的小时最低标准由省、自治区、直辖市规定，并报劳动保障部门备案。小时最低工资标准的测算方法为：

小时最低工资标准 =〔（月最低工资标准 ÷ 20.92 ÷ 8）×（1 + 单位应当缴纳的基本养老保险费和基本医疗保险费比例之和）〕×（1 + 浮动系数）。

在非全日制用工中，由于可能存在一个以上的用人单位，故对非全日制用工的社会保险劳动部做了特殊规定。劳动部规定从事非全日制工作的劳动者应当参照个体工商户的参保办法参加基本养老保险，可以以个人身份参加基本医疗保险，单位只负责缴纳工伤保险。各地在劳动部此规定基础上作出了不同的执行性规定。如上海规定用人单位将社会保险费用与工资一起发放，由劳动者自行缴纳，即使工伤保险费用也由劳动者个人自行缴纳。

非全日制用工不得约定试用期。用人单位违反本法规定与非全日制用工的劳动者约定了试用期的，应当承担相应的法律责任。按照《劳动合同法》第 83 条的规定，由劳动行政部门责令改正；违法约定的试用期已经履行的，由用人单位以劳动者试用期满月工资为标准，按已经履行的超过法定试用期的期间向劳动者支付赔偿金。

非全日制用工的劳动者和用人单位任何一方都可以随时提出终止用工，终止用工应该通知另一方。通知可以采用书面形式，也可以采用口头通知的形式。任何一方提出终止用工都不用向对方支付经济补偿。基于此，事实上，与非全日制用工的劳动者约定试用期没有任何意义。

可见，在非全日制用工上，《劳动合同法》做了较为宽松的规定，赋予了用人单位极大的用工自由和管理灵活度。

◉ 操作提示

基于非全日制用工的灵活性，用人单位可以考虑适当扩大非全日制用工的范围。比如，以非全日制用工代替加班的，以非全日制用工代替新员工的试用期的，在部分管理岗位上使用非全日制用工的……

第三十章

劳动合同法的施行时间及溯及力

● 原文链接

《中华人民共和国劳动合同法》

第九十七条　本法施行前已依法订立且在本法施行之日存续的劳动合同，继续履行；本法第十四条第二款第三项规定连续订立固定期限劳动合同的次数，自本法施行后续订固定期限劳动合同时开始计算。

本法施行前已建立劳动关系，尚未订立书面劳动合同的，应当自本法施行之日起一个月内订立。

本法施行之日存续的劳动合同在本法施行后解除或者终止，依照本法第四十六条规定应当支付经济补偿的，经济补偿年限自本法施行之日起计算；本法施行前按照当时有关规定，用人单位应当向劳动者支付经济补偿的，按照当时有关规定执行。

第九十八条　本法自 2008 年 1 月 1 日起施行。

《中华人民共和国劳动合同法实施条例》

第三十八条　本条例自公布之日起施行。

（注：《实施条例》的公布时间是 2008 年 09 月 18 日）

● 条款解读

关于《劳动合同法》的施行时间，《劳动合同法》做了明确规定。

从我国的立法实践看，法律、行政法规的施行日期，主要有两种：

第一种，自公布之日起开始施行。采取此种方式的法律、行政法规或者规章在其附则中明确规定"本法（条例、规定）自公布之日起施行"。法律、行政法规或者规章何时公布。根据《立法法》，由国家主席令、国务院令或者各部令来确定。

第二种，自公布后某一特定的时间起开始施行。即发布后并不马上生效，而是经过一定的时间后才开始生效。采用此种方式的法律、行政法规或者规章在其附则中明确规定"本法（条例、规定）自某年某月某日起施行"。这样规定的目的主要是给实施法律、行政法规或者规章以一定的准备时间。

《劳动合同法》属于第二种情形，其颁布与 2007 年 6 月 29 日，正式施行于 2008 年 1 月 1 日。

对于 2008 年 1 月 1 日之前产生劳动关系的衔接和处理，《劳动合同法》也做了详细规定：

1. 在《劳动合同法》施行之前订立，并且已经或正在履行的，继续履行。

但是，何谓"继续履行"，《劳动合同法》的规定语焉不详，《实施条例》也没有明确。

一种理解是原劳动合同继续履行，劳动合同所有条款只要订立当时是合法的，则继续有效；另一种理解是劳动合同继续履行，但原劳动合同中与现在的《劳动合同法》发生抵触的条款，无效。

立法者必须明确"按照《劳动合同法》实施之前的法律法规合法签订的劳动合同或者其他协议，与《劳动合同法》有抵触的，在《劳动合同法》实施之后，是否仍然有效"这一问题，否则，同一个案子，在不同的地区甚至在不同的法官手中，会出现完全相反的结果。

2. 连续固定期限订立次数的计算时间从《劳动合同法》实施之日开始计算。《劳动合同法》施行之前订立的次数不再计算在内。

3. 在《劳动合同法》施行之前已经建立劳动关系，没有订立劳动合同，即到本法施行之日起已存在事实劳动关系的，以前已存在的事实劳动关系法律不再追究。但是《劳动合同法》实施后必须在一个月内订立劳动合同。否则用人单位在超过一个月的那一天起就必须要支付劳动者双倍工资，直到签订劳动合同为止。

4. 关于经济补偿金。在《劳动合同法》施行之前存续的劳动合同，在《劳动合同法》施行之后解除或终止，经济补偿金的年限从《劳动合同法》施行之日起计算。《劳动合同法》实施之前的年限按照施行前的法律规定计算。

但是，劳动关系、劳动合同存续跨越 2008 年 1 月 1 日前后的，计算工龄经济补偿金时，计算方法是否也划分 2008 年 1 月 1 日的界限，这个问题，《劳动合同法》及其《实施条例》均没有明确。

附录：

中华人民共和国劳动合同法

（2007 年 6 月 29 日第十届全国人民

代表大会常务委员会第二十八次会议通过

2007 年 6 月 29 日中华人民共和国主席令第 65 号

公布 自 2008 年 1 月 1 日起施行）

目　录

第一章　总　　则

第一条　**【立法宗旨】** 为了完善劳动合同制度，明确劳动合同双方当事人的权利和义务，保护劳动者的合法权益，构建和发展和谐稳定的劳动关系，制定本法。

第二条 【适用范围】中华人民共和国境内的企业、个体经济组织、民办非企业单位等组织（以下称用人单位）与劳动者建立劳动关系，订立、履行、变更、解除或者终止劳动合同，适用本法。

国家机关、事业单位、社会团体和与其建立劳动关系的劳动者，订立、履行、变更、解除或者终止劳动合同，依照本法执行。

第三条 【基本原则】订立劳动合同，应当遵循合法、公平、平等自愿、协商一致、诚实信用的原则。

依法订立的劳动合同具有约束力，用人单位与劳动者应当履行劳动合同约定的义务。

第四条 【规章制度】用人单位应当依法建立和完善劳动规章制度，保障劳动者享有劳动权利、履行劳动义务。

用人单位在制定、修改或者决定有关劳动报酬、工作时间、休息休假、劳动安全卫生、保险福利、职工培训、劳动纪律以及劳动定额管理等直接涉及劳动者切身利益的规章制度或者重大事项时，应当经职工代表大会或者全体职工讨论，提出方案和意见，与工会或者职工代表平等协商确定。

在规章制度和重大事项决定实施过程中，工会或者职工认为不适当的，有权向用人单位提出，通过协商予以修改完善。

用人单位应当将直接涉及劳动者切身利益的规章制度和重大事项决定公示，或者告知劳动者。

第五条 【协调劳动关系三方机制】县级以上人民政府劳动行政部门会同工会和企业方面代表，建立健全协调劳动关系三方机制，共同研究解决有关劳动关系的重大问题。

第六条 【集体协商机制】工会应当帮助、指导劳动者与用人单位依法订立和履行劳动合同，并与用人单位建立集体协商机制，维护劳动者的合法权益。

第二章　劳动合同的订立

第七条　【劳动关系的建立】用人单位自用工之日起即与劳动者建立劳动关系。用人单位应当建立职工名册备查。

第八条　【用人单位的告知义务和劳动者的说明义务】用人单位招用劳动者时，应当如实告知劳动者工作内容、工作条件、工作地点、职业危害、安全生产状况、劳动报酬，以及劳动者要求了解的其他情况；用人单位有权了解劳动者与劳动合同直接相关的基本情况，劳动者应当如实说明。

第九条　【用人单位不得扣押劳动者证件和要求提供担保】用人单位招用劳动者，不得扣押劳动者的居民身份证和其他证件，不得要求劳动者提供担保或者以其他名义向劳动者收取财物。

第十条　【订立书面劳动合同】建立劳动关系，应当订立书面劳动合同。

已建立劳动关系，未同时订立书面劳动合同的，应当自用工之日起一个月内订立书面劳动合同。

用人单位与劳动者在用工前订立劳动合同的，劳动关系自用工之日起建立。

第十一条　【未订立书面劳动合同时劳动报酬不明确的解决】用人单位未在用工的同时订立书面劳动合同，与劳动者约定的劳动报酬不明确的，新招用的劳动者的劳动报酬按照集体合同规定的标准执行；没有集体合同或者集体合同未规定的，实行同工同酬。

第十二条　【劳动合同的种类】劳动合同分为固定期限劳动合同、无固定期限劳动合同和以完成一定工作任务为期限的劳动合同。

第十三条　【固定期限劳动合同】固定期限劳动合同，是指用人单位与劳动者约定合同终止时间的劳动合同。

用人单位与劳动者协商一致，可以订立固定期限劳动合同。

第十四条　【无固定期限劳动合同】无固定期限劳动合同，是指用人单位与劳动者约定无确定终止时间的劳动合同。

用人单位与劳动者协商一致，可以订立无固定期限劳动合同。有下列情形之一，劳动者提出或者同意续订、订立劳动合同的，除劳动者提出订立固定期限劳动合同外，应当订立无固定期限劳动合同：

（一）劳动者在该用人单位连续工作满十年的；

（二）用人单位初次实行劳动合同制度或者国有企业改制重新订立劳动合同时，劳动者在该用人单位连续工作满十年且距法定退休年龄不足十年的；

（三）连续订立二次固定期限劳动合同，且劳动者没有本法第三十九条和第四十条第一项、第二项规定的情形，续订劳动合同的。

用人单位自用工之日起满一年不与劳动者订立书面劳动合同的，视为用人单位与劳动者已订立无固定期限劳动合同。

第十五条　【以完成一定工作任务为期限的劳动合同】以完成一定工作任务为期限的劳动合同，是指用人单位与劳动者约定以某项工作的完成为合同期限的劳动合同。

用人单位与劳动者协商一致，可以订立以完成一定工作任务为期限的劳动合同。

第十六条　【劳动合同的生效】劳动合同由用人单位与劳动者协商一致，并经用人单位与劳动者在劳动合同文本上签字或者盖章生效。

劳动合同文本由用人单位和劳动者各执一份。

第十七条　【劳动合同的内容】劳动合同应当具备以下条款：

（一）用人单位的名称、住所和法定代表人或者主要负责人；

（二）劳动者的姓名、住址和居民身份证或者其他有效身份证件号码；

（三）劳动合同期限；

（四）工作内容和工作地点；

（五）工作时间和休息休假；

（六）劳动报酬；

（七）社会保险；

（八）劳动保护、劳动条件和职业危害防护；

（九）法律、法规规定应当纳入劳动合同的其他事项。

劳动合同除前款规定的必备条款外，用人单位与劳动者可以约定试用期、培训、保守秘密、补充保险和福利待遇等其他事项。

第十八条　【劳动合同对劳动报酬和劳动条件约定不明确的解决】劳动合同对劳动报酬和劳动条件等标准约定不明确，引发争议的，用人单位与劳动者可以重新协商；协商不成的，适用集体合同规定；没有集体合同或者集体合同未规定劳动报酬的，实行同工同酬；没有集体合同或者集体合同未规定劳动条件等标准的，适用国家有关规定。

第十九条　【试用期】劳动合同期限三个月以上不满一年的，试用期不得超过一个月；劳动合同期限一年以上不满三年的，试用期不得超过二个月；三年以上固定期限和无固定期限的劳动合同，试用期不得超过六个月。

同一用人单位与同一劳动者只能约定一次试用期。

以完成一定工作任务为期限的劳动合同或者劳动合同期限不满三个月的，不得约定试用期。

试用期包含在劳动合同期限内。劳动合同仅约定试用期的，试用期不成立，该期限为劳动合同期限。

第二十条　【试用期工资】劳动者在试用期的工资不得低于本单位相同岗位最低档工资或者劳动合同约定工资的百分之八十，并不得低于用人单位所在地的最低工资标准。

第二十一条　【试用期内解除劳动合同】在试用期中，除劳动者有本法第三十九条和第四十条第一项、第二项规定的情形外，用人单位不得解除劳动合同。用人单位在试用期解除劳动合同的，应当向劳动者说明理由。

第二十二条　【服务期】用人单位为劳动者提供专项培训费

用，对其进行专业技术培训的，可以与该劳动者订立协议，约定服务期。

劳动者违反服务期约定的，应当按照约定向用人单位支付违约金。违约金的数额不得超过用人单位提供的培训费用。用人单位要求劳动者支付的违约金不得超过服务期尚未履行部分所应分摊的培训费用。

用人单位与劳动者约定服务期的，不影响按照正常的工资调整机制提高劳动者在服务期期间的劳动报酬。

第二十三条 【保密义务和竞业限制】用人单位与劳动者可以在劳动合同中约定保守用人单位的商业秘密和与知识产权相关的保密事项。

对负有保密义务的劳动者，用人单位可以在劳动合同或者保密协议中与劳动者约定竞业限制条款，并约定在解除或者终止劳动合同后，在竞业限制期限内按月给予劳动者经济补偿。劳动者违反竞业限制约定的，应当按照约定向用人单位支付违约金。

第二十四条 【竞业限制的范围和期限】竞业限制的人员限于用人单位的高级管理人员、高级技术人员和其他负有保密义务的人员。竞业限制的范围、地域、期限由用人单位与劳动者约定，竞业限制的约定不得违反法律、法规的规定。

在解除或者终止劳动合同后，前款规定的人员到与本单位生产或者经营同类产品、从事同类业务的有竞争关系的其他用人单位，或者自己开业生产或者经营同类产品、从事同类业务的竞业限制期限，不得超过二年。

第二十五条 【违约金】除本法第二十二条和第二十三条规定的情形外，用人单位不得与劳动者约定由劳动者承担违约金。

第二十六条 【劳动合同的无效】下列劳动合同无效或者部分无效：

（一）以欺诈、胁迫的手段或者乘人之危，使对方在违背真实意思的情况下订立或者变更劳动合同的；

（二）用人单位免除自己的法定责任、排除劳动者权利的；

（三）违反法律、行政法规强制性规定的。

对劳动合同的无效或者部分无效有争议的，由劳动争议仲裁机构或者人民法院确认。

第二十七条 【劳动合同部分无效】劳动合同部分无效，不影响其他部分效力的，其他部分仍然有效。

第二十八条 【劳动合同无效后劳动报酬的支付】劳动合同被确认无效，劳动者已付出劳动的，用人单位应当向劳动者支付劳动报酬。劳动报酬的数额，参照本单位相同或者相近岗位劳动者的劳动报酬确定。

第三章 劳动合同的履行和变更

第二十九条 【劳动合同的履行】用人单位与劳动者应当按照劳动合同的约定，全面履行各自的义务。

第三十条 【劳动报酬】用人单位应当按照劳动合同约定和国家规定，向劳动者及时足额支付劳动报酬。

用人单位拖欠或者未足额支付劳动报酬的，劳动者可以依法向当地人民法院申请支付令，人民法院应当依法发出支付令。

第三十一条 【加班】用人单位应当严格执行劳动定额标准，不得强迫或者变相强迫劳动者加班。用人单位安排加班的，应当按照国家有关规定向劳动者支付加班费。

第三十二条 【劳动者拒绝违章指挥、强令冒险作业】劳动者拒绝用人单位管理人员违章指挥、强令冒险作业的，不视为违反劳动合同。

劳动者对危害生命安全和身体健康的劳动条件，有权对用人单位提出批评、检举和控告。

第三十三条 【用人单位名称、法定代表人等的变更】用人单位变更名称、法定代表人、主要负责人或者投资人等事项，不影响劳动合同的履行。

第三十四条 【用人单位合并或者分立】用人单位发生合并或者分立等情况，原劳动合同继续有效，劳动合同由承继其权利和义务的用人单位继续履行。

第三十五条 【劳动合同的变更】用人单位与劳动者协商一致，可以变更劳动合同约定的内容。变更劳动合同，应当采用书面形式。

变更后的劳动合同文本由用人单位和劳动者各执一份。

第四章　劳动合同的解除和终止

第三十六条 【协商解除劳动合同】用人单位与劳动者协商一致，可以解除劳动合同。

第三十七条 【劳动者提前通知解除劳动合同】劳动者提前三十日以书面形式通知用人单位，可以解除劳动合同。劳动者在试用期内提前三日通知用人单位，可以解除劳动合同。

第三十八条 【劳动者解除劳动合同】用人单位有下列情形之一的，劳动者可以解除劳动合同：

（一）未按照劳动合同约定提供劳动保护或者劳动条件的；

（二）未及时足额支付劳动报酬的；

（三）未依法为劳动者缴纳社会保险费的；

（四）用人单位的规章制度违反法律、法规的规定，损害劳动者权益的；

（五）因本法第二十六条第一款规定的情形致使劳动合同无效的；

（六）法律、行政法规规定劳动者可以解除劳动合同的其他情形。

用人单位以暴力、威胁或者非法限制人身自由的手段强迫劳动者劳动的，或者用人单位违章指挥、强令冒险作业危及劳动者人身安全的，劳动者可以立即解除劳动合同，不需事先告知用人单位。

第三十九条　【用人单位单方解除劳动合同】 劳动者有下列情形之一的，用人单位可以解除劳动合同：

（一）在试用期间被证明不符合录用条件的；

（二）严重违反用人单位的规章制度的；

（三）严重失职，营私舞弊，给用人单位造成重大损害的；

（四）劳动者同时与其他用人单位建立劳动关系，对完成本单位的工作任务造成严重影响，或者经用人单位提出，拒不改正的；

（五）因本法第二十六条第一款第一项规定的情形致使劳动合同无效的；

（六）被依法追究刑事责任的。

第四十条　【无过失性辞退】 有下列情形之一的，用人单位提前三十日以书面形式通知劳动者本人或者额外支付劳动者一个月工资后，可以解除劳动合同：

（一）劳动者患病或者非因工负伤，在规定的医疗期满后不能从事原工作，也不能从事由用人单位另行安排的工作的；

（二）劳动者不能胜任工作，经过培训或者调整工作岗位，仍不能胜任工作的；

（三）劳动合同订立时所依据的客观情况发生重大变化，致使劳动合同无法履行，经用人单位与劳动者协商，未能就变更劳动合同内容达成协议的。

第四十一条　【经济性裁员】 有下列情形之一，需要裁减人员二十人以上或者裁减不足二十人但占企业职工总数百分之十以上的，用人单位提前三十日向工会或者全体职工说明情况，听取工会或者职工的意见后，裁减人员方案经向劳动行政部门报告，可以裁减人员：

（一）依照企业破产法规定进行重整的；

（二）生产经营发生严重困难的；

（三）企业转产、重大技术革新或者经营方式调整，经变更劳动合同后，仍需裁减人员的；

（四）其他因劳动合同订立时所依据的客观经济情况发生重大变化，致使劳动合同无法履行的。

裁减人员时，应当优先留用下列人员：

（一）与本单位订立较长期限的固定期限劳动合同的；

（二）与本单位订立无固定期限劳动合同的；

（三）家庭无其他就业人员，有需要扶养的老人或者未成年人的。

用人单位依照本条第一款规定裁减人员，在六个月内重新招用人员的，应当通知被裁减的人员，并在同等条件下优先招用被裁减的人员。

第四十二条　【用人单位不得解除劳动合同的情形】劳动者有下列情形之一的，用人单位不得依照本法第四十条、第四十一条的规定解除劳动合同：

（一）从事接触职业病危害作业的劳动者未进行离岗前职业健康检查，或者疑似职业病病人在诊断或者医学观察期间的；

（二）在本单位患职业病或者因工负伤并被确认丧失或者部分丧失劳动能力的；

（三）患病或者非因工负伤，在规定的医疗期内的；

（四）女职工在孕期、产期、哺乳期的；

（五）在本单位连续工作满十五年，且距法定退休年龄不足五年的；

（六）法律、行政法规规定的其他情形。

第四十三条　【工会在劳动合同解除中的监督作用】用人单位单方解除劳动合同，应当事先将理由通知工会。用人单位违反法律、行政法规规定或者劳动合同约定的，工会有权要求用人单位纠正。用人单位应当研究工会的意见，并将处理结果书面通知工会。

第四十四条　【劳动合同的终止】有下列情形之一的，劳动合同终止：

（一）劳动合同期满的；

（二）劳动者开始依法享受基本养老保险待遇的；

（三）劳动者死亡，或者被人民法院宣告死亡或者宣告失踪的；

（四）用人单位被依法宣告破产的；

（五）用人单位被吊销营业执照、责令关闭、撤销或者用人单位决定提前解散的；

（六）法律、行政法规规定的其他情形。

第四十五条 【**劳动合同的逾期终止**】劳动合同期满，有本法第四十二条规定情形之一的，劳动合同应当续延至相应的情形消失时终止。但是，本法第四十二条第二项规定丧失或者部分丧失劳动能力劳动者的劳动合同的终止，按照国家有关工伤保险的规定执行。

第四十六条 【**经济补偿**】有下列情形之一的，用人单位应当向劳动者支付经济补偿：

（一）劳动者依照本法第三十八条规定解除劳动合同的；

（二）用人单位依照本法第三十六条规定向劳动者提出解除劳动合同并与劳动者协商一致解除劳动合同的；

（三）用人单位依照本法第四十条规定解除劳动合同的；

（四）用人单位依照本法第四十一条第一款规定解除劳动合同的；

（五）除用人单位维持或者提高劳动合同约定条件续订劳动合同，劳动者不同意续订的情形外，依照本法第四十四条第一项规定终止固定期限劳动合同的；

（六）依照本法第四十四条第四项、第五项规定终止劳动合同的；

（七）法律、行政法规规定的其他情形。

第四十七条 【**经济补偿的计算**】经济补偿按劳动者在本单位工作的年限，每满一年支付一个月工资的标准向劳动者支付。六个月以上不满一年的，按一年计算；不满六个月的，向劳动者支付半个月工资的经济补偿。

劳动者月工资高于用人单位所在直辖市、设区的市级人民政府公布的本地区上年度职工月平均工资三倍的，向其支付经济补偿的标准按职工月平均工资三倍的数额支付，向其支付经济补偿的年限最高不超过十二年。

本条所称月工资是指劳动者在劳动合同解除或者终止前十二个月的平均工资。

第四十八条 【违法解除或者终止劳动合同的法律后果】用人单位违反本法规定解除或者终止劳动合同，劳动者要求继续履行劳动合同的，用人单位应当继续履行；劳动者不要求继续履行劳动合同或者劳动合同已经不能继续履行的，用人单位应当依照本法第八十七条规定支付赔偿金。

第四十九条 【社会保险关系跨地区转移接续】国家采取措施，建立健全劳动者社会保险关系跨地区转移接续制度。

第五十条 【劳动合同解除或者终止后双方的义务】用人单位应当在解除或者终止劳动合同时出具解除或者终止劳动合同的证明，并在十五日内为劳动者办理档案和社会保险关系转移手续。

劳动者应当按照双方约定，办理工作交接。用人单位依照本法有关规定应当向劳动者支付经济补偿的，在办结工作交接时支付。

用人单位对已经解除或者终止的劳动合同的文本，至少保存二年备查。

第五章 特别规定

第一节 集体合同

第五十一条 【集体合同的订立和内容】企业职工一方与用人单位通过平等协商，可以就劳动报酬、工作时间、休息休假、劳动安全卫生、保险福利等事项订立集体合同。集体合同草案应当提交职工代表大会或者全体职工讨论通过。

集体合同由工会代表企业职工一方与用人单位订立；尚未建立工会的用人单位，由上级工会指导劳动者推举的代表与用人单位订立。

第五十二条 【专项集体合同】企业职工一方与用人单位可以订立劳动安全卫生、女职工权益保护、工资调整机制等专项集体合同。

第五十三条 【行业性集体合同、区域性集体合同】在县级以下区域内，建筑业、采矿业、餐饮服务业等行业可以由工会与企业方面代表订立行业性集体合同，或者订立区域性集体合同。

第五十四条 【集体合同的报送和生效】集体合同订立后，应当报送劳动行政部门；劳动行政部门自收到集体合同文本之日起十五日内未提出异议的，集体合同即行生效。

依法订立的集体合同对用人单位和劳动者具有约束力。行业性、区域性集体合同对当地本行业、本区域的用人单位和劳动者具有约束力。

第五十五条 【集体合同中劳动报酬、劳动条件等标准】集体合同中劳动报酬和劳动条件等标准不得低于当地人民政府规定的最低标准；用人单位与劳动者订立的劳动合同中劳动报酬和劳动条件等标准不得低于集体合同规定的标准。

第五十六条 【集体合同纠纷和法律救济】用人单位违反集体合同，侵犯职工劳动权益的，工会可以依法要求用人单位承担责任；因履行集体合同发生争议，经协商解决不成的，工会可以依法申请仲裁、提起诉讼。

第二节 劳务派遣

第五十七条 【劳务派遣单位的设立】劳务派遣单位应当依照公司法的有关规定设立，注册资本不得少于五十万元。

第五十八条 【劳务派遣单位、用工单位及劳动者的权利义务】劳务派遣单位是本法所称用人单位，应当履行用人单位对劳动者的义务。劳务派遣单位与被派遣劳动者订立的劳动合同，除应当载明本法第十七条规定的事项外，还应当载明被派遣劳动者的用工单位以及派遣期限、工作岗位等情况。

劳务派遣单位应当与被派遣劳动者订立二年以上的固定期限劳动合同，按月支付劳动报酬；被派遣劳动者在无工作期间，劳务派遣单位应当按照所在地人民政府规定的最低工资标准，向其按月支付报酬。

第五十九条 【劳务派遣协议】劳务派遣单位派遣劳动者应当与接受以劳务派遣形式用工的单位（以下称用工单位）订立劳务派遣协议。劳务派遣协议应当约定派遣岗位和人员数量、派遣期限、劳动报酬和社会保险费的数额与支付方式以及违反协议的责任。

用工单位应当根据工作岗位的实际需要与劳务派遣单位确定派遣期限，不得将连续用工期限分割订立数个短期劳务派遣协议。

第六十条 【劳务派遣单位的告知义务】劳务派遣单位应当将劳务派遣协议的内容告知被派遣劳动者。

劳务派遣单位不得克扣用工单位按照劳务派遣协议支付给被派遣劳动者的劳动报酬。

劳务派遣单位和用工单位不得向被派遣劳动者收取费用。

第六十一条 【跨地区派遣劳动者的劳动报酬、劳动条件】劳务派遣单位跨地区派遣劳动者的，被派遣劳动者享有的劳动报酬和劳动条件，按照用工单位所在地的标准执行。

第六十二条 【用工单位的义务】用工单位应当履行下列义务：

（一）执行国家劳动标准，提供相应的劳动条件和劳动保护；

（二）告知被派遣劳动者的工作要求和劳动报酬；

（三）支付加班费、绩效奖金，提供与工作岗位相关的福利待遇；

（四）对在岗被派遣劳动者进行工作岗位所必需的培训；

（五）连续用工的，实行正常的工资调整机制。

用工单位不得将被派遣劳动者再派遣到其他用人单位。

第六十三条 【被派遣劳动者同工同酬】被派遣劳动者享有与用工单位的劳动者同工同酬的权利。用工单位无同类岗位劳动者的，参照用工单位所在地相同或者相近岗位劳动者的劳动报酬确定。

第六十四条 【被派遣劳动者参加或者组织工会】被派遣劳动者有权在劳务派遣单位或者用工单位依法参加或者组织工会，维护自身的合法权益。

第六十五条 【劳务派遣中解除劳动合同】被派遣劳动者可以依照本法第三十六条、第三十八条的规定与劳务派遣单位解除劳动合同。

被派遣劳动者有本法第三十九条和第四十条第一项、第二项规定情形的，用工单位可以将劳动者退回劳务派遣单位，劳务派遣单位依照本法有关规定，可以与劳动者解除劳动合同。

第六十六条 【劳务派遣的适用岗位】劳务派遣一般在临时性、辅助性或者替代性的工作岗位上实施。

第六十七条 【用人单位不得自设劳务派遣单位】用人单位不得设立劳务派遣单位向本单位或者所属单位派遣劳动者。

第三节 非全日制用工

第六十八条 【非全日制用工的概念】非全日制用工，是指以小时计酬为主，劳动者在同一用人单位一般平均每日工作时间不超过四小时，每周工作时间累计不超过二十四小时的用工形式。

第六十九条 【非全日制用工的劳动合同】非全日制用工双方当事人可以订立口头协议。

从事非全日制用工的劳动者可以与一个或者一个以上用人单位订立劳动合同；但是，后订立的劳动合同不得影响先订立的劳动合同的履行。

第七十条 【非全日制用工不得约定试用期】非全日制用工双方当事人不得约定试用期。

第七十一条 【非全日制用工的终止用工】非全日制用工双方当事人任何一方都可以随时通知对方终止用工。终止用工，用人单位不向劳动者支付经济补偿。

第七十二条 【非全日制用工的劳动报酬】非全日制用工小时计酬标准不得低于用人单位所在地人民政府规定的最低小时工资标准。

非全日制用工劳动报酬结算支付周期最长不得超过十五日。

第六章 监督检查

第七十三条 【劳动合同制度的监督管理体制】国务院劳动行政部门负责全国劳动合同制度实施的监督管理。

县级以上地方人民政府劳动行政部门负责本行政区域内劳动合同制度实施的监督管理。

县级以上各级人民政府劳动行政部门在劳动合同制度实施的监督管理工作中，应当听取工会、企业方面代表以及有关行业主管部门的意见。

第七十四条 【劳动行政部门监督检查事项】县级以上地方人民政府劳动行政部门依法对下列实施劳动合同制度的情况进行监督检查：

（一）用人单位制定直接涉及劳动者切身利益的规章制度及其执行的情况；

（二）用人单位与劳动者订立和解除劳动合同的情况；

（三）劳务派遣单位和用工单位遵守劳务派遣有关规定的情况；

（四）用人单位遵守国家关于劳动者工作时间和休息休假规定的情况；

（五）用人单位支付劳动合同约定的劳动报酬和执行最低工资标准的情况；

（六）用人单位参加各项社会保险和缴纳社会保险费的情况；

（七）法律、法规规定的其他劳动监察事项。

第七十五条　【监督检查措施和依法行政、文明执法】 县级以上地方人民政府劳动行政部门实施监督检查时，有权查阅与劳动合同、集体合同有关的材料，有权对劳动场所进行实地检查，用人单位和劳动者都应当如实提供有关情况和材料。

劳动行政部门的工作人员进行监督检查，应当出示证件，依法行使职权，文明执法。

第七十六条　【其他有关主管部门的监督管理】 县级以上人民政府建设、卫生、安全生产监督管理等有关主管部门在各自职责范围内，对用人单位执行劳动合同制度的情况进行监督管理。

第七十七条　【劳动者权利救济途径】 劳动者合法权益受到侵害的，有权要求有关部门依法处理，或者依法申请仲裁、提起诉讼。

第七十八条　【工会监督检查的权利】 工会依法维护劳动者的合法权益，对用人单位履行劳动合同、集体合同的情况进行监督。用人单位违反劳动法律、法规和劳动合同、集体合同的，工会有权提出意见或者要求纠正；劳动者申请仲裁、提起诉讼的，工会依法给予支持和帮助。

第七十九条　【对违法行为的举报】 任何组织或者个人对违反本法的行为都有权举报，县级以上人民政府劳动行政部门应当及时核实、处理，并对举报有功人员给予奖励。

第七章　法律责任

第八十条　【规章制度违法的法律责任】 用人单位直接涉及劳动者切身利益的规章制度违反法律、法规规定的，由劳动行政部门责令改正，给予警告；给劳动者造成损害的，应当承担赔偿责任。

第八十一条 【缺乏必备条款、不提供劳动合同文本的法律责任】用人单位提供的劳动合同文本未载明本法规定的劳动合同必备条款或者用人单位未将劳动合同文本交付劳动者的,由劳动行政部门责令改正;给劳动者造成损害的,应当承担赔偿责任。

第八十二条 【不订立书面劳动合同的法律责任】用人单位自用工之日起超过一个月不满一年未与劳动者订立书面劳动合同的,应当向劳动者每月支付二倍的工资。

用人单位违反本法规定不与劳动者订立无固定期限劳动合同的,自应当订立无固定期限劳动合同之日起向劳动者每月支付二倍的工资。

第八十三条 【违法约定试用期的法律责任】用人单位违反本法规定与劳动者约定试用期的,由劳动行政部门责令改正;违法约定的试用期已经履行的,由用人单位以劳动者试用期满月工资为标准,按已经履行的超过法定试用期的期间向劳动者支付赔偿金。

第八十四条 【扣押劳动者身份证等证件的法律责任】用人单位违反本法规定,扣押劳动者居民身份证等证件的,由劳动行政部门责令限期退还劳动者本人,并依照有关法律规定给予处罚。

用人单位违反本法规定,以担保或者其他名义向劳动者收取财物的,由劳动行政部门责令限期退还劳动者本人,并以每人五百元以上二千元以下的标准处以罚款;给劳动者造成损害的,应当承担赔偿责任。

劳动者依法解除或者终止劳动合同,用人单位扣押劳动者档案或者其他物品的,依照前款规定处罚。

第八十五条 【未依法支付劳动报酬、经济补偿等的法律责任】用人单位有下列情形之一的,由劳动行政部门责令限期支付劳动报酬、加班费或者经济补偿;劳动报酬低于当地最低工资标准的,应当支付其差额部分;逾期不支付的,责令用人单位按应付金额百分之五十以上百分之一百以下的标准向劳动者加付赔偿金:

(一)未按照劳动合同的约定或者国家规定及时足额支付劳动

者劳动报酬的；

（二）低于当地最低工资标准支付劳动者工资的；

（三）安排加班不支付加班费的；

（四）解除或者终止劳动合同，未依照本法规定向劳动者支付经济补偿的。

第八十六条 **【订立无效劳动合同的法律责任】** 劳动合同依照本法第二十六条规定被确认无效，给对方造成损害的，有过错的一方应当承担赔偿责任。

第八十七条 **【违法解除或者终止劳动合同的法律责任】** 用人单位违反本法规定解除或者终止劳动合同的，应当依照本法第四十七条规定的经济补偿标准的二倍向劳动者支付赔偿金。

第八十八条 **【侵害劳动者人身权益的法律责任】** 用人单位有下列情形之一的，依法给予行政处罚；构成犯罪的，依法追究刑事责任；给劳动者造成损害的，应当承担赔偿责任：

（一）以暴力、威胁或者非法限制人身自由的手段强迫劳动的；

（二）违章指挥或者强令冒险作业危及劳动者人身安全的；

（三）侮辱、体罚、殴打、非法搜查或者拘禁劳动者的；

（四）劳动条件恶劣、环境污染严重，给劳动者身心健康造成严重损害的。

第八十九条 **【不出具解除、终止书面证明的法律责任】** 用人单位违反本法规定未向劳动者出具解除或者终止劳动合同的书面证明，由劳动行政部门责令改正；给劳动者造成损害的，应当承担赔偿责任。

第九十条 **【劳动者的赔偿责任】** 劳动者违反本法规定解除劳动合同，或者违反劳动合同中约定的保密义务或者竞业限制，给用人单位造成损失的，应当承担赔偿责任。

第九十一条 **【用人单位的连带赔偿责任】** 用人单位招用与其他用人单位尚未解除或者终止劳动合同的劳动者，给其他用人单位造成损失的，应当承担连带赔偿责任。

第九十二条 【劳务派遣单位的法律责任】劳务派遣单位违反本法规定的，由劳动行政部门和其他有关主管部门责令改正；情节严重的，以每人一千元以上五千元以下的标准处以罚款，并由工商行政管理部门吊销营业执照；给被派遣劳动者造成损害的，劳务派遣单位与用工单位承担连带赔偿责任。

第九十三条 【无营业执照经营单位的法律责任】对不具备合法经营资格的用人单位的违法犯罪行为，依法追究法律责任；劳动者已经付出劳动的，该单位或者其出资人应当依照本法有关规定向劳动者支付劳动报酬、经济补偿、赔偿金；给劳动者造成损害的，应当承担赔偿责任。

第九十四条 【个人承包经营者的连带赔偿责任】个人承包经营违反本法规定招用劳动者，给劳动者造成损害的，发包的组织与个人承包经营者承担连带赔偿责任。

第九十五条 【不履行法定职责、违法行使职权的法律责任】劳动行政部门和其他有关主管部门及其工作人员玩忽职守、不履行法定职责，或者违法行使职权，给劳动者或用人单位造成损害的，应当承担赔偿责任；对直接负责的主管人员和其他直接责任人员，依法给予行政处分；构成犯罪的，依法追究刑事责任。

第八章 附 则

第九十六条 【事业单位聘用制劳动合同的法律适用】事业单位与实行聘用制的工作人员订立、履行、变更、解除或者终止劳动合同，法律、行政法规或者国务院另有规定的，依照其规定；未作规定的，依照本法有关规定执行。

第九十七条 【过渡性条款】本法施行前已依法订立且在本法施行之日存续的劳动合同，继续履行；本法第十四条第二款第三项规定连续订立固定期限劳动合同的次数，自本法施行后续订固定期限劳动合同时开始计算。

本法施行前已建立劳动关系，尚未订立书面劳动合同的，应当自本法施行之日起一个月内订立。

本法施行之日存续的劳动合同在本法施行后解除或者终止，依照本法第四十六条规定应当支付经济补偿的，经济补偿年限自本法施行之日起计算；本法施行前按照当时有关规定，用人单位应当向劳动者支付经济补偿的，按照当时有关规定执行。

第九十八条 【施行时间】本法自 2008 年 1 月 1 日起施行。

中华人民共和国
劳动合同法实施条例

（2008 年 9 月 3 日国务院第 25 次常务会议通过
2008 年 9 月 18 日国务院令第 535 号公布
自公布之日起施行）

目　　录

第一章　总　　则

第一条　【立法目的】 为了贯彻实施《中华人民共和国劳动合同法》（以下简称劳动合同法），制定本条例。

第二条　【劳动合同法的贯彻实施】 各级人民政府和县级以上人民政府劳动行政等有关部门以及工会等组织，应当采取措施，推动劳动合同法的贯彻实施，促进劳动关系的和谐。

第三条　【用人单位的界定】 依法成立的会计师事务所、律师事务所等合伙组织和基金会，属于劳动合同法规定的用人单位。

第二章　劳动合同的订立

第四条　【用人单位分支机构订立劳动合同的权限】劳动合同法规定的用人单位设立的分支机构，依法取得营业执照或者登记证书的，可以作为用人单位与劳动者订立劳动合同；未依法取得营业执照或者登记证书的，受用人单位委托可以与劳动者订立劳动合同。

第五条　【劳动者不与用人单位订立书面劳动合同的处理】自用工之日起一个月内，经用人单位书面通知后，劳动者不与用人单位订立书面劳动合同的，用人单位应当书面通知劳动者终止劳动关系，无需向劳动者支付经济补偿，但是应当依法向劳动者支付其实际工作时间的劳动报酬。

第六条　【用工不满一年的书面劳动合同的补订】用人单位自用工之日起超过一个月不满一年未与劳动者订立书面劳动合同的，应当依照劳动合同法第八十二条的规定向劳动者每月支付两倍的工资，并与劳动者补订书面劳动合同；劳动者不与用人单位订立书面劳动合同的，用人单位应当书面通知劳动者终止劳动关系，并依照劳动合同法第四十七条的规定支付经济补偿。

前款规定的用人单位向劳动者每月支付两倍工资的起算时间为用工之日起满一个月的次日，截止时间为补订书面劳动合同的前一日。

第七条　【用工满一年的书面劳动合同的补订】用人单位自用工之日起满一年未与劳动者订立书面劳动合同的，自用工之日起满一个月的次日至满一年的前一日应当依照劳动合同法第八十二条的规定向劳动者每月支付两倍的工资，并视为自用工之日起满一年的当日已经与劳动者订立无固定期限劳动合同，应当立即与劳动者补订书面劳动合同。

第八条　【职工名册】劳动合同法第七条规定的职工名册，应当包括劳动者姓名、性别、公民身份号码、户籍地址及现住址、联系方式、用工形式、用工起始时间、劳动合同期限等内容。

第九条 【连续工作年限的计算】劳动合同法第十四条第二款规定的连续工作满 10 年的起始时间，应当自用人单位用工之日起计算，包括劳动合同法施行前的工作年限。

第十条 【原用人单位工作年限的计算】劳动者非因本人原因从原用人单位被安排到新用人单位工作的，劳动者在原用人单位的工作年限合并计算为新用人单位的工作年限。原用人单位已经向劳动者支付经济补偿的，新用人单位在依法解除、终止劳动合同计算支付经济补偿的工作年限时，不再计算劳动者在原用人单位的工作年限。

第十一条 【合法协商】除劳动者与用人单位协商一致的情形外，劳动者依照劳动合同法第十四条第二款的规定，提出订立无固定期限劳动合同的，用人单位应当与其订立无固定期限劳动合同。对劳动合同的内容，双方应当按照合法、公平、平等自愿、协商一致、诚实信用的原则协商确定；对协商不一致的内容，依照劳动合同法第十八条的规定执行。

第十二条 【特殊劳动岗位】地方各级人民政府及县级以上地方人民政府有关部门为安置就业困难人员提供的给予岗位补贴和社会保险补贴的公益性岗位，其劳动合同不适用劳动合同法有关无固定期限劳动合同的规定以及支付经济补偿的规定。

第十三条 【劳动合同终止条件】用人单位与劳动者不得在劳动合同法第四十四条规定的劳动合同终止情形之外约定其他的劳动合同终止条件。

第十四条 【执行标准的确定】劳动合同履行地与用人单位注册地不一致的，有关劳动者的最低工资标准、劳动保护、劳动条件、职业危害防护和本地区上年度职工月平均工资标准等事项，按照劳动合同履行地的有关规定执行；用人单位注册地的有关标准高于劳动合同履行地的有关标准，且用人单位与劳动者约定按照用人单位注册地的有关规定执行的，从其约定。

第十五条 【试用期工资标准】劳动者在试用期的工资不得低于本单位相同岗位最低档工资的 80% 或者不得低于劳动合同约定工资的 80%，并不得低于用人单位所在地的最低工资标准。

第十六条 【培训费用】劳动合同法第二十二条第二款规定的培训费用，包括用人单位为了对劳动者进行专业技术培训而支付的有凭证的培训费用、培训期间的差旅费用以及因培训产生的用于该劳动者的其他直接费用。

第十七条 【服务期与劳动合同期限的关系】劳动合同期满，但是用人单位与劳动者依照劳动合同法第二十二条的规定约定的服务期尚未到期的，劳动合同应当续延至服务期满；双方另有约定的，从其约定。

第三章　劳动合同的解除和终止

第十八条 【劳动者解除劳动合同情形】有下列情形之一的，依照劳动合同法规定的条件、程序，劳动者可以与用人单位解除固定期限劳动合同、无固定期限劳动合同或者以完成一定工作任务为期限的劳动合同：

（一）劳动者与用人单位协商一致的；

（二）劳动者提前 30 日以书面形式通知用人单位的；

（三）劳动者在试用期内提前 3 日通知用人单位的；

（四）用人单位未按照劳动合同约定提供劳动保护或者劳动条件的；

（五）用人单位未及时足额支付劳动报酬的；

（六）用人单位未依法为劳动者缴纳社会保险费的；

（七）用人单位的规章制度违反法律、法规的规定，损害劳动者权益的；

（八）用人单位以欺诈、胁迫的手段或者乘人之危，使劳动者在违背真实意思的情况下订立或者变更劳动合同的；

（九）用人单位在劳动合同中免除自己的法定责任、排除劳动者权利的；

（十）用人单位违反法律、行政法规强制性规定的；

（十一）用人单位以暴力、威胁或者非法限制人身自由的手段强迫劳动者劳动的；

（十二）用人单位违章指挥、强令冒险作业危及劳动者人身安全的；

（十三）法律、行政法规规定劳动者可以解除劳动合同的其他情形。

第十九条 【用人单位解除劳动合同情形】 有下列情形之一的，依照劳动合同法规定的条件、程序，用人单位可以与劳动者解除固定期限劳动合同、无固定期限劳动合同或者以完成一定工作任务为期限的劳动合同：

（一）用人单位与劳动者协商一致的；

（二）劳动者在试用期间被证明不符合录用条件的；

（三）劳动者严重违反用人单位的规章制度的；

（四）劳动者严重失职，营私舞弊，给用人单位造成重大损害的；

（五）劳动者同时与其他用人单位建立劳动关系，对完成本单位的工作任务造成严重影响，或者经用人单位提出，拒不改正的；

（六）劳动者以欺诈、胁迫的手段或者乘人之危，使用人单位在违背真实意思的情况下订立或者变更劳动合同的；

（七）劳动者被依法追究刑事责任的；

（八）劳动者患病或者非因工负伤，在规定的医疗期满后不能从事原工作，也不能从事由用人单位另行安排的工作的；

（九）劳动者不能胜任工作，经过培训或者调整工作岗位，仍不能胜任工作的；

（十）劳动合同订立时所依据的客观情况发生重大变化，致使劳动合同无法履行，经用人单位与劳动者协商，未能就变更劳动合同内容达成协议的；

（十一）用人单位依照企业破产法规定进行重整的；

（十二）用人单位生产经营发生严重困难的；

（十三）企业转产、重大技术革新或者经营方式调整，经变更劳动合同后，仍需裁减人员的；

（十四）其他因劳动合同订立时所依据的客观经济情况发生重大变化，致使劳动合同无法履行的。

第二十条 【代通知金的标准】用人单位依照劳动合同法第四十条的规定，选择额外支付劳动者一个月工资解除劳动合同的，其额外支付的工资应当按照该劳动者上一个月的工资标准确定。

第二十一条 【退休】劳动者达到法定退休年龄的，劳动合同终止。

第二十二条 【以完成一定工作任务为期限的劳动合同终止时的经济补偿】以完成一定工作任务为期限的劳动合同因任务完成而终止的，用人单位应当依照劳动合同法第四十七条的规定向劳动者支付经济补偿。

第二十三条 【工伤职工的劳动合同的终止】用人单位依法终止工伤职工的劳动合同的，除依照劳动合同法第四十七条的规定支付经济补偿外，还应当依照国家有关工伤保险的规定支付一次性工伤医疗补助金和伤残就业补助金。

第二十四条 【解除、终止劳动合同的证明】用人单位出具的解除、终止劳动合同的证明，应当写明劳动合同期限、解除或者终止劳动合同的日期、工作岗位、在本单位的工作年限。

第二十五条 【赔偿金】用人单位违反劳动合同法的规定解除或者终止劳动合同，依照劳动合同法第八十七条的规定支付了赔偿金的，不再支付经济补偿。赔偿金的计算年限自用工之日起计算。

第二十六条 【服务期违约金】用人单位与劳动者约定了服务期，劳动者依照劳动合同法第三十八条的规定解除劳动合同的，不属于违反服务期的约定，用人单位不得要求劳动者支付违约金。

有下列情形之一，用人单位与劳动者解除约定服务期的劳动合同的，劳动者应当按照劳动合同的约定向用人单位支付违约金：

（一）劳动者严重违反用人单位的规章制度的；

（二）劳动者严重失职，营私舞弊，给用人单位造成重大损害的；

（三）劳动者同时与其他用人单位建立劳动关系，对完成本单位的工作任务造成严重影响，或者经用人单位提出，拒不改正的；

（四）劳动者以欺诈、胁迫的手段或者乘人之危，使用人单位在违背真实意思的情况下订立或者变更劳动合同的；

（五）劳动者被依法追究刑事责任的。

第二十七条　【经济补偿月工资计算标准】劳动合同法第四十七条规定的经济补偿的月工资按照劳动者应得工资计算，包括计时工资或者计件工资以及奖金、津贴和补贴等货币性收入。劳动者在劳动合同解除或者终止前12个月的平均工资低于当地最低工资标准的，按照当地最低工资标准计算。劳动者工作不满12个月的，按照实际工作的月数计算平均工资。

第四章　劳务派遣特别规定

第二十八条　【不得设立的劳务派遣单位】用人单位或者其所属单位出资或者合伙设立的劳务派遣单位，向本单位或者所属单位派遣劳动者的，属于劳动合同法第六十七条规定的不得设立的劳务派遣单位。

第二十九条　【用工单位的义务】用工单位应当履行劳动合同法第六十二条规定的义务，维护被派遣劳动者的合法权益。

第三十条　【劳务派遣的禁止形式】劳务派遣单位不得以非全日制用工形式招用被派遣劳动者。

第三十一条　【劳务派遣中的经济补偿】劳务派遣单位或者被派遣劳动者依法解除、终止劳动合同的经济补偿，依照劳动合同法

第四十六条、第四十七条的规定执行。

第三十二条 【劳务派遣单位违法责任】劳务派遣单位违法解除或者终止被派遣劳动者的劳动合同的，依照劳动合同法第四十八条的规定执行。

第五章 法律责任

第三十三条 【违反建立职工名册规定的法律责任】用人单位违反劳动合同法有关建立职工名册规定的，由劳动行政部门责令限期改正；逾期不改正的，由劳动行政部门处2000元以上2万元以下的罚款。

第三十四条 【责令支付工资、赔偿金】用人单位依照劳动合同法的规定应当向劳动者每月支付两倍的工资或者应当向劳动者支付赔偿金而未支付的，劳动行政部门应当责令用人单位支付。

第三十五条 【违反劳务派遣规定的法律责任】用工单位违反劳动合同法和本条例有关劳务派遣规定的，由劳动行政部门和其他有关主管部门责令改正；情节严重的，以每位被派遣劳动者1000元以上5000元以下的标准处以罚款；给被派遣劳动者造成损害的，劳务派遣单位和用工单位承担连带赔偿责任。

第六章 附 则

第三十六条 【《劳动保障监察条例》的适用】对违反劳动合同法和本条例的行为的投诉、举报，县级以上地方人民政府劳动行政部门依照《劳动保障监察条例》的规定处理。

第三十七条 【《劳动争议调解仲裁法》的适用】劳动者与用人单位因订立、履行、变更、解除或者终止劳动合同发生争议的，依照《中华人民共和国劳动争议调解仲裁法》的规定处理。

第三十八条 【施行日期】本条例自公布之日起施行。

图书在版编目（CIP）数据

魏浩征解读劳动合同法及实施条例/魏浩征著．—北京：
中国法制出版社，2008.10
ISBN 978 - 7 - 5093 - 0150 - 0

Ⅰ．魏…　Ⅱ．魏…　Ⅲ．劳动合同法 - 法律解释 - 中国
Ⅳ. D922.525

中国版本图书馆 CIP 数据核字（2008）第 159501 号

魏浩征解读劳动合同法及实施条例
WEIHAOZHENG JIEDU LAODONGHETONGFA JI SHISHITIAOLI

著者/魏浩征
经销/新华书店
印刷/涿州市新华印刷有限公司
开本/880×1230 毫米 32　　　　　　　　　　印张/ 11　字数/ 239 千
版次/2008 年 11 月第 1 版　　　　　　　　　2008 年 11 月第 1 次印刷

中国法制出版社出版
书号 ISBN 978 - 7 - 5093 - 0150 - 0　　　　　　　　定价：28.00 元

北京西单横二条 2 号　邮政编码 100031　　　　　　传真：66031119
网址：http://www.zgfzs.com　　　　　　　编辑部电话：66066820
市场营销部电话：66033393　　　　　　　　邮购部电话：66033288